KB267538

블레이드 헌터

김정률 판타지 장편소설
FANTASYSTORY & ADVENTURE

Blade Hunter

6

dream
books
드림북스

블레이드 헌터 6
빛의 태동

초판 1쇄 인쇄 / 2011년 7월 6일
초판 1쇄 발행 / 2011년 7월 15일

지은이 / 김정률

발행인 / 오영배
편집팀장 / 신동철
편집 / 문보람, 윤상현, 박민선, 이소라, 오승화
편집디자인 / 신경선
펴낸 곳 / (주)삼양출판사 · 드림북스

주소 / 서울특별시 강북구 송천동 322-10호
대표 전화 / 02-980-2112 팩스 / 02-983-0660
편집부 전화 / 02-980-2116 팩스 / 02-983-8201
블로그 / blog.naver.com/dreambookss

등록번호 / 제9-00046호
등록일자 / 1999년 3월 11일

© 김정률, 2011

값 8,000원

ISBN 978-89-542-4443-5   04810
ISBN 978-89-542-4200-4   (세트)

* 지은이와 협의하에 인지는 생략합니다.
* 잘못된 책은 구입한 곳에서 바꾸어 드립니다.

블레이드 헌터

김정률 판타지 장편소설
FANTASY STORY & ADVENTURE

6

빛의 태동

Blade Hunter

dream
books
드림북스

6

블레이드 헌터

Blade Hunter

Contents

제1장
이룰 수 없는 사랑

협상은 일사천리로 진행되었다. 마하르는 리셀을 통해 브렌트 백작이 내건 조건을 모조리 수용했다. 그중에는 리셀이 말하기 어려워 머뭇거리던 조건도 있었다.

"그리고 이것은……."

제국에서는 협정의 조건으로 볼모를 원하고 있었다. 최소한 부족장의 직계 혈손 이상의 요인을 제국군 진영으로 보내달라는 요청이었다. 리셀이 상당히 주저하며 조건을 털어놓았지만 마하르는 고민조차 하지 않았다.

"그거야 당연하지. 그래야만 제국에서도 믿을 수 있을 테니 말이야. 걱정하지 말게. 내 자식 중 하나를 보내도록 하겠네.

서른한 명의 일급전사들과 함께 말일세."

리셀은 까마귀 전대원 서른한 명과 함께 호레이살 부족의 안방으로 들어와 제국 기사의 기개를 여지없이 보여주었다. 때문에 마하르는 그에 상응하는 실력과 신분을 두루 갖춘 전사들을 보내서 호레이살 전사의 기개를 제국군 진영에 보여줘야겠다는 생각을 하고 있었다.

"그 점에 대해서는 일절 고민하지 말게. 제국에서 내건 조건들을 모두 들어주겠네. 사실 그리 과한 것들은 아니더군."

도리어 마하르는 제국이 내세운 조건이 생각만큼 까다롭지 않다고 여겼다. 그럴 것이 사막 부족들 간의 협정조건은 제국보다 월등히 혹독한 편이다. 당장 그녀가 가장 총애하는 딸인 티아나만 해도 볼모의 신분으로 하란티아 부족과 정략결혼을 한 상태가 아니던가? 제국과의 전쟁 때문에 이뤄지지 않고 있기는 하지만 하란티아 부족에서 요청할 경우 언제든지 티아나를 보내야 한다. 그러니 자식 중 한 명을 제국에 보내는 것이 그리 무리가 될 리가 없었다. 마하르가 온화한 표정으로 리셀을 쳐다보았다.

"그리고 선물을 준비해 두었네. 자네와 까마귀 전대를 위해 마련한 선물일세."

"서, 선물이라니요?"

"그대들은 모든 시험을 통과함으로써 아스트리아 제국과 호레이살 부족을 화해시켰네. 우리를 따르는 무수한 부족들까지

포함해서 말이야. 그러니 마땅히 그에 대한 성의를 보여야 하
지 않겠나?"

마하르가 당황해하는 리셀의 손을 잡고 궁정의 뒷마당으로
나갔다. 근위대장과 근위대원들이 그들의 주위를 철통같이 에
워싸고 이동했다.

공터로 나가자 낯익은 얼굴들이 보였다. 휘하의 까마귀 전
대원들이 근위대원들의 안내를 받아 불려 나와 있었다. 그들
이 리셀을 보고 손을 흔들었다.

"대장님. 잘 지내셨습니까?"

"저희는 잘 먹고 잘 지내고 있습니다. 선물을 준다고 나오
라고 하더군요."

뒤뜰의 한구석에는 마구간으로 보이는 건물이 있었다. 마하
르가 손뼉을 치자 마구간에서 사람들이 뭔가를 끌고 나왔다.
그것을 본 리셀의 눈이 휘둥그레졌다.

"데저트 렙터?"

머리에 천을 뒤집어쓴 레오폰 일꾼들이 데저트 렙터를 한
마리씩 끌고 나오고 있었다. 언뜻 살펴보아도 서른 마리가 넘
었다. 제국군의 데저트 렙터와는 달리 금속이 아닌 가죽 보호
구를 착용하고 있었는데 덩치가 제국군의 것보다 월등히 컸
다. 모두 합쳐 서른두 마리의 데저트 렙터를 끌고 온 일꾼들이
절서정연하게 정렬시켰다.

"이게 바로 우리 부족이 준비한 선물이라네. 하나같이 혈통이

좋은 녀석들이며 아직까지 주인을 가져보지 못한 녀석들이지. 이
것들을 리셸 자네와 까마귀 전대원들에게 선물로 주겠네."

까마귀 전대원들의 눈이 경악으로 물들었다.

데저트 렙터는 명실상부한 사막 최고의 탈것이다. 낙타보다
갈증을 오래 견디면서도 속도가 말보다 월등히 빠르다. 게다
가 육식동물 특유의 호전성 때문에 적에게 달려드는 것을 주
저하지 않는다. 그러나 길들이기가 극도로 어려웠기 때문에
제국군 진영에서도 쉽사리 찾아볼 수 없었다.

정예 중 정예인 발톱 기사단에서도 상위 세 개의 전대가 출
동할 때에만 허락되었고 그것도 번갈아가며 사용한다. 그 외
에는 고속 정찰대와 전령들만이 한정적으로 데저트 렙터를 사
용할 수 있다. 그런 귀한 데저트 렙터를 서른 마리나 준다는
말에 놀라지 않을 수 없었다.

"데저트 렙터는 우리 호레이살 부족에서도 귀한 물건이야.
특히 이것들은 혈통이 좋은 녀석들을 교배시켜 만들어 낸 걸
작들이지. 우정의 표시로 준비했으니 가져가도록 하게."

부하들 역시 입을 딱 벌리고 놀라워했다. 자신도 모르게 침
을 꿀꺽 삼키는 대원들도 있었다. 발톱 기사단에서 최고로 인
정받는 드래곤 전대원들도 데저트 렙터를 개인적으로 소지하
지 못한다. 그저 세 전대가 돌아가며 탑승할 뿐이었다. 당장에
라도 타보고 싶었는지 대원들이 연신 안절부절 못해했다. 그
기미를 알아차린 마하르가 빙그레 웃었다.

"지금부터 그대들의 것일세. 조련사들이 탑승법 등 여러 가지를 알려줄 테니 연습해 보도록 하게. 데저트 렙터를 타고 이동하면 돌아가는 길이 월등히 편할 것이네."

리셀 역시 놀라움을 감추지 못했다.

"설마 데저트 렙터를 주실 줄은 몰랐습니다."

"레오폰 왕국의 데저트 렙터는 대부분 우리 부족에서 공급한 것들일세. 데저트 렙터를 가장 먼저 길들여 전력화한 것도 우리 부족이고 말이야. 대외적으로 하란티아 부족이 자랑하는 것은 흑마법사, 호레이살 부족의 자랑거리는 데저트 렙터라고 알려져 있지. 렙터 기병이 스무 명 이상 모인다면 다섯 배 이상의 기마대도 눈 깜짝할 사이에 분쇄할 수 있어."

설명을 마친 마하르가 자신만만하게 가슴을 폈다.

"한 번 타보도록 하게. 조련사가 세심하게 설명해줄 것일세."

"감사드립니다."

거듭 감사 인사를 한 리셀이 조심스럽게 데저트 렙터에게 접근했다. 누군가가 접근하자 데저트 렙터의 노릿한 눈에 흥성이 떠올랐지만 조련사가 꽉 붙잡고 있었기 때문에 덤벼들거나 하지는 않았다.

데저트 렙터를 타는 것은 결코 녹록지 않았다. 대원들 대부분이 승마와 마상 전투에 익숙했지만 데저트 렙터는 말보다 흔들림이 심할뿐더러 균형 잡기도 힘들었다. 게다가 속도감은 말에 비할 바가 아니었다.

"우와앗."

대원 한 명이 막 질주를 시작한 데저트 렙터의 등에서 굴러 떨어졌다. 조금이라도 균형이 흐트러지면 여지없이 떨어지고 마는 것이다. 그러나 욱신거리는 허리를 매만지며 몸을 일으키는 대원들의 얼굴에는 반드시 렙터에 익숙해지고 말겠다는 결의가 번뜩였다.

리셀은 서너 번 정도 데저트 렙터에 타 본 뒤 근위병의 안내를 받아 별궁으로 이동해야 했다. 티아나가 만나자는 전갈을 해왔기 때문이었다. 그는 데저트 렙터와 씨름을 벌이는 대원들을 내버려두고 티아나의 별궁으로 향했다. 별궁 입구에 도착하자 근위병들이 허리를 굽혔다. 그곳부터는 그들이 들어갈 수 없는 금역이었다.

"나오실 때 전갈을 주십시오. 모시러 오겠습니다."

별궁 내부부터는 창과 단검으로 무장한 여자 근위병들이 차가운 눈빛을 번뜩이며 안내했다.

'여자들에게는 시미터를 허락하지 않는다는 게 사실이로군.'

이런저런 생각을 하며 리셀이 그들의 뒤를 따랐다. 화려한 복도를 쭉 걷자 큼지막한 방이 나타났다. 문을 열자 양탄자가 깔린 바닥에 비스듬하게 누운 티아나의 모습이 보였다. 고개를 돌린 티아나가 근위병들에게 명령을 했다.

"수고들 했다. 어만 물러가보도록."

고개를 숙인 근위병들이 문을 닫고 물러갔다. 그러자 티아나의 얼굴에 활짝 미소가 피어났다. 마치 기다렸다는 듯이 말이다.

"어서 와. 한참 기다렸어."

"늦어서 미안하군. 어미어께서 감당할 수 없는 선물을 주셔서 말이야."

"데저트 렙터 말이구나. 아버지가 크게 마음먹으신 모양이야. 서른 마리의 데저트 렙터라면 족히 노예 천 명을 살 수 있는 가치를 지니고 있지. 하지만 네가 해낸 일에 비하면 아무것도 아니야."

리셀이 맞은편 포단에 앉자 티아나가 과일주를 따라주었다. 붉은 액체가 가득 따라진 유리잔을 리셀이 받아 들었다. 한 입 머금자 달콤한 맛이 입속을 가득 채웠다.

"맛있군."

"고마워. 그건 그렇고, 내일 떠난다며?"

리셀이 묵묵히 고개를 끄덕였다. 마하르는 며칠 푹 쉬었다 갈 것을 권해왔다. 그러나 시간을 지체할 수 없는 것이 리셀의 입장이었다. 하루라도 빨리 돌아가서 협정 내용을 브렌트 백작에게 알려야 한다. 그런 만큼 리셀의 입장에서는 귀환을 서둘러야 했다. 그런데 리셀을 쳐다보는 티아나의 표정이 왠지 모르게 심상치 않았다. 그녀가 얼굴 가득 홍조를 떠올린 채 리셀을 물끄러미 쳐다보고 있었다. 집요한 시선이 불편해진 리셀이 화제를 돌렸다.

"내 얼굴에 뭐가 묻었어? 왜 그렇게 쳐다보는 거지?"

티아나가 묘하게 웃으며 리셀에게 다가왔다.

"넌 정말 대단한 남자야."

"무, 무슨 소리지?"

"사실 난 아버지에게 거짓말을 했어."

"……."

"널 인정한다고 아버지에게 말한 적이 있지. 여자로서가 아니라 전사로서……. 하지만 그건 거짓말이었어. 넌 그 누구도 대신할 수 없는 남자야. 나에게."

말을 마친 그녀가 리셀의 품속으로 파고들어 왔다. 엉거주춤한 자세로 그녀를 안아 든 리셀의 눈이 커졌다. 티아나가 눈을 꼭 감은 채 입술을 맞춰왔기 때문이었다. 유난히 긴 속눈썹이 파르르 떨렸다.

리셀은 자신도 모르게 손으로 아랫도리를 가렸다. 일전에 그녀에게 호되게 당한 일 때문에 반사적으로 손이 내려갔던 것이다. 그러나 기대했던 불상사(?)는 없었다. 티아나는 그저 품에 안긴 채 입술을 부비고 있을 뿐이었다. 아래로 늘어졌던 리셀의 손이 스르르 올라가 티아나의 등을 어루만졌다. 그렇게 인종이 다른 두 남녀는 서로의 입술을 포갠 채 한참 동안 입맞춤을 했다.

잠시 후 입술을 뗀 티아나의 얼굴은 붉게 물들어 있었다. 뭔가 아쉬운 듯 한숨을 내쉰 그녀가 흐트러진 옷매무새를 가다듬었다. 리셀 역시 쉽사리 입을 떼지 못했다. 그는 지금 티아나의 육탄공세에 적지 않게 당황한 상태였다.

"티, 티아나……."

그녀가 리셀을 올려다보았다.

"널 다시 만날 수 있을까?"

리셀은 대답하지 못했다. 돌아간다면 티아나를 두 번 다시 볼 수 없을 것이다. 아니, 레오폰 왕국으로 올 수 있는 기회 자체가 없을 것이다. 그럼에도 불구하고 티아나는 시선을 돌리지 않았다.

"나를 보러 꼭 와 줄 수 있어?"

겨우 마음을 추스른 리셀이 무겁게 입을 열었다.

"하, 하지만 넌……."

"알아. 나에겐 이미 임자가 있다는 말이겠지? 이해해. 나에겐 정략결혼으로 맺어진 하란티아 부족의 정혼자가 있으니까."

다소 흥분이 가라앉은 듯 티아나가 한숨을 내쉬며 자리에 앉았다.

"지금껏 난 정혼자의 얼굴을 단 한 번도 보지 못했어. 이미 그에게는 두 명의 아내가 있고 들려오는 소문도 그리 좋지 못하지. 게다가 제국과 협정을 맺은 이상 그는 우리 부족과 적대 관계에 놓일 수밖에 없고 말이야."

“그렇다면 파혼하게 되는 거야?”

“그렇지는 않아. 상징적인 의미의 혼인인 만큼 정혼자가 죽더라도 파혼 따윈 생각조차 할 수 없어.”

리셀의 표정이 심각해졌다. 하란티아 부족은 이미 제국의 주적으로 결론 내려진 상태였다. 부족장이자 현 칼리프인 나자르와 그의 혈족들은 제국군의 입장에서 가장 우선적인 척살 대상이다. 카시마르가 함락되면 그들의 운명 역시 참혹할 터였다. 호레이살 부족이라는 협상 대상이 있는 이상 칼리프의 혈족을 살려두어야 할 이유란 없다. 붙잡힐 경우 공개적인 자리에서 처형당하는 것이 그들의 운명이었다.

“그, 그럼.”

“영원히 미망인으로 살아야 할 테지. 아마도 그게 나에게 주어진 운명일 거야.”

“말도 안 돼. 너처럼 아름다운……”

리셀은 말을 끝맺지 못했다. 티아나가 처연히 웃으며 손가락으로 리셀의 입술을 지그시 눌렀기 때문이었다.

“동정할 필요 없으니 그런 눈으로 쳐다보지 마. 레오폰 왕국의 다른 여자들보다는 사정이 나을 테니까 말이야. 레오폰의 여자들은 결혼하는 순간부터 철저히 잊혀지는 존재야. 외출할 땐 항상 베일로 얼굴을 가리고 다녀야 하며 어떠한 경우에도 외간 남자와 만날 수 없어. 지금처럼 너와 대화를 나누는 것 자체가 불가능하다는 뜻이지.”

"놀랍구나."

"그런 면에서 보자면 미망인 신분이 낫지. 결혼한 여자보다 제약 조건이 월등히 적으니까. 그리고 지금처럼 누군가를 영원히 가슴에 담아둘 수도 있고."

"티, 티아나……."

리셀의 눈빛이 흔들렸다. 그의 짧은 생에서 여성에게 사랑을 고백받은 적이 처음이었기에 당황하는 것도 당연했다. 그것도 더없이 아름다운 용모의 티아나가 아니던가.

"아마 내 인생에 남자는 아마 너 하나뿐일 거야. 비록 그것이 이루어질 수 없고 또, 오직 마음속으로만 간직해야 하는 사랑이긴 하지만 말이야. 허락해줄 거지? 널 마음속에 담아두는 것 말이야."

"이해하기 힘들구나. 내 어떤 모습이 널 흔들리게 만들었는지 모르겠다."

티아나가 살포시 웃으며 술잔을 입술로 가져갔다.

"처음에는 네가 무척 미웠어. 우리 부족 전사들을 잔인하게 살육한 제국 기사, 그게 내 눈에 비친 너였지. 그다음으로 느낀 감정은 고마움이야. 발정 난 늑대들이 우글거리는 제국군 진영에서 날 고이 지켜주었으니 고마울밖에. 그리고 난……."

고개를 든 티아나가 리셀의 눈을 들여다보았다.

"부족의 시험을 치르는 널 보며 차츰 마음이 흔들렸어. 그 어떤 고난과 난관에도 굴복하지 않고 묵묵히 극복해 나가는

네 모습에 과연 반하지 않을 여자가 있을까?"

리셀은 아무런 말도 하지 않고 조용히 듣고만 있었다.

"자부심 강한 전사조차 견뎌내기 힘든 별궁에서도 넌 자신을 절제했지. 그리고 넌 여든일곱 번의 하쿠에레차를 홀로 해결해냈어. 아마도 그 기록은 우리 레오폰 왕국이 존속하는 한 영원히 깨어지지 않을 거야."

티아나가 손을 뻗어 리셀의 볼을 매만졌다. 마치 유리잔을 만지는 것처럼 더없이 조심스럽고 섬세한 손길이었다.

"시험을 마치고 모든 부족에게 인정받는 순간의 네 모습은 마치 화인처럼 내 가슴속에 틀어박혔어. 그 어떤 전사도 흉내 내지 못할 당당한 모습이었지."

리셀의 볼을 쓸어내리는 손길이 돌연 파르르 떨렸다.

"이제 난 이 별궁에서 평생 혼자 살아갈 거야. 머지않아 멸망할 하란티아 부족의 미망인으로서 말이야. 그러나 외롭진 않을 것 같아. 가슴속에 한 남자의 모습을 간직할 수 있으니……."

그녀의 눈시울이 또다시 붉어지기 시작했다.

"한 가지만 약속해줘. 훗날 반드시 날 찾아와 주겠다고……. 부디 나에게 희망을 줘. 언젠가 널 다시 볼 수 있다는 희망이 있다면 외로움을 극복하는 데 큰 도움이 될 거야."

자신도 모르게 티아나의 손을 붙잡은 리셀이 무겁게 고개를 끄덕였다.

"그렇게 할게. 기사의 이름을 걸고 맹세하겠어. 훗날 반드시 널 찾아오겠다. 반드시."

리셸이 고개를 끄덕이는 순간 티아나의 눈가에 눈물이 그렁그렁 맺혔다.

"흑."

그녀가 눈물을 뿌리며 또다시 리셸의 품속으로 뛰어들었다. 리셸은 티아나를 꼭 끌어안은 채로 등을 어루만져 주었다. 가슴이 뜨거워지는 것을 보니 눈물을 펑펑 쏟고 있는 모양이었다. 잠시 후 고개를 든 티아나가 눈물을 훔치며 빙긋 웃었다.

"고마워. 덕분에 힘을 얻었어."

그럼에도 불구하고 리셸의 표정은 풀리지 않았다. 평생 수절해야 할 티아나가 안쓰럽고 또 안쓰럽기만 했다. 저토록 아름답고 총명한 티아나가 운명의 굴레에 얽매어 평생 별궁에 갇혀 살아야 한다니…….

그의 머릿속에는 오만가지 생각이 교차하고 있었다. 이대로 티아나를 데리고 제국으로 가면 안 될까? 그러나 그는 금세 고개를 절레절레 흔들어야 했다. 하란티아 부족과 혼약을 맺은 티아나가 사라진다면 그 여파는 실로 만만치 않을 것이다. 잘못하면 제국과의 협정마저 파국으로 치달을 가능성도 있다. 흔들리는 리셸의 눈빛을 알아보았는지 티아나가 손을 잡아왔다.

"네 마음 알아. 하지만 그래선 안 된다는 것도 알고 있겠지?"

“……”

“이걸로 충분해. 넌 내가 영원히 마음속으로 그려야 할 희망이야. 나중에 찾아와 줄 것이란 기대를 안겨줬으니 더 이상 바랄 나위가 없어.”

리셀의 눈빛이 차분히 가라앉았다. 그가 해줄 수 있는 것은 오직 하나뿐이다. 루카스 후작가의 기사가 된 후 시간을 내어 레오폰 왕국을 방문하는 것. 물론 철저히 비밀리에 행해져야 할 것이다. 제국의 기사인 그가 미망인이 된 티아나를 공개적으로 방문할 수 있는 방법은 어디에도 없을 테니까. 그렇게 리셀은 티아나의 뜨거운 눈빛을 받으며 침묵을 지키고 있었다.

두두두두.

일단의 무리들이 흙먼지를 자욱하게 흩날리며 질주하고 있었다. 그런데 그 속도가 놀랄 정도로 빨랐다. 미친 듯이 사막을 질주하는 그것들은 말이 아니었다. 노릿한 눈동자에 쉴 새 없이 날름거리는 혀, 사막 최고의 탈것인 데저트 렙터였다.

무려 수십 마리의 데저트 렙터가 저마다 등에 기수를 태운 채 사막을 내달렸다. 멀어지는 데저트 렙터 무리의 뒤로 피어올랐던 흙먼지가 서서히 가라앉고 있었다. 데저트 렙터의 수는 물경 육십 마리가 넘었다. 이런 대규모 이동은 데저트 렙터의 원산지인 레오폰 왕국에서도 쉽사리 보기 힘든 광경이었다. 데저트 렙터 군단의 정체는 바로 호레이살 부족의 본거지인 네헤라자드를 떠나온 까마귀 전대였다. 그리고 그 뒤를 호레이살 부족의 전사들이 바짝 붙어 쫓아오고 있었다.

무리의 선두에는 두 마리의 데저트 렙터가 머리를 나란히 한 채 달리고 있었다. 그중 한 마리에는 리셀이 타고 있었다. 티아나에 대한 생각 때문인지 표정이 그리 밝지 않았지만 리셀은 필사적으로 중심을 잡으며 마구 흔들리는 데저트 렙터의 안장에 몸을 내맡기고 있었다.

그 옆에서 렙터를 달리는 이는 콧수염이 멋들어진 당당한 체구의 전사였다. 사막 부족 특유의 햇볕에 그을린 갈색 피부를 가진 사내는 바로 호레이살 부족을 대표하는 사신단의 단장이자 제국으로 보내질 볼모이기도 한 소이르였다. 호레이살 부족의 어미어 마하르의 아들 중 하나인 그가 리셀과 동행하고 있는 것이다. 그가 감탄 어린 표정으로 마주 달리는 리셀을 쳐다보았다.

'놀랍군. 데저트 렙터 탑승법을 얼마 배우지 못했는데도 나와 보조를 맞춰 달릴 수 있다니 말이야.'

소이르는 벌써 10년 가까이 데저트 렙터를 타 본 경험 많은 기수였다. 그런데 고작 이삼일 정도 타 본 것이 전부인 리셀이 무난히 그를 따라오고 있는 것이다. 뒤를 따르는 까마귀 전대원들 역시 놀랍기는 마찬가지였다. 하나같이 얼굴이 땀범벅이된데다가 숨을 헐떡이기는 했지만 그래도 초보치고는 잘 따라오고 있었다. 만에 하나 렙터에서 떨어질 경우를 대비해서 부

족 전사들이 신경을 곤두세우고 있긴 하지만 아직까지 떨어진
자는 아무도 없었다.

'저러니까 우리 부족의 인정을 받을 수 있었겠지만.'

머리를 흔들어 상념을 날려버린 소이르가 앞을 바라보았다.
끝없이 펼쳐진 모래밭 위로 푸른 하늘이 펼쳐져 있었다. 그것
을 보며 소이르가 심호흡을 했다.

'이번 일을 잘 해결한다면 아버지께 인정받을 수 있다.'

그는 노예의 자식이었다. 어미어인 마하르가 술에 취한 어
느 날 시중들던 어린 노예와 충동적으로 동침했고 그 결과 소
이르가 잉태되었다. 기본적으로 사막 부족은 자식에게 차별을
두지 않는다. 때문에 소이르의 어머니는 곧바로 후궁으로 받
아들여졌고 별도의 궁을 가질 수 있게 되었다. 그리고 소이르
는 마하르의 자식으로 성장했다.

그러나 그것은 완전한 의미에서의 평등은 아니었다. 정략결
혼을 통해 맺어진 주요 부족 출신 후궁과 노예 출신 후궁의 신
분이 동일하지 않듯, 다른 자식들과 소이르 사이에는 보이지
않는 신분의 벽이 존재했다. 한마디로 소이르에게는 뒤를 든
든하게 받쳐줄 외가가 없는 것이다.

자식으로 떳떳하게 인정받기 위해 소이르는 지금껏 피를 깎
는 수련을 했다. 손아귀가 찢어질 정도로 시미터를 휘둘렀고
밤을 새워 병서를 읽었다. 그러나 그에게는 좀처럼 기회가 주
어지지 않았다. 아버지의 눈에 들 정도의 공을 세울 기회는 든

든한 외가를 가진 다른 아들들에게 돌아갔다.

초조해진 소이르는 참다못해 아버지에게 제국과의 최전선에 나가 싸우겠다고 청원을 올렸다. 그러나 그 청원은 금세 기각되었다. 어미어의 직계 혈손인 소이르가 최전선에서 싸우다 적의 포로가 될 경우 그 여파가 만만치 않을 것이기 때문이었다. 그랬던 소이르에게 마침내 기회가 왔다. 밤을 새워 수련하던 소이르에게 티아나가 찾아왔다.

"무슨 일이냐? 티아나?"

티아나를 쳐다보는 소이르의 눈빛은 더없이 부드러웠다. 드러나지 않게 멸시하고 모욕을 주는 다른 형제자매들과는 달리 티아나는 그를 진정한 마음으로 대했다. 마치 친오빠를 대하는 듯한 눈빛에 소이르 역시 감동받을 수밖에 없었으리라. 평소 소이르는 티아나를 친여동생처럼 아꼈다. 밤늦게 찾아온 티아나는 단도직입적으로 용건을 꺼냈다.

"오빠. 절 믿으시나요?"

그 말에 소이르는 두 말도 하지 않고 고개를 끄덕였다.

"물론."

전사다운 과묵한 대답에 티아나가 미소를 지었다.

"그러시다면 제 의견에 따라주세요. 머지않아 아버지께서 아들들을 모두 부르실 거예요. 제국으로 갈 사신단의 단장 자리를 맡기기 위해서에요."

그 말에 소이르의 안색이 살짝 굳었다. 명목상으로야 단장이었지만 실상은 제국으로 보내지는 볼모나 다름없었다. 사태가 악화될 경우 가장 먼저 목이 잘리는 자리였다.

"그럴 경우 오빠가 나서서 자원하세요. 사신단의 단장 자리를 맡으시라는 말이에요."

묵묵히 듣고 있던 소이르의 눈매가 꿈틀했다.

"그래야 할 이유가 있느냐?"

"이유를 묻지 마세요. 하지만 제 말대로 하시면 오빠 평생의 염원을 이루실 수 있으실 거예요."

고민은 길지 않았다. 소이르는 더 생각하지 않고 고개를 끄덕였다. 그 정도로 티아나를 믿고 있다는 뜻이었다.

"알겠다. 네 말대로 하마."

"탁월하신 선택이세요. 오빠."

티아나의 입가에도 미소가 번져갔다. 그녀의 말대로 어미어마하르는 그날 저녁 아들들을 모두 불러 모았다. 그리고 티아나가 말한 것과 동일한 내용의 제안을 해왔다.

"이번에 제국으로 사절단을 보내기로 했다. 서른한 명의 전사들을 이끌고 제국군 진영으로 갈 사절단 단장을 너희들 중에서 뽑으려고 한다. 누가 자원하겠느냐?"

그 말에 아들들의 안색이 굳어졌다. 말이 좋아 사절단 단장이지, 정확히 따지면 볼모나 마찬가지였다. 그러니 쉽사리 손을 들 수 있을 리가 없었다. 마하르도 그 상황을 익히 짐작하고 있었기에 아들들의 얼굴을 하나씩 둘러보고 있었다. 자원

자가 없으면 적당한 사람을 지명해서 보낼 생각인 것이다. 바로 그때 소이르가 손을 들었다.

"소자가 가겠습니다."

모여 있던 아들들이 술렁이며 소이르를 쳐다보았다. 마하르 역시 놀란 눈으로 소이르를 쳐다보았다. 고개를 끄덕인 소이르는 그 시선을 똑바로 맞받았다.

"아스트리아 제국의 까마귀 전대와 전대장 리셀은 우리 부족의 안마당으로 들어와 전사의 자격을 여지없이 증명했습니다. 이젠 우리 호레이살 부족에서 제국군에게 전사의 기개를 보여줄 차례입니다. 심히 부족하지만 소자가 가고 싶습니다. 그리하여 호레이살 전사가 결코 호락호락하지 않다는 사실을 똑똑히 각인시켜주겠습니다."

마하르의 입가에 미소가 번져갔다. 자청해서 가겠다고 자원할 아들이 있을 것이라고는 미처 예상하지 못했다. 자청해서 가는 것과 시켜서 마지못해 가는 것과는 하늘과 땅 정도의 차이가 있다. 마하르가 머뭇거림 없이 다가가서 소이르의 어깨를 두드려주었다.

"역시 내 아들답구나. 좋다. 네가 가서 제국에 우리 부족 전사의 긍지를 보여주도록 해라."

소이르가 굳은 표정으로 고개를 숙였다.

"맡겨만 주십시오."

"일이 잘 해결될 경우……."

마하르가 정감 가득한 눈빛으로 소이르의 얼굴을 들여다보 았다.

"너에게 중임을 맡기도록 하겠다. 알겠느냐?"

그 말에 소이르의 눈빛이 흔들렸다. 살아 돌아오기만 한다 면 아버지의 인정을 받으리란 건 두말할 나위가 없었다. 그가 머뭇거림 없이 예를 표했다.

"성은에 감사드리옵니다."

"잘 다녀오도록. 이미 파견할 전사의 선발이 끝났다. 내일 아침에 까마귀 전대와 함께 이동할 것이다."

그렇게 해서 소이르는 까마귀 전대와 함께 사신단의 단장 자격으로 제국군 진영으로 가게 된 것이다.

규칙적인 흔들림에 몸을 내맡기던 그의 고개가 돌아갔다. 리셀 은 변함없는 표정으로 데저트 렙터를 타고 달리고 있었다.

'정말 대단한 사람이야. 확실히 티아나가 마음을 빼앗길 만 도 해.'

리셀의 활약상은 그가 쭉 지켜보았기 때문에 누구보다도 잘 알고 있었다. 그리고 리셀을 향한 티아나의 애틋한 마음 역시 당사자에게 직접 들어 이미 알고 있는 바였다.

티아나는 소이르와 대화를 나누며 자신의 속마음을 어느 정 도 털어놓았다. 입이 무거운 소이르가 누구에게도 발설하지 않을 것이란 사실을 철석같이 믿고서. 당시를 떠올린 소이르 가 자신도 모르게 혀를 찼다.

‘쯔쯔. 그 아이도 정말 안 되었어.’

평생을 수절해야 할 티아나가 하필이면 제국 기사에게 마음을 빼앗기다니……. 그러나 리셀 정도의 전사라면 충분히 한 여인의 마음을 사로잡을 자격이 있다. 그는 깊이 생각하지 않기로 마음먹었다.

“힘들지 않으시오?”

소이르의 말에 리셀이 고개를 돌렸다.

“괜찮습니다. 아직 버틸 만합니다.”

“한 시간 정도만 더 달리면 쉴 수 있을 것이오. 그러니 조금만 참으시오.”

“알겠습니다.”

리셀은 좀처럼 얼굴을 펼 수 없었다. 사실 그도 티아나에게 어느 정도 관심을 가지고 있었다. 피 끓는 젊은 리셀이 더없이 아름다운 티아나에게 끌리지 않았다면 그게 바로 거짓말이리라. 그는 호레이살 부족의 근거지로 가는 길에 티아나와 수레 안에서 많은 대화를 나누었다. 총명한데다가 아름답기까지 한 티아나에게 서서히 빠져든 것은 어찌 보면 당연한 수순이었다.

그러나 리셀은 억지로 자신을 자제했다. 이루어질 수 없는 인연이라는 사실을 알기에 어떠한 경우에도 내색하지 않았다. 그런 상황에서 티아나의 고백을 들었으니 가슴이 걷잡을 수 없이 뛸 수밖에 없다. 그러나 리셀은 마스터의 유명을 이행하기 위해서 반드시 루카스 후작가로 가야 한다. 그가 할 수 있는 것은 훗날 티아나와의 약속을 지키는 것뿐이었다.

'그녀와 나는 결코 인연이 아니지. 하지만 한 여인이 평생 나를 마음속에 담아둔다고 하니 왠지 모르게 마음이 편치 않군.'

빠르게 달리는 데저트 렙터의 안장 위에서 리셀은 흔들리는 마음을 연신 다잡고 있었다.

귀환 과정은 비교적 순탄했다. 렙터 기병 서른 명이 함께했기에 호레이살 부족의 관할 구역은 별다른 마찰 없이 지나칠 수 있었다. 이미 모래새를 통해 전갈이 전해졌기에 각 부족은 그들의 앞을 막지 않았다. 오히려 식량과 물을 제공하거나 길잡이를 파견해 안내해주는 경우까지 있었다. 그 덕분에 까마귀 전대는 호레이살 부족의 관할 구역을 무난히 지나칠 수 있었다. 그리고 제국군의 관할 구역 역시 문제 될 것이 없었다. 이미 각 정찰병들 사이에 까마귀 전대가 통과할 거란 소식이 전해져 있는 상태였다.

문제는 라할리아 사막 중심부였다. 그곳은 하란티아 부족과 그 입김이 미치는 부족 전사들이 장악하고 있다. 그들의 손에 걸릴 경우 상황이 악화될 수밖에 없었다. 그렇다고 해서 올 때처럼 사막 부족의 보급대로 위장하기도 힘든 상황이었다. 그러나 호레이살 부족이 내어준 데저트 렙터는 그 모든 위험을 원천적으로 차단해주었다.

　라할리아 사막으로 접어든 지 얼마 되지 않아 모래 능선 위에서 일단의 기마대가 모습을 드러냈다. 말과 낙타가 뒤섞인 수백 명의 기병들이었다. 까마귀 전대를 보자 그들은 머뭇거림 없이 말을 몰아 질주해왔다. 속도가 느린 낙타가 뒤처졌지만 말을 타고 밀려오는 기병의 수만 해도 족히 이백 명이 넘었다.
　두두두두.
　그 모습을 보고 까마귀 전대원들의 안색이 살짝 굳어지려는 순간, 소이르가 미소를 지으며 앞으로 나섰다.
　"정황을 보니 하란티아 부족의 수색대인 것 같군요."
　리셀의 안색이 살짝 굳어졌다.
　"맞서 싸우기에는 수가 좀 많군요. 아무래도 희생자가 날 것 같은데……."
　"싸울 필요는 없습니다. 돌파하면 되죠. 떨어지지 않도록 주의하십시오. 하앗."
　말을 마친 소이르가 데저트 렙터의 옆구리에 박차를 가했다. 그러자 그를 태운 데저트 렙터가 맹렬한 속도로 달려나가기 시작했다. 그 뒤를 나머지 데저트 렙터가 바짝 따라붙었다.
　두두두두.
　데저트 렙터의 속도는 실로 무시무시했다. 두 다리를 교차시키며 마치 거짓말처럼 모래 위를 질주했다. 하란티아 부족의 추격대로 짐작되는 기마대는 두 시 방향에서 접근하고 있었다. 데저트 렙터 군단은 동요 없이 가던 길로 계속 질주해 나갔다. 데저트 렙터의 순간 가속력이 워낙 탁월한 덕에 그들은 기마대와 조우하기 전에 그곳을 빠져나갈 수 있었다.

맹렬히 추격해오던 기마대는 금세 뒤떨어졌다. 전광석화와도 같이 질주하는 데저트 렙터의 속도는 말로는 쉽사리 따라잡을 수 없었다. 어느 정도 달리자 지친 말들이 하나둘 떨어져 나가기 시작했다. 결국 기마대의 추격은 얼마 가지 않아 중지되었다.

기마대의 모습이 작은 점으로 변해 사라지자 데저트 렙터들이 서서히 속도를 줄였다. 낙오된 사람이 없는지 뒤를 둘러본 소이르가 밝은 표정을 지었다.

"아마도 놈들은 모래새를 이용해 소식을 전할 것입니다. 우리 부족과 제국과의 협정은 이미 드러났다고 봐야겠죠. 언젠가는 이렇게 될 거라 짐작하고 있었습니다."

"걱정이로군요. 하란티아 부족에서 포위망을 만들어 좁혀오기라도 하면."

소이르가 걱정하지 말라는 듯 머리를 흔들었다.

"염려 마십시오. 모래새의 속도는 그다지 빠르지 않습니다. 게다가 뜨거운 사막의 햇살 아래에서 쉬지 않고 날 수도 없지요. 데저트 렙터의 속도를 감안하면 포위망이 구성되기 전에 충분히 빠져나갈 수 있습니다."

　소이르의 장담은 현실로 돌아왔다. 그들은 빠른 속도로 사막을 가로질렀다. 간혹 데저트 렙터를 탄 정찰병과 마주쳤지만 달려드는 자는 없었다. 고작 한두 마리의 데저트 렙터로 육십 명이 넘는 렙터 기병에게 달려드는 것은 자살행위나 마찬가지였다. 그리고 드문드문 마주치는 기마대는 전력질주로 떨쳐버렸다. 사막에서 데저트 렙터를 따라잡을 수 있는 탈것은 오직 같은 데저트 렙터뿐이었다. 육십 마리가 넘는 데저트 렙터는 실로 무시무시한 위력을 발휘했다.

　물론 물이 필요했기에 중간중간 오아시스에 들르기는 했다. 그곳에서 사막 부족의 보급대와 조우하는 경우는 있었지만 충돌은 없었다. 현실적으로 육십 마리의 렙터 기병들은 서너 배에 달하는 기마대조차 분쇄해버릴 능력이 있다. 그런데 고작 열 명 안팎의 호위가 붙은 보급대가 어찌 그들에게 덤빌 수 있단 말인가? 그들의 적의와 공포 어린 시선을 받으며 까마귀 전대는 물주머니를 채우고 다시 길을 떠났다.

　오아시스에서 물을 보충한 그들은 쉬지 않고 달렸다. 올 때 두 달 가까이 걸린 길을 고작 보름 만에 주파했을 정도였다. 데저트 렙터가 아니라면 꿈도 꾸지 못할 강행군이었다. 그렇게 해서 그들은 무사히 사막을 건너 제국군의 정찰대가 활약하는 지역으로 들어설 수 있었다.

　제국군의 관할지에 들어서자마자 금세 정찰병과 조우할 수

있었다. 데저트 렙터를 탄 두 기의 렙터 정찰병이 그들을 보자
바로 접근해 왔다.

"혹시 까마귀 전대십니까?"

"그렇다. 우릴 마중 나온 것인가?"

"그렇습니다. 저희들이 안내하겠습니다."

정찰병들은 그들을 최전방 전초 기지로 안내했다. 꽤나 규
모가 큰 그 전초 기지에는 수정구를 이용한 마법 통신 수단이
갖춰져 있었다. 리셀은 그곳에서 마법 통신을 통해 브렌트 백
작에게 귀환 사실을 알렸다. 통신을 받은 브렌트 백작은 놀라
움을 금치 못했다.

—그게 사실인가? 놀랍군. 자세한 이야기는 본부에서 하도
록 하고 우선 귀환하도록 하게. 사령부로 직접 오도록……

"알겠습니다."

리셀은 일행을 데리고 즉시 전초 기지를 떠났다. 전초 기지
에서 따라온 병력은 소수였다. 군마를 탄 기병들은 데저트 렙
터와 보조를 맞춰 달릴 수 없었기 때문이다. 데저트 렙터를 탄
정찰병 네 명만이 큼지막한 깃발을 들고 선두와 후미에 따라
붙었다. 그들은 브렌트 백작이 기다리는 제국군 총사령부를
향해 데저트 렙터를 몰았다.

귀환 과정은 비교적 순탄했다. 전령이 흔드는 깃발을 본 각
지의 주둔군들은 두 말도 없이 길을 열어 그들을 통과시켰다.
검문소 역시 마찬가지였다. 그 때문에 그들은 해가 떨어지기

전에 사령부에 도착할 수 있었다.

브렌트 백작은 각급 지휘관들과 함께 사령부 관문 앞에서 기다리고 있었다. 그들은 도착하자마자 본부 건물 안으로 안내되었고 그들이 타고 온 데저트 랩터는 비워진 막사 안으로 들어가는 신세가 되었다. 그리고 회담이 시작되었다.

호레이살 부족의 사절단 단장은 레오폰인 특유의 검은 피부에 강인한 인상을 가진 전사였다. 소이르가 브렌트 백작에게 절도 있는 태도로 예를 취했다.

"만나서 반갑습니다. 제 이름은 소이르입니다."

자신이 호레이살 부족의 어미어 마하르의 친아들이라고 신분을 밝힌 소이르는 과연 그 신분에 걸맞은 당당한 태도로 브렌트 백작의 질문에 대답해주었다. 비록 통역관의 통역을 거치긴 했지만 그의 자신감 넘치는 모습은 브렌트 백작과 제국군 지휘관들의 가슴에 잔잔한 여운을 안겨주었다. 어지간히 담이 큰 자가 아니면 적진에 들어와서 저토록 당당한 태도를 견지할 순 없는 노릇이다. 그러면서도 결례가 되는 행동은 일절 하지 않았다. 태도를 볼 때 제대로 교육받은 고위급 귀족이 틀림없었다.

"호레이살 부족은 우리로 인해 큰 피해를 입은 것으로 알고 있소. 그런데도 제안을 받아들이다니 우리도 무척 놀라고 있소. 협력하기로 결정한 이유를 알고 싶소만."

브렌트 백작의 질문에 소이르는 머뭇거림 없이 대답했다.

"모든 것은 리셀 전대장과 까마귀 전대원들 덕분입니다. 그들이 아니었다면 우리 부족은 어떠한 경우에도 제국과 협력하지 않았을 것입니다."

이어지는 말에 브렌트 백작과 각급 지휘관들의 눈이 휘둥그레졌다. 리셀의 활약상을 듣고 나니 입을 딱 벌릴 수밖에 없었던 것이다.

소이르의 말에 따르면 리셀은 성노들이 우글거리는 하렘에서 사흘을 버텨냈다고 한다. 그 말에 대부분의 지휘관들은 놀라움을 금치 못했다. 하렘이 어느 곳인가? 레오폰 왕국이 포로가 된 제국군 장병들을 세뇌하는 장소 아니던가? 제아무리 용감한 병사나 기사라도 하렘에만 들어갔다 오면 사람 자체가 변해버린다. 다시 하렘에 돌아가기 위해 수단 방법을 가리지 않고 적에게 협력하는 것이다.

그동안 제국군은 내사를 통해 레오폰 왕국에 포섭된 첩자들을 색출해냈다. 그들을 심문한 결과 레오폰 왕국의 하렘을 이용한 세뇌 방법을 파악할 수 있었다. 이후 적에게 사로잡히거나, 혹은 행방불명되었다가 귀환한 자들에게는 어김없이 정밀 조사가 행해졌다. 그 과정에서 기사들조차도 하렘의 유혹을 이기지 못하고 세뇌된 사실이 드러났다. 그런 하렘에서 사흘을 견뎠다니, 지휘관들이 경악하는 것도 당연했다. 게다가 이어지는 시험 내용을 들은 그들은 넋을 잃었다.

"하쿠에레차! 전통적으로 레오폰 민족이 각 부족 간의 은원 관계를 해소하기 위해 행하는 오래된 의식입니다. 술을 한 잔 마시고 결투를 벌여 그 승패에 따라 원한을 해소할지, 아닐지를 결정하지요. 리셀 전대장은 네헤라자드에서 무려 여든일곱 번의 하쿠에레차를 승리로 장식했습니다. 여든일곱 잔의 술을 마시고 여든일곱 명의 전사를 꺾었다는 말이지요. 그 때문에 각 부족은 별다른 이견 없이 제국과의 원한 관계를 청산할 수 있었습니다."

소이르는 까마귀 전대원에 대한 사실도 털어놓았다.

"전대장 리셀과 별도로 까마귀 전대원들도 시험을 치렀습니다. 네헤라자드에는 천 명에 가까운 각 부족의 전사들이 모였습니다. 하나같이 제국과의 싸움에서 형제나 친지를 잃은 전사들이 원한을 풀기 위해 달려온 것이지요. 서른한 명의 까마귀 전대원들에게 내려진 시험은 그들의 원한을 맨주먹으로 풀어주는 것이었습니다. 시험은 성공리에 끝났습니다. 서른한 명의 까마귀 전대원들이 천 명에 가까운 전사들과 혈투를 벌였다는 뜻이지요."

시험 과정을 들은 지휘관들은 또다시 입을 벌려야 했다. 천 명이라면 까마귀 전대원들은 한 명당 하루에 열에서 열다섯 사이의 사막 전사들과 난타전을 펼쳤으리란 계산이 나온다. 실컷 치고받은 다음 새로 나온 쌩쌩한 사막 전사와 또다시 주먹다짐을 벌여야 했다는 뜻이다.

"시험은 사흘 동안 치러졌습니다. 그 과정에서 대부분의 사막 전사들이 원한을 풀고 고향으로 돌아갔습니다. 그중에는 그들의 투혼에 감명을 받고 시험을 포기한 전사들도 적지 않았습니다. 한마디로 전사들에게 자신이 진정한 사내들임을 입증한 것이지요."

이어 소이르는 한 마디를 덧붙였다.

"만약 그들이 오지 않았다면 우린 아마도 제국과 협력하지 않았을 것입니다. 사신 모두의 목을 잘라 소금에 절여 보냈을 가능성이 컸겠지요. 그러나 까마귀 전대는 우리 부족의 모든 시험을 당당히 치러냈고 친구로 인정받았습니다. 그리고 동등한 자격에서 회합을 한 끝에 모든 부족으로부터 제국과 협력하겠다는 약속을 받아낸 것입니다."

브렌트 백작은 말을 잃었다. 리셀과 까마귀 전대원들이 그렇게 혹독한 시험을 치렀을 줄은 예상하지 못했다. 그들은 그 모든 시험을 성공리에 치른 끝에 호레이살 부족의 협조를 얻어냈다. 그 결과는 벌써 하루 전부터 정찰병들이 전해 오는 소식에 의해 드러나고 있었다.

─전선에서 대다수의 사막 전사들이 철수를 시도하고 있습니다. 대부분 호레이살 부족과 그의 입김이 닿는 부족 전사들로 추정됩니다. 그리고 사막 전사들 간에 간헐적으로 전투가 벌어지는 모습도 관측되었습니다. 전체적인 국면으로 미루어 호레이살 측 병력이 전장에서 철수하려는 것을 하란티아 측

병력이 막으려고 하는 모습입니다. 그러나 호레이살 측 병력이 월등히 많기에 하란티아 측에서 섣불리 건들지 못하고 있습니다.

당시 보고를 받은 브렌트 백작은 깜짝 놀랐다. 그렇다면 까마귀 전대가 호레이살 부족과의 협상을 성공시켰단 말인가? 해서 그는 각 부대에 전령을 보내 가급적 전투를 자제할 것을 지시했다. 분열 조짐이 보이는 적을 공격하는 건 지휘관으로서 철저한 금기사항이었다. 그리고 귀환하는 까마귀 전대를 맞이하기 위해 정찰병들을 대대적으로 파견했다. 리셀이 비교적 순탄하게 사령부로 올 수 있었던 것은 바로 그 때문이었다. 전장의 상황에 대한 브렌트 백작의 의문점은 소이르가 풀어주었다.

"우리는 이미 까마귀 전대가 출발하기 하루 전에 전방으로 전령을 보냈습니다. 전투를 중지하고 철수하라는 내용을 일선 부대에 직접 전달한 것이지요."

각 부족에서 보낸 전령들은 두 명이 한 조를 이뤄 데저트 렙터를 타고 전장으로 달려갔다고 한다. 그리고 일선 부대의 지휘관에게 부족 회의에서 도출된 결정 사항을 전달했다.

"이해할 수가 없군. 전투를 중지하고 철수하라고?"

뜻밖의 전언에 의아해했지만 사막 전사들을 지휘하는 지휘관은 순순히 명에 따랐다. 부족 회의를 거쳐 결정된 사항이었기에 감히 거부할 엄두를 내지 못했다. 호레이살 부족과 그 영향력 아래에 있는 부족 전사들은 곳곳에서 합류하여 철군을 시도했다. 가끔 하란티아 부족 계열 전사들과 충돌이 있긴 했지만 철군에 큰 지장을 주지는 않았다.

그럴 것이 호레이살 계열 전사들은 대부분 최전방에 배치되어 있다. 그들이 모두 한자리에 모이자 병력 규모가 엄청나게 커질 수밖에 없었다. 대부분의 병력이 후방에 배치된 하란티아 부족 측 전사들로서는 도저히 막을 수 없는 실정이었다.

"현재 우리 부족과 산하 부족의 전사들은 순차적으로 합류하여 철군하고 있습니다. 한 달 정도면 모든 전선에서 철군이 가능할 것입니다."

"흠. 약속을 확실하게 지키려는 의지가 보이는구려. 좋소. 호레이살 부족이 약속을 지키는 한 아스트리아 제국에서 먼저 협정을 저버리는 일은 없을 것이오."

"리셀 전대장과 까마귀 전대원들은 우리 호레이살 부족의 손님이자 친구입니다. 그들을 보낸 아스트리아 제국 역시 그러하지요. 우리 부족은 어떠한 경우에도 친구를 배신하지 않습니다."

"좋소. 그게 사실이라면 제국과 호레이살 부족과의 우호 관계는 무척 오랫동안 유지될 것이오."

한결 밝은 표정이 된 브렌트 백작이 묵묵히 고개를 끄덕였다.

제2장
집요하도다!
아그리아 공작가여

회담이 끝나자 소이르와 호레이살 전사들은 귀빈 전용 숙소
로 안내되었다. 이어진 참모 회의에서도 들뜬 분위기는 가라
앉지 않았다. 전장에서 호레이살 계열 전사들이 물러난다면
남부군의 부담감은 대폭 줄어들 것이다. 그리고 곧이어 있을
레오폰 왕국 정벌 역시 훨씬 수월해질 것이 틀림없었다.

회의가 끝나자 브렌트 백작은 참모들을 모두 막사 밖으로
물렸다. 그리고 전령을 시켜 누군가를 불러들이게 했다. 의자
에 몸을 묻은 브렌트 백작은 묘한 표정을 짓고 있었다.

"이것 참, 믿기 힘든 일이로군."

솔직히 말해 그는 일이 이렇게 진행될 줄은 꿈에도 상상하

지 못했다. 다시 말해 리셀이 임무를 이토록 완벽히 수행하고 돌아올 줄 몰랐다는 뜻이다. 그러나 그와 까마귀 전대원은 더 없이 훌륭하게 임무를 수행해냈고 남부군은 월등히 유리한 조건에서 레오폰 왕국 정벌을 시도할 수 있게 되었다. 생각에 잠겨 있는데 누군가가 막사 안으로 들어왔다.

"어서 오게."

들어온 자는 리셀이었다. 강행군으로 인해 먼지투성이가 된 몸을 씻고 깨끗한 새 제복으로 갈아입은 리셀이 비교적 밝은 표정으로 예를 취했다.

"부르셨습니까?"

"앉게. 할 말이 무척 많아."

자리에 앉은 리셀을 브렌트 백작이 부드러운 눈빛으로 쳐다보았다.

"정말 수고 많았네. 자네가 세운 공적은 실로 말로는 모두 표현하기 힘들 정도로 대단해."

"과찬이십니다."

"이젠 내가 약속을 지킬 차례가 되었군. 자네 요구 조건을 모두 들어주겠네. 까마귀 전대의 부전대장 레인을 비롯한 전대원 서른 명을 모두 기사로 서임시켜 준 뒤 자유 기사 신분으로 풀어주겠다는 뜻일세."

"감사합니다."

고개를 숙이는 리셀에게 브렌트 백작이 급히 손을 흔들었다.

"감사 인사 따윈 하지 말게. 어차피 임무를 성공시켰을 때의 조건이었을 뿐이니 말일세. 그들에겐 충분히 그럴 만한 자격이 있어."

말을 마친 브렌트 백작이 리셀을 쳐다보았다. 그런데 그의 눈빛이 묘하게 떨리고 있었다.

"그런데 자네가 문제로군. 충군형으로 복무하는 신분이기 때문에 마땅히 보상할 방도가 없어."

"저는 상관없습니다. 부하들이 기사가 되는 것만으로 만족할 수 있습니다."

"그게 그리 간단한 문제가 아냐."

"무슨 말씀이신지."

브렌트 백작이 심각한 표정으로 말을 이어나갔다.

"현재 아그리아 공작가의 움직임이 심상치 않네. 조금 전 보고를 받았어. 아그리아 공작가의 병력을 총괄 지휘하는 자 므란 백작이 병참 사령부에 다녀갔다고 하는군. 그곳에서 그는 자네에 대해 많은 것을 조사해갔다고 해. 특히 정확한 전역 날짜를 집중적으로 물어보았다고 하더군."

리셀의 안색이 살짝 경직되었다.

"자네의 생환이 그들에게도 예상치 못한 일이었으리라 짐작되네. 아무래도 그들은 자네에 대한 복수를 포기하지 않은 것 같아."

리셀이 입술을 지그시 깨물었다. 아그리아 공작가에서 이토록 집요하게 나올 줄은 예상하지 못했다.

"현재 아그리아 공작가의 기사들 중 다수가 외부로 빠져나가려는 움직임을 보이고 있네. 특별한 임무가 없는데도 말이지. 그리고 공작령에서 일단의 기사단이 남하하고 있다는 첩보마저 들어왔네. 정황을 보니 공작가를 섬기는 봉신 가문의 영지에서도 기사들이 동원되고 있는 것 같아."

그 말을 들은 리셀이 가슴을 쫙 폈다.

"제가 초래한 일입니다. 모두 제가 감당하겠습니다."

"모든 것을 책임지려는 태도는 좋아. 하지만 자네 혼자서 그 많은 병력을 감당할 순 없다네. 그래서 방법을 한 번 생각해 보았네."

브렌트 백작이 정색을 하고 리셀을 쳐다보았다.

"공적을 세운 병사에 대한 교범을 살펴보았더니 다행히 자네에게 도움이 될 만한 항목이 한 가지 있더군. 큰 공을 세운 병사에겐 의무 복무 기간을 줄여줄 수 있다는 항목이지. 면밀히 검토해 본 결과 충군형으로 복무하는 자네에게 적용시켜도 문제가 없을 것 같더군."

리셀의 눈이 살짝 커졌다.

"그게 사실이십니까?"

"그렇다네. 자네의 예정 전역일은 정확히 29일 후야. 규범대로라면 6개월 정도 감축하는 게 가능하지만 자네가 누릴 수 있는 혜택은 그게 전부인 것 같아. 하지만 지금 상황에서는 그 정도로도 충분할 것 같군. 아직 아그리아 공작가의 병력이 모이기 전일 테니 말이야."

리셀은 마음이 차분히 가라앉는 것을 느꼈다. 브렌트 백작의 말대로 29일 먼저 전역한다면 아그리아 공작가의 포위망이 완전히 형성되기 전에 이곳을 빠져나갈 수 있을 것 같았다.

"그나마 다행인 것은 그들이 자네의 목적지를 명확히 알지 못한다는 점이지. 자네의 마스터가 아너프리 경이란 사실은 알고 있겠지만 루카스 후작가로 갈 것이라는 확신은 하지 못하고 있을 거야. 그러니 시간이 걸리더라도 아그리아 공작가의 영향력이 미치지 않는 지역으로 빙 둘러서 가도록 하게. 일단 루카스 후작가의 영토로 들어가면 아그리아 공작가에서도 더 이상 손을 쓰지 못할 것이니 말이야."

"하지만 그들이 루카스 후작가에 압력을 가할지도 모르지 않습니까?"

"그럴 가능성도 있긴 하지만 그리 높지는 않네. 우선 루카스 후작가는 몰락했다고는 하나 당당한 대영주 중 하나일세. 제아무리 아그리아 공작가라고 해도 쉽사리 건드릴 수는 없어. 그리고 자네의 적절한 대응이 필요하네. 루카스 후작가에 들어가더라도 섣불리 신분을 노출시키지 말게. 때가 되기 전에는 까마귀 전대의 전대장이었다는 사실까지 숨겨야 한다는 뜻이야. 제반 서류는 내가 다 준비해주겠네. 군 기밀상의 문제로 묵언의 맹세를 했다고 하면 루카스 후작가에서도 세세히 캐묻진 못할 것이야."

"평기사로 복무했다고 해야겠군요."

"나에게 기사 서임을 받았다는 사실까지 숨길 필요는 없네. 어쨌거나 내 이름을 대면 루카스 후작가에서도 결코 자네를 소홀히 대하진 못할 것이네."

리셀이 굳은 표정으로 고개를 끄덕였다.

"알겠습니다. 그렇게 하도록 하겠습니다."

"지금 즉시 준비를 하도록 하게. 부하들에게도 일절 알리지 말라는 뜻이야. 남부군에서 아그리아 공작가의 입김은 그야말로 막강하지. 행여나 석별 파티 따윌 한다면 대번에 알아차릴 거야."

"하, 하지만……."

리셀이 당황한 표정을 지었다. 사선을 넘나들며 싸워온 부하들과 어찌 얼굴 한 번 대면하지 않고 헤어질 수 있단 말인가? 하지만 브렌트 백작의 표정은 단호했다.

"자네와 대원들의 관계를 알긴 하지만 지금은 비상사태야. 자네의 안위가 가장 중요하다는 말일세. 그러니 편지나 한 장 써 두도록 하게. 내가 책임지고 전달해주겠네. 그리고 부하들 걱정은 할 것 없어. 내가 최선을 다해 그들을 돌봐 주겠네. 어차피 그들은 내가 서임을 해주어야 할 기사들이 아닌가."

더 이상 망설일 시간이 없음을 절감한 리셀이 무겁게 고개를 끄덕였다.

"알겠습니다. 그렇게 하겠습니다."

"혹시 막사에서 챙겨가야 할 것이 있나?"

"마스터의 검이 제 막사 야전 침대 아래에 들어 있습니다. 챙길 것은 우선 그것뿐인 것 같습니다."

"알겠네. 그것은 당번병을 시켜 가져다주도록 하겠네. 여행에 필요한 물품 같은 건 내가 챙겨주겠네. 그럼 준비하도록."

"알겠습니다."

리셀이 살짝 입술을 깨물며 고개를 숙였다. 5년 동안 몸담은 남부군을 떠나야 한다고 생각하니 마음이 편하지 않았다. 무엇보다도 그가 직접 키워낸 것이나 다름없는 까마귀 전대의 부하들과 얼굴 한 번 보지 못하고 헤어진다니 더욱 서글펐다. 그러나 어쩔 수 없었다. 자신을 잡아 죽이기 위해 혈안이 되어 있는 아그리아 공작가의 마수로부터 벗어나 무사히 루카스 후작가로 가려면 브렌트 백작의 의견에 따르는 것이 현명할 터였다.

"정말 예상 밖이군요."

저스틴이 낙담한 표정으로 고개를 흔들었다. 자므란 백작 역시 표정이 밝지 않았다.

"설마 놈이 호레이살 부족과 협정을 맺고 올 줄은 몰랐소. 레오폰 측에 사실을 흘렸음에도 불구하고 말이오."

저스틴이 눈빛을 빛내며 몸을 일으켰다.

“이대로 포기할 수 없다는 사실을 알고 계시겠지요? 공작 전하께서는 수단 방법을 가리지 말고 놈의 수급을 가지고 오라고 하셨습니다.”

“기사 이백 명 정도를 군영 밖으로 내보낸 상태요. 열 명을 한 조로 편성해서 외부로 통하는 주요 통로를 지키라고 지시해두었소. 그리고 가까운 봉신 가문의 영지에서도 기사를 보내겠다는 전갈을 받은 상태요.”

“그것으로는 부족합니다. 공작령에서 두 개 기사단이 출발했다는 통신을 받았습니다. 밤을 새워 말을 달리고 있으니 놈이 전역하기 전에 이곳에 도착할 수 있을 것입니다. 놈이 남부군 소속일 때에는 건드릴 수 없겠지만 전역하고 나면 붙잡는 것은 일도 아닙니다. 문제는 놈이 어디로 가는가, 입니다.”

“현재로서는 알 수 없소. 오직 외부에 파견한 기사들을 믿을 수밖에…….”

뭔가를 결정한 듯 저스틴이 안색을 굳혔다.

“그들에게 마법 통신 수정구를 지급하십시오.”

그 말에 자므란 백작의 눈이 커졌다.

“말도 안 되오. 마법 통신 수정구의 가격이 얼마나 비싼데 수색조에게 지급하란 말이오? 현재 가용할 수 있는 마법 통신 수정구의 개수는 채 다섯 개도 되지 못하오.”

“어떻게든 열 개를 구해서 기사들에게 지급해야 합니다. 주요 길목을 지키는 수색조들이 마법 통신 수정구를 가지고 있어야 놈을 붙잡을 수 있습니다. 공작 전하께서는 놈을 붙잡지 못하면 돌아오지 말라고 하셨습니다."

저스틴은 현재 발등에 불이 떨어진 상황이었다. 반드시 성공할 것을 자신하며 추진한 계획이었다. 그런데 그 얄미운 리셀이란 녀석은 보란 듯이 호레이살 부족과 협정을 맺고 돌아와버렸다. 기껏 추진한 일이 브렌트 백작의 위상을 올려주는 꼴이 되고 말았으니 아그리아 공작으로서는 당연히 분노할 수밖에 없었다. 그리고 그 불똥이 향하는 곳은 당연히 저스틴이 될 것이다. 그런 만큼 저스틴으로서는 반드시 리셀을 붙잡아가야 목숨을 부지할 수 있는 상황이었다.

"남부군의 공용 물품에 손을 대는 한이 있어도 수정구를 구해야 합니다. 사용하지 않은 것은 나중에 채워 넣으면 되니까요. 일단 녀석의 도주 방향만 포착할 수 있다면 추가로 투입되는 병력을 이용해 뒤를 쫓을 수 있습니다."

자므란 백작이 어쩔 수 없다는 듯 혀를 찼다.

"허, 참. 어쩔 수 없구려. 병참 본부의 지인을 통해 한 번 물어보긴 하겠소이다."

"이렇게 소극적으로 나오시면 곤란합니다. 다른 사람도 아닌 공작 전하의 엄명입니다."

"알겠소. 어떻게든 다섯 개의 통신용 수정구를 구해오도록 하리다."

못마땅하다는 듯 머리를 흔들며 나가는 자므란 백작의 뒷모습을 저스틴이 절박한 표정으로 쳐다보고 있었다.

야트막한 야산, 두 필의 말이 터덜터덜 걸음을 옮기고 있었다. 한 필의 말에는 짐이 실려 있었고 나머지 한 필에는 호리호리한 체구의 사내가 앉아 있었다. 로브를 입고 후드를 푹 눌러쓴 모습이 마치 먼 길을 떠나는 여행자 같았다. 고개를 들자 후드 사이로 맑은 눈이 드러났다.

"이 길로 돌아가면 여정이 무척 오래 걸릴 텐데."

고개를 갸웃거리는 여행자의 정체는 리셀이었다. 브렌트 백작의 조언을 받아들여 그날 밤 출발한 이후 꼬박 이틀을 달려 이곳에 도착한 것이다.

브렌트 백작은 리셀에게 꽤 많은 것을 준비해주었다. 인내력이 강한 두 필의 말과 무기, 그리고 상당한 액수의 여행 경비가 건네졌다. 모두가 브렌트 백작의 개인 사비로 장만한 것이었다. 브렌트 백작의 당번병이 막사에서 꺼내온 마스터의 검을 받아든 리셀은 즉시 길을 떠났다. 부대 사이를 오고 가는 전령으로 위장해 달린 탓에 남부군의 관할 구역은 무사히 벗어날 수 있었다.

남부군의 관할 구역을 벗어나자 리셀은 입고 있던 전령의 의복과 깃발을 땅에 파묻었다. 그리고 평범한 여행자의 복장으로 갈아입고 발길을 재촉했다. 그가 선택한 경로는 제국의 서북쪽 통로였다. 추격대의 이목을 혼란시키기 위해 고국인 베텔 왕국 쪽으로 방향을 잡은 것이다.

　─베텔 왕국 쪽으로 북진한 다음 제국의 북부 영토를 관통하여 루카스 후작가로 가도록 하게. 그곳의 영지들은 아그리아 공작가의 입김이 닿지 않는 만큼 큰 위험이 없을 거야.

　이 길로 계속 간다면 아그리아 공작가의 추격대는 리셀이 고향으로 돌아간다고 간주할 것이다. 그리고 베텔 왕국으로 향하는 길목에 병력을 집중시킬 것이다. 그러나 리셀은 그전에 방향을 바꿔 제국의 북방 영토로 이동할 것이다. 모든 게 예정대로 된다면 무난히 추격을 뿌리칠 수 있을 것 같았다.

　"그나저나 남부군을 빠져나갔다고 하는 이백 명의 기사들이 걱정되는군. 길이 합쳐지는 길목에 배치되어 있을 가능성이 높다고 말씀하셨는데."

　지금 리셀이 가는 방향에는 자그마한 협곡이 있다. 여러 개의 통로가 하나로 합쳐지는 길목인데 그곳에 아그리아 공작가의 기사들이 도사리고 있을 가능성이 컸다. 리셀이 선택한 것은 강행돌파였다. 길목에 배치된 모든 기사들을 죽여 입을 막은 뒤 빠져나간다면 충분히 시간을 벌 수 있을 터였다.

　"과연 얼마나 강한 기사들이 배치되어 있을지 모르지만."

　고개를 살짝 흔들던 리셀이 손바닥을 들여다보았다. 돌연 그의 얼굴에 수심이 떠올랐다.

　"빛나는 검. 마스터께서 평생을 바쳐 추구하던 그 경지에 이제 한 발짝만 남았는데……."

남부군에 있으면서 리셀은 잠시도 수련을 게을리하지 않았다. 정제된 마나를 무기에 불어넣어 그 무엇이라도 자를 수 있는 죽음의 빛을 분출하는 경지, 마스터인 아너프리에겐 필생의 염원이었으며 리셀에게도 더없이 중요한 고비가 되는 경지였다. 그런데 그 경지는 리셀에게 쉽사리 자신을 허락하지 않았다.

남부군에 있으면서 리셀은 마나가 오갈 수 있는 신체의 통로 대부분을 개척했다. 이제 그는 원할 때면 언제든지 마나를 순환시킬 수 있게 되었다. 부하들과의 수련, 그리고 실전을 통해 그의 마나 장악력은 더할 나위 없이 원숙해진 상태였다. 좀처럼 말을 들어 먹지 않던 마나는 이제 고분고분하게 리셀의 통제에 따랐다. 지금의 리셀은 몸 어느 곳이든 마음먹은 대로 마나를 보내어 집중시킬 수 있는 경지에 도달해 있었다. 단 한 군데, 손바닥만 제외하면 말이다.

흔들리는 말 등 위에서 리셀이 눈을 감았다. 그 순간 마나가 빠른 속도로 전신을 순환하기 시작했다. 아랫배의 마나홀에서 흘러나온 마나가 마치 노도처럼 전신을 휩쓸고 지나갔다. 눈 깜짝할 사이에 몸을 한 바퀴 돈 마나가 발목까지 내려갔다가 돌아왔다. 그리고 어깨를 통해 팔로 쭉 밀려들었다.

콰콰콰콰.

거침없이 질주하던 마나는 그러나 손바닥에 이르자 더 이상 나아가지 않았다. 손바닥을 뚫고 무기로 밀려들어가야만 빛나는 검을 발현시킬 수 있을 텐데 그 선을 넘지 못하는 것이다.

리셀은 눈을 꼭 감은 채 필사적으로 마나를 통제했다. 마지막 관문, 이 선만 넘어선다면 블레이드 오너의 경지에 이를 수 있다. 그러나 관문은 역시나 호락호락하게 허물어지지 않았다.

손바닥에서 콕콕 찌르는 듯한 통증이 전해지는 것을 느낀 리셀이 쓴웃음을 지으며 마나의 통제를 풀어버렸다. 그러자 마나는 기다렸다는 듯 썰물처럼 마나홀을 향해 빨려 들어갔다. 눈을 뜬 리셀의 눈동자에 허탈함이 서렸다.

'아무래도 이것은 수련만으로는 극복하기 힘들 것 같군.'

마나의 통로가 손목까지 이른 건 이미 2년 전 일이었다. 그리고 실전과 훈련을 통해 계속 수련에 박차를 가했다. 그 수련량은 감히 상상을 불허할 정도였다. 그러나 그토록 가혹한 수련도 관문을 허물어뜨리지 못했다. 다시 말해 2년 가까운 세월 동안 제자리걸음만 한 것이다. 리셀이 쓸쓸히 되뇌었다.

"아무래도 수련 방법을 달리해야 할 것 같군. 몸을 움직이는 수련보다는 지금까지의 수련 과정을 되짚어나가며 문제점이 무언지, 차근차근 생각해봐야겠어. 이를테면 명상 같은 것으로 말이야."

머리를 흔든 리셀이 말고삐를 잡아당겼다. 가볍게 투레질을 한 말이 다시금 빠른 속도로 달리기 시작했다. 느릿하게 걸으며 충분히 힘을 비축했으니 앞으로 한 시간 정도는 빠르게 이동할 수 있을 것이다.

　예상대로 전방의 협곡에는 아그리아 공작가의 기사들이 배치되어 있었다. 홀로 이동하는 리셀을 보자 그들이 우루루 몰려나와 길을 막았다. 그들은 아무런 말도 하지 않고 검을 뽑아들었다. 그 흉흉한 눈길로 미루어 홀로 여행하는 모든 여행자를 잡아 죽이려는 것 같았다.
　'나쁜 놈들, 나 하나를 잡기 위해…….'
　입술을 깨문 리셀이 말에서 뛰어내려 검을 뽑았다. 두 자루의 장검을 든 리셀을 보자 기사들의 눈이 빛났다. 남부군에서 쌍검을 사용하는 기사는 거의 없었다. 그 몇 안 되는 사람 중 저처럼 호리호리한 체격을 지닌 기사는 오직 리셀뿐이었다.
　"놈이다. 틀림없어."
　"어서 보고를 해"
　후미의 기사가 꺼내 든 수정구를 본 리셀의 마음이 급해졌다. 설마 저들이 비싸디비싼 마법 통신 수정구를 소지하고 있을 줄은 몰랐다. 급한 마음에 달려들었지만 아그리아 공작가의 기사들은 도무지 뚫고 들어갈 틈을 주지 않았다. 결국 리셀은 길목을 차단한 기사들을 하나하나 상대해야 했다. 물론 그들은 리셀의 적수가 되지 못했다.

　"결국 들켜버렸군."

리셀이 쓸쓸히 웃으며 주변을 살폈다. 그의 주위에는 피투성이가 된 십여 구의 시체가 어지럽게 널려 있었다. 나름대로 가려 뽑은 기사들이었지만 리셀의 길목을 막기에는 역부족이었다. 이미 남부군 최고의 강자로 평가받는 리셀의 발목을 고작 십여 명이 어찌 막을 수 있단 말인가? 그러나 그들은 맡겨진 임무를 훌륭히 수행했다. 리셀의 도주 경로를 마법 통신 수정구를 통해 전달했으니 말이다. 가볍게 검을 휘둘러 핏방울을 털어낸 리셀이 바닥에 나뒹구는 수정구를 발로 밟아버렸다.

콰지직.

빛을 잃은 수정구가 힘없이 깨어졌다. 검을 검집에 꽂아 넣은 리셀이 말 등에 올랐다.

"이제부터 바빠지겠군. 머지않아 추격대가 달라붙을 테니 그전에 이곳을 떠야 해."

리셀의 고난은 그때부터 시작되었다. 아그리아 공작가의 추격은 놀랍도록 신속했다. 협곡에서 기사 열 명을 처리한 바로 다음 날 감시자가 붙어버렸다. 그리폰 한 마리가 리셀의 머리 위를 맴돌기 시작한 것이다.

끼아아악.

괴성을 내지르며 활강하는 그리폰 위에는 경갑주를 입은 기사 한 명이 타고 있었다. 그것을 발견한 리셀의 얼굴이 일그러졌다.

"좋지 않군."

아그리아 공작가에서 보낸 것으로 짐작되는 그리폰 라이더는 수백 미터 상공을 선회하며 리셀의 이동 경로를 면밀히 감시했다. 장애물 하나 없는 황야를 달려야 하는 리셀의 입장에서 가장 곤란한 상황에 처한 것이다. 말의 속도를 올렸지만 하늘에 떠 있는 그리폰을 떨쳐버리는 것은 불가능했다. 지금 상황이라면 이동 방향을 바꾸더라도 금세 드러날 게 뻔했다. 리셀의 얼굴에 조급함이 서렸다.

"어떻게든 놈을 처리해야 해."

그러나 방법이 없었다. 그리폰 라이더는 영악하게도 리셀 가까이 접근하지 않았다. 높은 하늘 위에서 리셀의 이동 경로만 세심하게 관찰할 뿐이었다. 심지어 그는 석궁의 사정거리 안으로도 접근하지 않았다.

'석궁이 있었다고 해도 무용지물이었겠군.'

하늘 위의 감시자를 떨어뜨릴 수단이 없는 리셀이 할 수 있는 일은 그저 지친 말을 달래 빠른 속도로 달리는 것뿐이었다. 그리폰 라이더의 감시에서 벗어나려면 한시라도 빨리 숲으로 뛰어드는 수밖에 없다. 그러나 숲까지 가려면 족히 사흘은 말을 달려야 한다.

리셀을 감시하는 그리폰 라이더는 하나가 아니었다. 황야를 달린 지 얼마 되지 않아 또 한 마리의 그리폰이 나타나서 리셀

의 머리 위를 선회했다. 그리고 지금껏 리셀을 감시하던 그리
폰 라이더는 마치 교대하듯 어디론가 날아가버렸다. 정황을
보니 추격대에 리셀의 도주 경로를 보고하려는 것 같았다. 리
셀이 입술을 지그시 깨물었다.

"엎친 데 덮친 격이로군."

이곳은 아직까지 아그리아 공작가의 권세가 미치는 지역이
다. 모르긴 몰라도 아그리아 공작가를 섬기는 봉신 가문의 영
지에서 수많은 추격대가 구성되어 대기하고 있을 것이다. 그
들이 그리폰 라이더의 보고를 받고 투입되어 진로를 차단한다
면 탈출하는 데 어려움을 겪게 되리라.

"상황이 생각보다 심각해. 정말 큰일이로군."

다급해진 리셀이 말을 갈아타고는 박차를 가했다. 그러나
지칠 대로 지친 말들은 제 속도를 내지 못했다. 그리고 하늘에
는 변함없이 그리폰 라이더가 선회하며 리셀의 진행 방향을
관측하고 있었다.

그렇게 하루가 지났다. 그동안 리셀은 좀처럼 그리폰 라이
더의 감시로부터 벗어나지 못했다. 그리폰 라이더들은 하루
에 두 번씩 교대하며 리셀에게서 일절 시선을 거두지 않았다.
그런 탓에 리셀은 밥도 먹지 못했고 잠도 자지 못했다. 그리
폰 라이더들은 그야말로 효과적으로 리셀을 궁지에 몰아넣고
있었다. 한없이 초췌해진 리셀이 이를 갈며 하늘을 올려다보

았다.

"정말 철두철미한 놈들이로군."

교대 시간이 되었는지 서쪽 하늘에서 그리폰 한 마리가 접근하고 있었다. 보고를 마친 다음에는 충분히 휴식을 취한 그리폰 라이더가 또다시 리셀에게 달라붙을 것이다. 그리고 지금껏 감시하던 그리폰 라이더는 동료를 대신해 리셀을 감시할 것이다. 그러나 리셀로서는 손쓸 방도가 없었다.

'이대로라면 숲으로 들어가도 놈들의 감시를 떨치기 힘들 텐데.'

입술을 깨문 리셀이 말고삐를 붙잡는 순간 갑자기 하늘에서 난데없이 비명 소리가 터져 나왔다. 깜짝 놀라 고개를 든 리셀의 눈이 커졌다.

제3장
재회

　"크아아악."

　허리를 물린 그리폰 라이더가 처절하게 비명을 내질렀다. 기수의 위기를 알아차린 듯 그리폰이 급히 날개를 접으며 급 강하를 시도했다. 구름 사이에서 뭔가가 갑자기 튀어나온 것 은 조금 전의 일이었다. 거무튀튀한 동체를 가진 날개 달린 몬 스터, 그리폰 라이더를 기습한 그것의 정체는 바로 와이번이 었다. 하늘의 제왕으로 불리는 와이번이 그리폰 라이더를 덮 친 것이다.

　콰지직.

　뼈 으스러지는 소리와 함께 그리폰 라이더의 몸이 와이번의 거대한 아가리 사이로 사라졌다. 그것으로는 양에 차지 않는다는 듯 와이번이 날개를 접으며 급강하하는 그리폰을 뒤쫓았다. 그리폰은 완전히 겁에 질려 있었다. 그리폰이 비록 맹금류의 비행 몬스터라고는 하나 와이번에게는 한 끼 식사거리에 불과하다. 감히 저항할 엄두를 내지 못하는 먹이사슬의 고위 포식자인 것이다. 필사적으로 도망쳤지만 와이번의 비행 속도는 그리폰보다 빨라도 한참 빨랐다. 결국 그리폰은 와이번의 거대한 아가리에 물리는 신세가 되고 말았다.

키에에엑.

처절한 비명 소리와 함께 깃털이 자욱하게 흩날렸다.

그리폰 라이더 발더의 얼굴은 공포에 질려 있었다. 그는 동료의 불행을 보자마자 그리폰을 돌려 도주를 시도했다.

"비, 빌어먹을……. 이곳은 와이번이 출몰하지 않는 지역인데?"

와이번은 명실상부한 하늘의 제왕이다. 적어도 하늘에서만큼은 와이번에 대적할 몬스터가 없다. 그리고 와이번은 그리폰 라이더에겐 천적이나 마찬가지였다. 오죽하면 그리폰 라이더가 필수적으로 교육받는 과정 중에 와이번의 서식지와 사냥 경로에 대한 연구가 포함되어 있겠는가? 필사적으로 날갯짓하는 그리폰의 등 위에서 발더는 오직 이곳을 벗어나야 한다는 생각만을 하고 있었다. 그러나 출몰한 와이번의 수는 하나가 아니었다.

후욱, 후우욱.

갑자기 등 뒤에서 들리는 거친 숨소리에 고개를 돌린 발더의 눈이 공포에 젖어들었다. 어느새 와이번 한 마리가 바짝 접근해 거대한 아가리를 쫙 벌리고 있는 게 아닌가.

콰드드득.

와이번이 아가리를 다물자 그리폰과 기수의 몸이 한데 어우러져 으스러졌다.

그리폰 라이더의 불행은 리셀에게도 남의 일이 될 수 없었다. 와이번은 눈에 보이는 모든 것을 사냥하는 포악한 몬스터이다. 뻥 뚫린 황야에는 아무리 보아도 몸을 숨길만한 곳이 없었다.

"크, 큰일이야."

필사적으로 박차를 가했지만 지칠 대로 지친 탓에 말이 제대로 달리지 못했다. 그리폰 라이더 두 마리를 해치운 와이번들이 다음으로 노리는 목표는 바로 리셀이었다. 구름 속에서 나타난 와이번은 모두 세 마리였는데 모두가 리셀을 노리고 급강하하는 중이었다.

'도망가는 것은 불가능해.'

리셀이 달리는 말에서 뛰어내려 검을 뽑아들었다. 순순히 당하지 않겠다는 생각에서였다. 리셀이 뛰어내렸음에도 불구하고 두 마리의 말은 질주를 계속했다. 말들 역시 와이번이 자신들을 노린다는 사실을 알고 있는 모양이었다. 입가에 거품을 물고 사력을 다해 달리는 모습이 안쓰럽기까지 했다. 그 모습을 보자 와이번들도 조를 나눴다. 두 마리는 말을 쫓고 한 마리가 리셀을 향해 일직선으로 내려꽂혔다.

"일생일대의 위기로군."

안색을 딱딱하게 굳힌 리셀의 귓전으로 처절한 말의 울음소리가 파고들었다. 와이번에게 붙잡힌 말이 내지르는 단말마의 비명이었다.

히히히힝.

검 손잡이를 쥔 손에 자신도 모르게 힘이 들어갔다.

"순순히 죽지 않는다. 한 놈이라도 저승길에 데리고 가겠다."

그런데 뜻밖에도 와이번은 리셀을 낚아채지 않았다. 하늘에서 날개를 접고 급강하해 먹이를 낚아채는 것이 전형적인 와이번의 사냥법이다. 그런데 리셀을 향해 날아오던 와이번은 리셀과 조금 떨어진 곳에 날개를 접고 사뿐히 착지할 뿐이었다. 리셀의 눈에 분기가 솟구쳤다.

"다 잡아 놓은 먹잇감이라 이건가? 내가 그리 순순히 당할 것 같나?"

방어 자세를 취한 리셀이 와이번이 공격할 순간을 기다렸다. 그런데 와이번은 리셀을 향해 덤벼들지 않았다. 숨죽이며 기다리던 리셀의 귓전으로 나지막한 음성이 전해졌다.

　―오랜만이로군.

　느닷없이 뇌리로 전달되는 음성에 리셀의 눈이 찢어질 듯 부릅떠졌다. 소리의 진원지를 찾아 두리번거리던 리셀의 시선이 와이번에게 고정되었다. 통상적인 와이번보다 월등히 덩치가 큰 그 와이번의 동체에는 보일 듯 말 듯한 금빛이 감돌고 있었다.

　"서, 설마?"

　―벌써 날 잊은 것은 아니겠지?

　"아, 아슈레인?"

　떠듬거리며 흘러나온 음성에 와이번이 살며시 미소 지었다. 흉포한 몬스터답게 표정 자체가 그로테스크했지만 리셀은 겁먹지 않았다. 그저 눈을 휘둥그레 뜨고 놀라워할 뿐이었다.

　"네, 네가 어떻게 여기에?"

　―이 자리에서 긴말을 나눌 순 없을 것 같군. 이곳으로 많은 인간들이 접근하고 있다. 아무래도 자리를 옮겨야 할 것 같다.

　그 말에 리셀이 퍼뜩 정신을 차렸다. 접근하는 인간들이라면 틀림없이 아그리아 공작가의 추격대일 것이다. 당황해하는 리셀의 귓전으로 또다시 음성이 파고들었다.

　―날 믿고 몸에 힘을 빼라. 이곳을 벗어나겠다.

　"그렇게 하지."

　대답이 끝나기가 무섭게 와이번이 다가와서 리셀의 허리를 물었다. 물리는 순간 눈을 질끈 감았지만 고통은 없었다. 와이번이 잇몸만을 사용해 물었기 때문이었다.

리셀을 물자마자 와이번이 날개를 활짝 펴고 날아올랐다. 이미 말 두 마리를 깔끔하게 해치운 나머지 와이번들도 기성을 지르며 날아올랐다. 하늘의 제왕답게 와이번들은 빠른 속도로 허공으로 솟구쳤고 금세 세 개의 점이 되어 시야에서 사라져버렸다.

"이런."

저스틴의 얼굴은 완전히 일그러져 있었다. 그의 시선은 막 점이 되어 사라지는 와이번에게 꽂혀 있었다. 동행한 기사 한 명이 조심스럽게 입을 열었다.

"목표물이 와이번에게 물려가버렸습니다. 어떻게 합니까?"

저스틴은 대답하지 못했다. 그가 모시는 주군인 아그리아 공작은 손자의 기사 생명을 앗아가 버린데다가 금빛 도마뱀 작전을 물거품으로 만든 범인, 리셀의 수급을 원했다. 저스틴은 그 때문에 자금을 아낌없이 퍼부어 이번 작전을 계획하고 수행했다. 그러나 목표물은 결정적인 순간 와이번이 낚아채어 가버렸다. 바로 그들의 눈앞에서 말이다.

주요 길목에 배치된 기사들에게 마법 통신 수정구를 지급하자던 저스틴의 생각은 정확히 적중했다. 서북쪽 통로에 배치된 기사들이 기적적으로 리셀을 포착한 것이다. 비록 리셀에게 모두 죽기는 했지만 그들은 훌륭히 임무를 완수했다. 마법 통신 수정구를 통해 리셀의 출현을 저스틴에게 알린 것이다.

"놈은 베텔 왕국 쪽으로 도주하고 있어."

보고를 들은 순간 그는 즉각 그리폰 라이더를 출동시켰다. 권세 높은 세도가답게 아그리아 공작가는 다수의 그리폰 라이더를 보유하고 있다. 아그리아 공작의 허락이 떨어지자 두 마리의 그리폰 라이더가 공작령을 출발했다. 그리고 도착한 뒤 남부군 숙영지 인근에서 대기하고 있었다.

"서북쪽 길목에는 황량한 황야가 펼쳐져 있어. 말을 타고 가는 동안에는 결코 그리폰 라이더의 이목을 떨칠 수 없지."

저스틴의 예측대로 그리폰 라이더는 오래지 않아 리셀의 종적을 포착할 수 있었다. 한동안 리셀의 도주를 관찰하던 그리폰 라이더는 동료와 교대하고 귀환했다. 그리고 다시 날아오른 그리폰 라이더의 등 뒤에는 저스틴이 타고 있었다.

"브렌트 백작이 부린 간교한 수작 때문에 도주가 예상보다 빨랐지만 희망이 없진 않다."

브렌트 백작은 그들을 속이기 위해 리셀을 한 달 정도 빨리 전역시켰다. 두 마리의 말을 번갈아 타며 이동하기에 추격대로서는 좀처럼 따라잡기 힘들었다. 게다가 공작령을 출발한 기사단은 아직까지 절반도 오지 못한 상황이다. 그러나 상황이 완전히 부정적인 것만은 아니었다.

"놈이 가는 방향에는 팔레이아 자작가가 있다. 그곳의 병력을 이용해야 해.”

팔레이아 자작 가문은 아그리아 공작가의 봉신 가문이다. 상당히 부유한 영지로 이미 아그리아 공작의 협조 요청서가 전해진 뒤였다. 팔레이아 자작가가 보유한 백여 명의 기사라면 문제없이 리셀을 붙잡을 수 있을 터였다.

저스틴은 그리폰 라이더에 타기 전, 마법 통신을 통해 팔레이아 자작가에게 보유한 기사 전부를 약속된 지점으로 보내달라는 전갈을 해두었다. 팔레이아 자작가의 기사들을 투입해 리셀의 목을 자르려는 것이 저스틴의 계획이었다.

그의 계획은 한 치의 어김도 없이 맞아떨어졌다. 약속장소에 도착하자 백여 명의 기사들이 그를 기다리고 있었다. 그리고 하늘에서는 한 기의 그리폰 라이더가 선회하며 리셀의 도주 방향을 면밀히 관찰하는 중이었다. 그리폰에서 내린 저스틴이 망설임 없이 기사들을 지휘해서 리셀이 있는 방향으로 내달렸다.

“조금만 이동한다면 놈의 앞길을 차단할 수 있소. 말이 지쳤으니 결코 도망치지 못할 것이오.”

그러나 그의 자신감은 뜻밖의 사태로 인해 꺾여버렸다. 하필이면 와이번이 등장해서 그리폰 라이더를 공격할 줄은 몰랐다. 두 명의 그리폰 라이더는 그들이 보는 앞에서 와이번에 의해 최후를 맞이했다. 제아무리 그리폰 라이더라고 해도 하늘에서는 와이번을 당적해낼 방법이 없다. 그렇게 되자 저스틴은 마음이 급해졌다.

"서둘러라. 와이번이 목표물을 공격하기 전에 붙잡아야 한다."

그러나 말이 달리는 속도에는 한계가 있기 마련이다. 결국 그들은 목표물인 리셀이 와이번에게 물려 가는 것을 먼 곳에서 목격해야만 했다.

저스틴의 표정은 참담했다. 그토록 호언장담했지만 결국 리셀의 수급을 취하는 데에 실패하고 만 것이다. 무엇보다도 그는 엄청난 비용을 들여 키워낸 그리폰 라이더 두 명을 잃었다. 이 사실을 아그리아 공작에게 보고한다면 어떤 질책이 내려올지 모른다.

"아무래도 신이 날 돕지 않는가 보군."

쓸쓸히 머리를 휘저은 저스틴이 기다리는 팔레이아 자작 가문의 기사들에게 명령을 내렸다.

"철수하기로 합시다."

터덜터덜 말을 몰아가는 저스틴의 어깨는 축 늘어져 있었다.

리셀은 와이번의 주둥이에 물려 한 시간가량을 비행했다. 의문의(?) 와이번은 리셀을 문 채로 깎아지른 듯한 절벽으로 된 돌산의 정상 부분에 조용히 내려앉았다. 각각 그리폰과 라이더, 말 한 마리씩을 먹어치운 두 마리의 와이번도 조용히 착지했다. 와이번이 주둥이를 벌리자 리셀은 바닥으로 뛰어내렸다. 그가 무사하다는 걸 확인한 와이번이 입을 벌려 괴성을 내질렀다.

콰아아아.

그 소리를 듣자 두 마리의 와이번이 날개를 펴고 날아올랐다. 허공을 선회하는 것을 보니 누군가가 접근하는 것을 감시하려는 듯했다. 욱신거리는 허리를 문지르던 리셀이 와이번을 똑바로 쳐다보았다.

"정말 네가 맞는 거니? 아슈레인?"

예의 기괴한 미소를 지은 와이번이 묵묵히 고개를 끄덕였다.

―그렇다. 리셀. 나 아슈레인이다.

리셀이 믿어지지 않는다는 표정으로 아슈레인이라 주장하는 와이번을 쳐다보았다. 절체절명의 위기에서 느닷없이 아슈레인이 등장해 자신을 구해주다니……. 우연도 이런 우연이 없었다. 이어지는 질문에는 의구심이 고스란히 담겨 있었다.

"대관절 어떻게 날 찾아낸 거지? 그리고 넌 하늘을 날 수 없다고 했잖아? 게다가 널 따라온 와이번들은 뭐지? 도저히 이해가 가지 않는군."

―여러 가지를 한꺼번에 물어보면 대답하기가 힘들다. 우선 이런 채로 대화하는 것은 좀 어색하니 모습을 바꾸도록 하겠다.

말을 마친 와이번이 살짝 눈을 감고 뭔가 중얼거리기 시작했다. 주문이라기보다는 웅얼거림에 가까운 소리였다. 리셀은 숨을 죽인 채 와이번의 주문이 끝나기를 기다렸다. 잠시 후 캐스팅이 끝났다.

번쩍.

주문 영창이 끝남과 동시에 눈부신 빛이 와이번의 몸에서 뿜어져 나왔다. 휘황찬란한 빛 무리 속에서 와이번의 몸이 급속도로 축소되었다. 잠시 후 빛 무리가 사라지고 난 자리에는 인간 하나가 서 있었다. 그런데 그를 본 리셀의 눈이 휘둥그레졌다.

"뭐, 뭐지?"

놀랍게도 모습을 드러낸 인간의 모습은 리셀과 도무지 구별하기 힘들 정도로 똑같았다. 리셀은 마치 거울을 보는 듯한 심정으로 자신의 복제품을 노려보았다. 심지어 입고 있는 옷까지 똑같았다. 다른 것이라곤 은은한 금빛이 도는 금발머리뿐이었다. 그것 말고는 리셀조차 구분하기 힘들 정도로 닮은 용모였다. 느닷없이 모습을 드러낸 제2의 리셀이 빙그레 미소를 지었다.

"많이 놀랐나?"

"자, 장난이 심하군 아슈레인. 어찌 내 모습을……?"

"어쩔 수 없었다. 근방에서 모습을 훔칠만한 인간은 너밖에 없으니까. 헤어지기 전의 모습은 너무 어려서 그리 마음에 들지 않으니 말이다.”

“어쨌거나 반갑다.”

리셀이 씁쓸히 웃으며 다가가서 아슈레인을 얼싸안았다. 리셀의 품속에 파묻힌 아슈레인이 어색한 미소를 지었다.

“아직까지 인간의 감정 표현은 잘 적응되지 않는군. 참, 그러고 보니 질문에 대답을 해주어야겠군. 제일 먼저 뭘 물었지? 아, 널 어떻게 찾았냐고 물었지?”

살짝 고개를 끄덕인 아슈레인이 손가락을 뻗어 리셀의 목을 가리켰다.

“다행히 내가 준 목걸이를 아직까지 가지고 있군.”

리셀이 엉겁결에 목을 매만졌다. 작별하기 전 아슈레인은 그에게 조그마한 보석 하나를 건네주었다. 리셀은 그것을 목걸이로 만들어 목에 걸고 다녔다. 우연히 친분을 맺게 된 해츨링 친구를 영원히 기억하기 위해 그런 것이었다. 아슈레인의 입가에 서린 미소가 짙어졌다.

“그 보석 안에는 미약하지만 내 마력이 깃들어 있다. 당시에는 불가능했지만 드래곤이 되고 나면 충분히 마력을 추적할 수 있다고 생각한 것이지. 그런데 드래곤이 되고 나서도 마력이 감지되지 않더구나. 보석 안의 마력이 너무도 미약하기에 거리가 멀면 감지할 수 없는 것 같았다. 해서 반쯤 포기하고 있었는데 바로 어제 마력이 감지되었다. 그래서 모든 일을 제쳐놓고 날아온 것이지.”

리셀이 떨리는 손으로 목에 걸린 보석을 매만졌다.

"그랬군. 남부군에 있을 때에는 멀어서 감지하지 못하다가 내가 이곳에 접어들자 알아차릴 수 있었던 거로군. 그야말로 천행이었어."

묵묵히 고개를 끄덕이던 리셀의 눈이 돌연 커졌다. 비로소 아슈레인이 한 말을 깨달은 것이다.

"드래곤이 되면 감지할 수 있다고? 그렇다면 네가 드래곤으로 각성했다는 뜻인가?"

아슈레인이 빙그레 웃으며 고개를 끄덕였다.

"그렇다. 난 더 이상 해츨링이 아니다. 각성 과정을 통해 드래곤으로 거듭났지."

리셀의 얼굴이 환해졌다. 기쁨을 이기지 못한 그가 아슈레인을 재차 얼싸안았다.

"축하해. 정말 축하해."

아슈레인은 더 이상 어색한 미소를 짓지 않았다. 마주 웃으며 리셀의 등을 두드리는 아슈레인이었다.

"역시 너라면 축하해줄 것이라 생각했었지. 고맙다."

"그래서 날아올 수 있었던 것이었구나."

"모든 게 너와 어머니 덕이지."

리셀이 눈을 휘둥그레 떴다.

"어머니? 그때 널 물고 간 와이번 말이냐?"

"그렇다. 비록 그전에는 와이번을 지능이 떨어지는 하등 몬스터로 치부했지만 지금은 아니야. 그녀는 이제 명실상부한 내 어머니야. 이야기가 길어질 것 같으니 우선 앉을까?"

고개를 끄덕인 아슈레인이 근처의 바위 위에 앉았다. 리셀 역시 옆에 나란히 따라 앉았다. 이마를 스치고 지나가는 바람이 어느 때보다 상쾌하게만 느껴졌다. 그렇게 앉은 채로 아슈레인이 조용히 지난 일을 털어놓기 시작했다.

아슈레인은 와이번의 서식지에서 리셀과 헤어졌다. 와이번 새끼로 위장해 둥지로 물려갔던 탓에 아슈레인은 한동안 마음을 졸여야 했다. 언제 정체가 드러나서 물려죽을지 몰랐기 때문이었다. 마치 도박과 다름없는 심정으로 행한 일이었다.

그러나 아슈레인을 물고 간 달리아(아슈레인이 붙여준 이름이다)는 유난히 모성애가 지극한 와이번이었다. 한 번 새끼를 잃은 탓인지 달리아는 갖은 정성을 다해 아슈레인을 돌보아주었다. 배가 고프면 먹이를 물어다 주고 목이 마르면 물을 떠다 주는 등 아슈레인은 달리아의 세심한 배려로 생존할 수 있게 되었다. 그리고 그 과정은 아슈레인의 와이번에 대한 편견을 바꾸는 데 큰 역할을 했다.

인간들뿐만 아니라 드래곤들에게도 와이번은 그저 본능에 의해 살아가는 흉포한 몬스터, 그 이상도 그 이하도 아니었다. 그러나 와이번들은 나름대로의 무리 질서에 의해 통제되는 협동형 몬스터들이었다. 와이번들 중에서 가장 강하고 힘이 센 우두머리 와이번의 통제하에 철저히 역할 분담을 하며 살아가고 있었다.

달리아의 보살핌을 받으며 살아가던 아슈레인은 필사적으로 각성하기 위해 몸부림쳤다. 험준한 와이번 둥지에서 벗어나 독자적으로 생존하려면 오로지 드래곤으로 각성하는 방법밖에는 없었다. 그러나 각성은 그리 쉽지 않았다. 우선 그에게는 마법에 대한 지식을 채워줄 어미 드래곤이 없었다. 마법 실험을 해 볼 수 있는 각종 도구나 마법서조차 없는 열악한 환경이었다. 그러나 아슈레인은 포기하지 않고 끊임없이 노력을 기울였다. 아슈레인이 부드러운 눈빛으로 리셀을 쳐다보았다.

"그 집념은 너에게서 배운 것이야, 리셀. 만약 널 만나지 않았다면 아마 각성은 요원했을 거야."

그렇게 드래곤이 되려고 기를 쓰고 노력하던 아슈레인에게 뜻밖의 위기가 찾아왔다. 아슈레인이 속한 와이번 무리의 우두머리 자리를 놓고 서열 싸움이 벌어진 것이다.

무리의 우두머리는 카마로라 불리는(달리아뿐만 아니라 무리에 속한 모든 와이번에게 이름을 붙여준 건 아슈레인의 취미 중 하나였다) 늙은 수컷 와이번이었다. 무려 십 년 동안이나 와이번 무리를 지휘해 온 경험 많은 우두머리이기도 했다. 그런데 우두머리가 있다면 의당 그 자리를 노리는 도전자가 있는 법이다. 우두머리가 되기 위해 호시탐탐 기회를 노리던 수컷 와이번 나즈카. 그는 우두머리 카마로가 사냥을 갔다가 크게 다친 틈을 노려 도전을 선포했다. 상처를 입었어도 도전을 받아들이는 것이 와이번의 율법이다. 왕좌를 사수하려는 카마로와 새로이 왕에 등극하려는 나즈카는 그야말로 치열한 공중전을 벌였다.

"나즈카 녀석은 정말 비열한 놈이었어. 늙어서 기력이 떨어지는 카마로를 상대로 장기전을 펼쳤으니 말이야."

영악한 나즈카는 치고 빠지는 전법으로 시간을 끌었다. 경험과 힘은 카마로가 앞섰지만 허공에서의 속도와 지구력은 젊은 나즈카가 월등하다. 결국 지칠 대로 지친 카마로는 둥지에 내려앉을 수밖에 없었고 나즈카는 그 틈을 노려 공격을 감행했다. 야비하게 뒷덜미를 물고 늘어지는 나즈카에게 지지 않겠다는 듯 카마로는 안간힘을 쓰며 버텼다.

하늘에 이어 둥지에서 벌어진 혈투, 다른 와이번들은 율법대로 개입하지 않고 관망하기만 했다. 결국 힘이 빠진 카마로는 나즈카의 날카로운 이빨에 물려 세상을 하직해야 했다. 젊고 힘센 수컷 나즈카가 와이번 무리의 새로운 우두머리로 등극하는 순간이었다. 그 대목을 설명하며 아슈레인의 숨결이 다소 거칠어졌다.

"그런데 나즈카 녀석은 오래전부터 내 어머니에게 흑심을 품고 있었어. 그때 너도 보았지? 새끼 와이번이 절벽 위에서 굴러떨어지는 것을 말이야. 그건 바로 나즈카의 소행이었어."

달리아는 나이가 들긴 했지만 비교적 강력한 암컷 와이번이다. 그리고 우두머리인 카마로의 아내 중 하나이기도 했다. 그러나 나즈카는 오래전부터 달리아에게 흑심을 품어왔다. 질투 때문에 달리아가 사냥을 나간 사이 새끼를 슬그머니 절벽에서 밀어 떨어뜨리는 만행을 여러 차례 저지른 것이다. 먹잇감을 절벽 가장자리에 놔둔 뒤 새끼가 먹으려고 다가가면 틈을 보아 밀어버리는 게 나즈카의 악랄한 수법이었다.

"그놈은 나에게도 여러 번 수작을 부렸지. 미연에 알아차렸기에 망정이지 그러지 않았다면 나도 꼼짝없이 절벽에서 떨어졌을 거야."

그런 전력을 가진 나즈카가 달리아와 아슈레인을 곱게 볼 리가 없었다. 결국 카마로를 죽이고 새로이 우두머리 자리에 오른 나즈카는 가장 먼저 달리아를 범하려 했다.

사실 와이번의 법칙대로라면 달리아는 꼼짝없이 나즈카의 암컷이 되어야 한다. 그러나 공교롭게도 그때 달리아는 죽은 우두머리 카마로의 알을 가진 상태였다. 잉태한 암컷이라면 의당 다른 수컷을 거부하기 마련이다. 해서 달리아는 달려드는 나즈카를 적극적으로 거부했고 결국 놈의 분노를 샀다.

화가 머리끝까지 난 나즈카는 인정사정 보지 않고 달리아를 공격했다. 이미 우두머리로 인정받은 탓에 다른 와이번들은 그런 나즈카를 말리지 못했다. 결국 신임 우두머리 나즈카의 폭력에 의해 달리아는 빈사상태의 중상을 입고 피투성이가 되어버렸다. 뱃속의 알까지 깨어져버릴 정도로 만신창이가 되고

만 것이다.

그럼에도 분을 풀지 못한 나즈카는 달리아의 목숨을 완전히 끊고자 달려들었다. 그리고 그 행위는 뜻밖의 반전을 불러왔다. 아슈레인이 살짝 격양된 음성으로 당시의 상황을 묘사했다.

"어머니가 공격당하는 모습을 보며 난 속에서 뭔가가 툭 끊어지는 듯한 느낌을 받았다. 도저히 이성을 유지할 수 없었지. 그리고 축 늘어진 어머니를 향해 나즈카가 날카로운 이빨을 드러내고 달려드는 순간 난 내 속에서 뭔가가 폭발하는 것을 느꼈다."

사실 드래곤이 어떤 조건에 의해 각성하는지는 명확히 조사되어 있지 않다. 심지어 어미 드래곤들조차 해츨링을 어떻게 각성시키는지 알지 못했다. 원칙대로라면 홀로 된 아슈레인이 드래곤으로 각성할 가능성은 매우 희박하다고 볼 수 있다. 그러나 아슈레인은 끝없이 들끓어 오르는 분노를 매개로 각성에 성공했다.

정확히 따지자면 달리아는 본능에 따라 행동하는 흉포한 몬스터이다. 그러나 아슈레인에게만큼은 조건 없는 사랑을 베풀어주는 제2의 어머니였다. 아직까지 마음속에 방어기제가 형성되지 않은 탓에 아슈레인은 달리아를 완전히 어미로 인식하고 있었다. 그리고 그 어미가 죽음의 기로에 처하자 지금껏 아슈레인을 속박하고 있던 해츨링의 굴레가 산산이 깨어져버렸다.

파아아앗.

느닷없이 피어오른 빛 무리에 와이번 무리가 기겁했다. 사방으로 뿜어지는 화려한 섬광은 별로 주목받지 못하던 새끼 와이번에게서 피어나고 있었다.

평소 아슈레인은 따돌림당하던 새끼 와이번에 불과했다. 기괴한 냄새를 풍기는데다 오랫동안 어미의 보살핌을 받으면서도 좀처럼 성장할 기미를 보이지 않는 보잘것없는 새끼, 그것이 다른 와이번의 눈에 비친 아슈레인의 모습이었다. 그런데 그런 아슈레인에게서 이해하기 힘든 현상이 벌어졌다.

눈부신 빛 무리 속에서 아슈레인의 육신이 점점 불어났다. 눈 깜짝할 사이에 다 자란 와이번과 맞먹을 정도로 덩치가 커진 것이다. 급격히 불어난 육신에 은은한 금빛이 돌았고 머리에는 뿔이 돋아났다. 축 늘어져 있던 날개에 힘이 들어가며 활짝 펼쳐졌다.

각성은 그야말로 순간이었다. 완전히 드래곤으로 변모한 아슈레인의 동체로부터 강렬한 기세가 쭉 뿜어졌다. 세상에 존재하는 모든 생명체를 제압할 수 있는 드래곤 피어가 발산된 것이다.

콰우우우우.

하늘 높이 고개를 들고 부르짖는 아슈레인의 포효에 모든 와이번들이 공포에 질렸다. 와이번들은 복종의 의미로 바닥에

넙죽 엎드렸다. 그것은 신임 우두머리인 나즈카 역시 마찬가
지였다. 본능에 따라 행동하는 흉포한 와이번들도 지상 최고
의 생명체인 드래곤의 피어에는 버틸 방도가 없었다.

바닥에 배를 깔고 엎드린 와이번들을 오연한 눈길로 노려본
아슈레인이 성큼성큼 걸음을 옮겼다. 그가 걸어가는 방향에는
피투성이가 된 달리아와 그 앞에 넙죽 엎드린 나즈카가 있었
다. 가까이 다가간 아슈레인은 망설임 없이 날카로운 이빨을
드러내어 나즈카의 목을 물어뜯었다.

콰지직.

나즈카는 숨이 끊어지는 순간까지 저항할 엄두를 내지 못했
다. 막강한 드래곤의 존재감에 사로잡혀 꼼짝도 하지 못하고
죽음을 받아들인 것이다. 나즈카를 처치한 뒤 아슈레인은 이
제 자유자재로 사용할 수 있게 된 마법을 이용해 어미 달리아
를 치유했다.

그 모습을 보던 와이번 무리가 땅에 배를 깔고 기어와 머리
를 조아렸다. 와이번의 법칙에 따라 이전 우두머리를 처치한
아슈레인을 새로운 우두머리로 인정한 것이다.

길고 긴 아슈레인의 이야기를 모두 들은 리셀이 탄성을 내
질렀다.

"그랬군. 그래서 네가 와이번 무리를 데리고 올 수 있었던
것이로군."

아슈레인이 밝게 미소 지으며 고개를 끄덕였다.

“이제 난 확실하게 와이번의 우두머리로 인정받았어. 인근 와이번 무리의 우두머리를 제압해서 무리의 영역을 더 넓히기도 했지. 솔직히 말해 적성에 맞지는 않지만 어머니가 좋아하니 어쩔 수 없었어.”

“어머니라……. 그녀의 보살핌에 감동을 많이 받았나 보구나.”

리셀이 묘한 표정을 지었다. 본능에 따라 행동하는 흉포한 몬스터 와이번을 거리낌 없이 어머니로 칭하는 아슈레인을 보니 조금 우스꽝스럽기까지 했다. 그러나 정황을 보니 그런 생각을 입 밖으로 낼 수는 없을 것 같았다.

“그럼 너를 반은 드래곤, 반은 와이번으로 봐야겠구나.”

농담 삼아 한 말이었는데 뜻밖에도 아슈레인이 묵묵히 고개를 끄덕였다.

“드래곤의 인자가 3분의 1, 그리고 와이번의 인자가 3분의 1, 나머지는 인간의 것이라고 하시더군.”

리셀의 눈이 커졌다.

“누가 그런 말을?”

“드래곤 로드께서 그러셨지. 내가 각성해서 와이번 무리의 우두머리가 되고 얼마 되지 않아 드래곤 로드께서 찾아오셨지. 존재감이 정말 장난이 아니더군. 이끌던 와이번 무리들이 제대로 숨도 못 쉴 정도였지.”

“드, 드래곤 로드가 널 찾아왔단 말이야?”

아슈레인이 어두운 표정으로 고개를 끄덕였다.

"응. 내가 각성하는 기미를 파악하고 찾아왔다고 하시더군. 그러나 그분께서는 날 보자마자 크게 한탄을 하셨어. 인간이나 와이번과 접촉하는 게 너무 일렀다면서, 그 시기가 하필 방어기제가 제대로 형성되기도 전이라 영향을 너무 크게 받았다고 말이야. 그분께서는 날 온전한 드래곤으로 볼 수 없다고 말씀하셨어."

리셀이 안타까운 듯 혀를 찼다.

"저런."

"나에게는 드래곤의 율법을 적용시키지 않겠다고 하셨지. 온전한 드래곤으로 인정할 수 없다고 말이야."

리셀이 살짝 입술을 깨물었다.

"그렇다면 넌 드래곤들에게 버림받은 셈이로군."

"뭐, 신경 쓰지 않을 생각이야. 드래곤으로 인정받는다면 율법을 지켜야 하고, 그렇게 될 경우 인간사에 끼어들 수 없으니. 그렇게 되면 복수도 할 수 없을 테지?"

말을 마친 아슈레인이 돌연 고개를 돌렸다. 그의 눈동자는 원한으로 활활 타오르고 있었다.

"난 아직까지 어머니의 처참한 모습을 잊지 않았다. 또한 어머니를 사냥한 그 인간들에 대한 복수심 역시 조금도 사그라지지 않았지. 아그리아 공작가라고 했나? 망각이란 게 존재하지 않는 것이 드래곤의 기억력이다. 이제 난 복수를 시작할 생각이다.”

리셀은 묵묵히 아슈레인의 말을 듣고 있었다.

“비록 난 드래곤으로는 아직까지 풋내기에 불과해. 그 사실은 나도 인정하지. 하지만 나에게는 세력이 있어. 우두머리 싸움을 통해 난 상당히 많은 와이번을 부하로 삼았다. 비록 본능에 따라 행동하는 몬스터이지만 부하들은 내 통제에 철저히 따른다. 난 그들을 이용해 아그리아 공작가에 복수할 생각이다.”

말을 마친 아슈레인이 리셀의 아래위를 슬그머니 훑어보았다.

“원래대로라면 네 도움을 받을 생각이었다. 하지만 지금 보니 그리 큰 도움을 주지 못할 것 같군.”

리셀이 쓴웃음을 지었다.

“그렇긴 하지. 그래, 어떻게 복수할 생각이지? 한 번 물어봐도 될까?”

“간단하다. 무리를 이끌고 아그리아 공작가의 근거지를 급습할 생각이다. 현재 내가 통제할 수 있는 와이번 무리의 수는 이백 마리에 가깝다. 제대로 싸우지 못하는 새끼를 제외한 숫자가 그 정도지. 와이번 이백여 마리의 공습이라면 아그리아 공작가도 큰 타격을 입을 수밖에 없을 거야.”

“흠. 생각만 해도 무시무시하군. 하지만 정작 네 어머니를 사냥하라고 명령했던 아그리아 공작과 그 직계 가족들에게는 타격을 입힐 수 있을까? 특히 드래곤 사냥을 진두지휘했던 자는 아그리아 공작의 친손자야. 이름이 크릭스라고 하더군."

그 말에 아슈레인이 멈칫했다.

"계속 피해를 입으면 기어 나오지 않을까?"

리셀이 그게 아니라는 듯 고개를 흔들었다.

"어리석은 생각이야. 희생자는 말단 기사나 병사들이 전부일걸? 아그리아 공작과 그 직계 가족들은 튼튼한 건물 안에서 꼼짝도 하지 않을 거야. 그리고 너와 네 와이번 무리들은 인간들에게 확실하게 낙인찍히겠지. 인간을 선제공격한 흉포한 와이번 무리라고 말이야. 그리고 황제 폐하에게 보고가 올라가면 즉각 토벌대가 구성되겠지."

거기까지는 생각지 못한 듯 아슈레인이 곤혹스러운 표정을 지었다.

"토벌대 따윈 두렵지 않아. 인간들은 결코 와이번 무리가 있는 둥지 위로 올라올 수 없을 테니까."

"가정을 한 번 해보자. 만약 토벌대가 구성되고 나에게 그 지휘가 맡겨진다면 말이야."

편하게 다리를 편 리셀이 냉철하게 설명을 이어나갔다.

"어떤 일이 있어도 병사들을 절벽 위로 올려보내지 않을 거야. 올라가 봐야 와이번들이 낚아채어갈 것이 분명하니까 말이야."

"그렇지. 인간들의 힘으로는 무슨 수를 써도 우리가 서식하는 절벽 위로 올라갈 수 없……."

리셀이 조용히 아슈레인의 말을 끊었다.

"하지만 방법은 무궁무진해. 나라면 우선 와이번의 눈길이 미치지 않는 숲 속에 병력을 주둔시키겠어. 그리고 근처의 짐승들을 눈에 띄는 대로 사냥해 와서 거기에 다량의 독을 묻힐 거야. 그런 다음 그것을 와이번 무리의 눈에 잘 띄는 곳에 풀어놓는 거지."

아슈레인의 눈이 커졌다.

"그, 그런……."

"만약 네가 와이번의 본능을 완전히 극복할 정도로 부하들을 통제할 수 있다면 그 방법은 꼼짝없이 실패로 돌아갈 거야. 과연 그것이 가능하다고 생각하나?"

아슈레인이 묵묵히 고개를 흔들었다. 제아무리 와이번 무리의 우두머리라도 모든 와이번의 본능을 통제하는 것은 원천적으로 불가능한 일이다. 상식적으로 우두머리가 부하들이 사냥하는 짐승 하나하나에 관심을 기울이는 것 자체가 말이 되지 않는다. 아슈레인의 반응을 본 리셀이 빙그레 웃었다.

"만약 그 방법이 통한다면 난 계속해서 병사들을 시켜 와이번 무리의 수를 줄여나갈 거야. 사냥해 온 짐승에다 독을 타는 방법으로 말이지. 이건 나만의 방법이 아니야. 정식으로 군사 교육을 받은 지휘관이라면, 적어도 부하들의 목숨을 아깝게 생각하는 지휘관이라면 누구라도 생각해낼 수 있는 방법이지."

　고민을 거듭하던 아슈레인이 길게 한숨을 내쉬었다.

　"휴. 그런 방법도 있었구나."

　만약 토벌군이 그런 방법을 쓴다면 와이번 무리의 수는 급속도로 줄어들 것이다. 무정한 리셀의 음성이 귓전으로 파고들었다.

　"독을 이용해서 와이번 무리의 수를 줄이고 나면 난 실력이 뛰어난 기사들을 시켜 둥지를 직접 공략하겠어. 와이번 무리가 멀리 사냥을 나간 틈을 타서 말이지."

　"인간의 능력으로는 우리가 돌아오기 전에 절벽을 기어오를 수 없어."

　"멍청하긴. 누가 절벽을 기어오른다고 했나? 인간에겐 그리폰 라이더가 있어. 제국을 다스리는 각 귀족 가문에는 적지 않은 수의 그리폰 라이더가 존재한다. 그들을 모두 모은다면 족히 백 마리 이상은 끌어모을 수 있을 거야. 그들의 뒤에 백 명의 기사를 태워 둥지에다 올려보낼 계획이야. 물론 둥지 위에 알과 새끼를 지키는 와이번들이 있겠지만 백 명의 기사라면 상당한 희생을 치르더라도 둥지를 장악할 수 있을 것이라고 생각해."

　"……."

　"그들은 와이번 둥지에 올라가자마자 새끼부터 붙잡을 거야. 그다음에는 알을 확보하는 거지. 왜냐하면 내가 그렇게 명령을 내릴 거니까. 생각해 봐. 새끼를 붙잡고 있는 인간을 와이번들이 과연 공격할 수 있을까?"

아슈레인은 꿀 먹은 벙어리처럼 침묵을 지켰다. 리셀의 말은 마치 석궁의 쿼렐처럼 가슴속으로 날아와 박히고 있었다.

"그렇게 지키고만 있어도 우린 이길 수 있어. 와이번들이 할 수 있는 거라곤 아무것도 없을 테니까. 아마 둥지에 내려앉지 못하고 허공을 선회하는 게 고작이지 않을까? 그러다 보면 체력이 저하될 테고, 시간만 끈다면 종국에는 우리가 이기는 것이지."

리셀의 말을 모두 들은 아슈레인이 고개를 떨어뜨렸다. 만약 토벌군의 지휘관이 리셀이 말한 것과 같은 작전을 펼칠 경우 와이번 무리는 꼼짝없이 전멸당할 수밖에 없다.

"그렇군. 거기까지는 생각하지 못했어."

"섣불리 행동에 나서지 않는 것이 좋아. 인간은 그리 호락호락한 존재가 아니니까 말이야. 지금까지는 와이번들이 인간들에게 큰 피해를 입히지 않았기 때문에 내버려두지만 주거지를 공격한다면 인간들도 반격할 수밖에 없어."

리셀이 풀이 죽은 아슈레인을 위로하려는 듯 등을 두드려주었다. 충격을 받은 듯 아슈레인이 와락 얼굴을 일그러뜨렸다.

"그럼 난 어떻게 해야 하지? 어떻게 해야 복수를 할 수 있는 거야?"

"복수를 하려면 아그리아 공작가와 버금가는 다른 세력과 손을 잡아야 해. 간단히 말해 인간 전체를 적으로 돌리기보다는 은근슬쩍 인간들의 싸움에 끼어드는 거지. 사실 너와 와이번 군단의 힘은 상상을 초월해. 그 힘을 욕심내지 않을 인간은 없어. 지금까지 불가능하다고만 여겼던 와이번 군단과의 동맹은 인간 사회 전체에 엄청난 파장을 불러일으킬 테니까. 그러나 아직은 때가 아니야.”

“때가 아니라니?”

“우선 내가 아직까지 적절한 위치에 올라가지 못했어. 뜻밖의 일로 남부군에 복무하는 바람에 루카스 후작가에 튼튼하게 자리를 잡지 못했다는 뜻이지.”

리셀이 가만히 고개를 돌려 아슈레인을 쳐다보았다.

“날 믿을 수 있나?”

리셀을 물끄러미 쳐다보던 아슈레인이 조용히 고개를 끄덕였다.

“믿는다. 적어도 넌 내 친구니까.”

“그럼 날 믿고 기다려줄 수 있어? 반드시 복수를 할 수 있게 해줄 테니 말이야.”

“……”

“드래곤의 삶은 매우 길다고 들었다. 그에 비하면 인간의 생은 그야말로 찰나이지. 하지만 걱정할 것은 없어. 최소한 아그리아 공작의 수명이 남아 있는 동안에는 복수가 이루어질 테니 말이야.”

결국 고민하던 아슈레인이 마음의 결정을 내렸다.

"알겠다. 널 믿고 기다리겠다. 게다가 현재로선 믿을 방도가 너밖에 없으니 말이야. 게다가 내 개인적인 복수로 인해 부하 와이번들이 죽거나 다치는 것도 그다지 내키진 않아."

"그 심정 이해해. 남부군에서 복무하며 처음으로 부하들을 거느려봤는데 잃고 싶지 않더군. 그들 중 누구 하나도."

리셀이 빙그레 웃으며 손을 내밀었다.

"반드시 복수할 수 있게 해줄 테니 날 믿어."

아슈레인이 망설임 없이 리셀의 손을 잡고 흔들었다.

"널 믿겠다."

"둥지로 돌아가서 기다리고 있어. 마법 실력도 더 닦아놓고 말이야. 그리고 멀리서도 널 부를 수 있는 아티팩트를 하나 만들어줘. 기왕이면 간단한 의사 표현이 가능한 것으로."

"그 정도야 어렵지 않지. 아티팩트 하나를 골라 내 마력을 불어넣으면 그만이니 말이야. 거기에 들어가는 마나의 양을 잘 조절하면 몇 가지 의사 표현도 가능할 거야."

"좋아. 그럼 부탁 한 가지 더 해도 될까?"

"말해라."

"날 루카스 후작가가 있는 곳까지 좀 태워주면 안 될까? 걸어서 가기엔 너무 멀더군. 게다가 네 부하들이 내 말을 잡아먹어버렸어. 그러니 네가 책임을 져라."

아슈레인이 쓴웃음을 지으며 고개를 끄덕였다.

“그렇게 하지. 먹이 부분에 관해서는 부하들에게 내 통제가 잘 먹혀들지 않는 탓에 미안하게 됐군. 네가 원하는 곳으로 태워주겠다.”

리셀이 빙그레 웃으며 아슈레인의 어깨를 두드려 주었다.

“고마워. 은혜 잊지 않겠어.”

“대신 복수를 할 수 있게 해준다는 약속을 반드시 지켜야 한다.”

다짐을 받은 아슈레인이 폴리모프를 시전했다. 눈부신 섬광과 함께 아슈레인의 육신이 급격히 커지고 있었다.

제4장
드디어 찾은
마스터의 가문

　루카스 후작가는 제국의 남서부에 위치해 있다. 서쪽으로 많이 치우쳐 있으며 북쪽으로 아그리아 공작가의 영지와 붙어 있는, 길쭉한 모양의 영지였다. 원래 루카스 후작가의 영지는 지금보다 세 배가량 넓었다. 그러나 대부분의 영지를 아그리아 공작가와의 분쟁에서 빼앗긴 뒤 지금은 한없이 침체되어 있는 가문이었다.

　아스트리아 제국의 영토는 매우 넓다. 남부군이 주둔하고 있는 라할리아 사막에서 루카스 후작가로 가려면 말로 달려도 족히 한 달은 걸린다. 직선거리로만 따져도 그 정도이니 중간에 위치한 도로와 산맥을 감안하면 그 이상 걸린다는 결론이

나온다.

그러나 아슈레인의 등에 탄 리셀은 불과 이틀 만에 루카스 후작령에 도착할 수 있었다. 와이번의 무시무시한 비행 속도가 아니라면 꿈도 꾸지 못하는 일이다.

아슈레인은 출발하며 부하 두 마리를 둥지로 돌려보냈다. 드래곤으로 각성한 탓에 더 이상 먹이를 먹지 않아도 버틸 수 있지만 부하 와이번들은 그렇지 못하기 때문이다. 그리고 하늘에서는 감히 그를 건드릴 만한 적이 존재하지 않았다.

리셀을 등에 태운 뒤 아슈레인은 쉬지 않고 날았다. 그리고 이틀 만에 루카스 후작가의 성이 보이는 야산의 산등성이에 사뿐히 내려앉을 수 있었다. 아슈레인의 목에서 뛰어내린 리셀이 오만상을 찌푸리며 얼굴을 문질렀다.

"후. 얼굴이 다 얼얼하군."

—나도 조금 힘들군. 돌아가면 한동안 쉬어야겠다.

"그래. 가서 쉬도록 해. 마법 실력을 올리는 것 잊지 말고."

—약속은 반드시 지킬 거라 믿겠다. 그럼 난 이만 가보겠다. 더 지체한다면 누군가의 눈에 띌지 모르니까.

"걱정하지 말고 조심해서 돌아가도록 해. 뭐, 연락 수단이 있으니 언제든 다시 볼 수 있을 테니 말이야."

빙그레 미소를 지은 리셀이 목에 걸린 목걸이를 매만졌다. 이전과는 달리 제법 고급스러워 보이는 보석이 목걸이에 붙어 있었다. 살짝 웃은 아슈레인이 날개를 활짝 펼쳤다.

─잘 있어라, 친구. 무슨 일이 있으면 연락하도록 하고.

"그러지."

고개를 끄덕인 아슈레인이 날개를 활짝 펴고 날아올랐다. 펄럭이는 날갯짓으로 인해 흙먼지가 자욱하게 피어올랐다. 가볍게 허공에 떠오른 아슈레인의 동체가 쏜살같이 하늘로 쏘아졌다. 뭉게뭉게 피어나는 흙먼지 때문에 리셀이 격하게 기침을 했다.

"콜록콜록. 그 녀석 참 요란하게도 떠나는군."

금세 까마득한 점이 되어 사라진 아슈레인을 흘겨본 리셀이 옷에 묻은 흙먼지를 툭툭 털었다.

"그나저나 꼴이 형편없군. 말도 없고 갑옷도 없고 돈도 없고 말이야. 기사 체면이 영 말이 아닌걸?"

브렌트 백작은 떠나는 리셀에게 제법 좋은 판금갑옷을 한 벌 마련해주었다. 그러나 그 갑옷은 아슈레인의 부하 와이번이 잡아먹은 말의 안장에 걸려 있었다. 여행 경비 역시 마찬가지였다. 지금 리셀이 가진 것이라곤 등에 멘 마스터의 유품과 허리에 찬 검 두 자루뿐이었다.

"어차피 돈과는 인연이 먼 몸이니 어쩌겠어?"

씁쓸하게 고개를·흔든 리셀이 걸음을 옮겼다. 그가 걸어가는 방향에는 낡았지만 고풍스러운 루카스 후작가의 성이 자리하고 있었다.

루카스 후작가의 대소사를 관할하는 집사장 다니엘은 오늘도 집사들에게 호통을 치고 있었다. 육십이 넘은 노구였지만 음성이 젊은이 못지않게 쩌렁쩌렁했다.

"대관절 뭐하는 것이냐? 그런 식으로 예산을 운용하면 어쩌겠다고?"

고개를 푹 숙인 채 서 있는 다섯 명의 집사들은 진땀을 흘리고 있었다. 나름대로 열심히 예산을 집행했지만 깐깐한 집사장 다니엘의 마음을 채우는 것은 역부족이었다.

'젠장. 수입이 그것뿐인데 대관절 어떻게 하라고?'

'갈수록 적자야. 루카스 후작가에 미래는 없어.'

그러나 속내를 겉으로 표출할 만한 담량을 지닌 집사는 없었다. 그저 큰 죄라도 지은 듯 묵묵히 호통을 받아낼 뿐이다. 다행히 그들을 구원하는 목소리가 있었다.

"집사장님. 접객청으로 시급히 가보셔야 할 것 같습니다."

급히 달려 들어온 자는 스물이 갓 넘어 보이는 시종이었다. 그러자 집사장 다니엘의 호통이 시종에게로 향했다.

"어허. 훈시 중에 어찌 끼어드는 겐가? 예법 교육을 그것밖에 받지 못했나?"

"죄, 죄송합니다만 나이트 조디악님이 급히 모시고 오라고 하셔서."

"도대체 무슨 일이기에 날 부르는 것인가?"

그러나 역정 어린 다니엘의 음성은 금세 누그러졌다. 시종이 기어들어가는 목소리로 내용을 설명한 후의 일이었다.

"지금 접객청에 아너프리님의 견습기사라고 주장하는 자가 와 있습니다. 아너프리님의 근황과 함께 유품을 가져왔다고 합니다."

"그, 그게 정말인가?"

다니엘의 눈꼬리가 파르르 떨렸다. 유품이란 말에 적지 않게 동요한 모양이었다. 시립해 있던 집사들도 술렁이기 시작했다. 아너프리라는 이름은 루카스 후작가에선 결코 발설해서는 안 되는 이름이기 때문이었다. 그 기미를 눈치챈 듯 다니엘이 안색을 딱딱하게 굳혔다.

"알겠다. 지금 즉시 접객청으로 가겠다. 안내하라."

"아, 알겠습니다."

그러면서도 다니엘은 집사들에게 날카로운 눈빛을 한 번 날리는 것을 잊지 않았다. 쥐가 난 다리를 손으로 주무르던 집사들이 찔끔하며 부동자세를 취했다.

"예산 편성을 다시 한 번 검토하도록. 내 돌아와서 반드시 확인할 것이야."

"아, 알겠습니다."

집사들의 부동자세는 다니엘의 모습이 완전히 그곳에서 사라지고 나서야 풀렸다.

"귀신은 뭐하나 몰라. 저 양반 안 잡아가고."

"요즘 같아선 피가 마를 지경이야. 죽겠어."

시종의 안내를 받은 다니엘은 한달음에 접객청에 들어섰다. 틈틈이 방문하는 손님을 맞기 위해 정문 바로 옆에 지어둔 접객청은 오랫동안 한적하기만 했다. 몰락해가는 가문인 루카스 후작가를 방문하는 빈객은 거의 없다시피 했다. 하지만 그곳에 모처럼 오랜만에 손님이 찾아들었다.

덜컥.

문을 열고 들어가자 낯익은 초로의 기사가 보였다. 그가 바로 접객을 담당하는 나이트 조디악이었다. 오래전 전투로 인해 한쪽 팔을 잃은 그는 온화한 인품과 능수능란한 말솜씨를 인정받아 접객청에 배치되었다. 어찌 보면 기사 생명이 끝난 그의 노후를 루카스 후작가에서 책임져주는 거나 마찬가지였다. 다니엘을 보자 조디악이 공손히 예를 취했다.

"오랜만에 뵙습니다. 다니엘 집사장님."

"오랜만이오. 나이트 조디악. 그런데 손님은……."

다니엘의 시선이 조디악의 건너편 의자에 가서 멎었다. 그곳에는 이십대 초반의 청년이 단정한 자세로 앉아 있었다. 옷은 제법 고급으로 보였지만 오랫동안 여행을 했는지 온통 먼지투성이였다. 견습기사답지 않게 피부가 매우 곱고 이목구비가 수려한 미청년이었다. 그러나 다니엘의 눈에 그런 청년의 용모 따윈 들어오지 않았다.

"그대인가? 아너프리님의 유품을 가지고 온 사람이?"

조디악의 앞에 앉아 있는 청년은 다름 아닌 리셀이었다. 그가 단정한 자세로 예를 취했다.

"그렇습니다. 그분께서 사용하시던 검을 가지고 왔습니다."

"그, 그렇다면 아너프리님은?"

"5년 전, 제 모국인 베텔 왕국의 변방에서 생을 마치셨습니다. 제가 그분의 마지막을 지켜 드렸습니다."

다니엘의 얼굴에 허탈함이 어렸다. 몰락해가는 루카스 후작가를 되살리기 위해 노심초사하던 아너프리의 노력을 누구보다 잘 알고 있던 다니엘이기에 슬픔이 더욱 컸다.

"……결국 그렇게 가셨구먼. 아너프리님께서."

리셀은 조용히 침묵을 지켰다. 눈앞에 있는 늙은 집사장의 아너프리에 대한 애정이 얼마나 컸는지 익히 알 수 있었기에 도저히 입을 열 수가 없었다. 조디악이 탁자에 놓인 검을 집어 다니엘에게 건넸다. 손때 묻은 고풍스러운 검을 다니엘이 떨리는 손으로 받아 들어 조심스럽게 매만졌다.

"그분의 검이 분명하군. 아직까지 기억에 생생해."

마치 추억을 되짚어 올라가려는 듯 초점 없는 눈으로 검을 매만지던 다니엘이 돌연 리셀을 쳐다보았다.

"그런데 나머지 유품들은 어떻게 했나? 가지고 계신 장비가 결코 적지 않았을 터인데."

"검을 제외한 모든 장비는 부장품으로 묻어 드렸습니다."

그 말을 들은 다니엘의 눈꼬리가 또다시 떨렸다. 격정을 참지 못한 듯 그가 리셀의 손을 움켜잡았다.

"고맙군. 정말 고마워. 그분의 마지막 길을 자네가 배웅해줘서 말이야."

그 모습에 리셀은 자신도 모르게 눈시울이 뜨거워지는 것을 느꼈다.

"그분은 절 견습기사로 삼아주신 분입니다. 마땅히 해야 할 일을 한 것뿐입니다."

"누가 뭐라고 해도 그분은 루카스 후작가의 적손이시네. 마땅히 유해를 이곳에다 모셔야 할 듯싶네. 그러니 그분을 묻은 장소를 상세히 설명해줄 수 있겠나?"

리셀이 머뭇거림 없이 고개를 끄덕였다.

"물론입니다. 찾기가 그리 어렵지 않을 것입니다. 지도를 주시면 표시해 드리겠습니다."

다니엘이 기다렸다는 듯 손짓을 했다. 그러자 시종 한 명이 급히 달려나갔다. 모양새를 보아하니 베텔 왕국의 지도를 구하러 가는 모양이었다. 리셀을 쳐다보는 다니엘의 눈빛은 매우 부드러웠다.

"큰 결심을 했군. 하나같이 고급 장비들이라 값이 만만치 않았을 텐데 팔지 않고 부장품으로 묻어 드리다니 말이야."

"마스터께서는 한낱 시골 마을의 화전민이던 저를 견습기사로 삼아 주셨습니다. 그런데 제가 어찌 그럴 수 있단 말입니까?"

"말만 들어도 고맙구먼."

두런두런 대화를 나누는 사이 시종이 헐레벌떡 뛰어들어왔다. 그의 손에는 둥그렇게 말린 두루마리가 한 장 들려 있었다. 두루마리를 펼치자 베텔 왕국의 지형이 상세히 그려져 있었다. 마르타를 중심으로 한 베텔 왕국의 동북부만을 그려놓은 지형도였다.

'놀랍군. 아스트리아 제국 서남부의 루카스 후작가에서 베텔 왕국의 부분 지형도를 가지고 있다니 말이야.'

내심 혀를 내두른 리셀이 펜을 들어 아너프리가 묻힌 곳을 표시했다.

"자유도시 마르타의 북동부에 위치한 산간마을 바르셀에서 동쪽으로 하루거리에 있습니다. 원래 마수 사냥꾼들의 중간 거점이었는데 마스터를 묻은 뒤 불태워버려서 찾기가 그리 어렵지 않을 것입니다. 마스터를 묻은 장소는……."

리셀이 꽤나 상세하게 장소를 설명했기에 다니엘은 만족스러운 표정을 지었다. 찾기가 그리 어렵지 않을 것 같았다. 어지럽게 부호와 선이 그어진 지도를 소중하게 주머니에 집어넣은 다니엘이 리셀의 손을 잡았다.

"예산이 편성되는 대로 사람을 보내 아너프리님을 모셔오도록 하겠네. 정말 고맙네."

"별말씀을……. 마스터를 모셔온다니 제 마음도 한결 편안해지는군요."

"당연히 모셔와야지. 그럼 이 늙은이는 이만 가보겠네. 하던 이야기들 마저 하도록 하게."

마음이 급했는지 다니엘이 서둘러 접객청을 나섰다. 옆에서 주뼛거리던 시종도 함께 나갔기에 접객청 안에는 조디악과 리셀만이 남겨졌다. 그런데 나가던 다니엘의 뒷모습을 보던 조디악의 표정이 그리 밝지 않았다.

"과연 편성된 예산이 통과할 수 있을지……. 쯔쯔. 가문의 사정이 워낙 어려워서."

그 말에 리셀이 깜짝 놀라 되물었다.

"무슨 말씀이십니까?"

그러나 조디악은 그 말에 대답해주지 않았다.

"아닐세. 그저 혼잣말이었어. 그건 그렇고 무슨 이야기를 했었지?"

둘은 별반 이야기를 나누지 못했다. 마스터 아너프리의 유품을 가져왔다는 말에 조디악이 깜짝 놀라 본청으로 시종을 보냈고 집사장 다니엘이 한달음에 달려왔기 때문이었다. 다니엘이 나가고 나서야 대화에 진전이 있었다. 한참 리셀의 말을 듣던 조디악이 이맛살을 지그시 좁혔다.

"그런데 왜 이곳으로 곧바로 오지 않았지? 베텔 왕국을 떠난 뒤 5년 동안 어디에서 뭘 한 겐가?"

"피치 못할 사정으로 인해 남부군에서 복무했습니다."

그 말에 조디악이 깜짝 놀라 눈을 휘둥그레 떴다.

"남부군? 브렌트 백작님이 지휘하는 라할리아 사막 주둔군

말인가?"

"그렇습니다. 그곳에서 5년을 복무했습니다."

리셀의 대답에 조디악이 살짝 눈매를 찡그렸다.

"어리석은 생각을 했군. 루카스 후작가에서 기사 서임을 받는다면 모든 것이 해결되는데 말이야. 구태여 남부군에서 복무할 필요 없이 제국 시민권을 받을 수 있었어."

조디악은 리셀이 제국 시민권 때문에 남부군에 복무한 것으로 오인하고 있었다. 굳이 해명할 필요성을 느끼지 못했기에 리셀은 씁쓸히 미소를 지을 뿐이었다.

"어쨌거나 최전선에서 실전을 경험했다니 반갑군. 그래, 아직까지 견습기사 신분이겠지?"

조디악의 말에 리셀이 고개를 흔들었다.

"아닙니다. 브렌트 백작님으로부터 기사 서임을 받았습니다."

놀랐는지 조디악이 눈을 부릅떴다.

"그, 그게 무슨 소린가? 그렇다면 도대체 왜 이곳을 찾아온 것인가? 마땅히 기사 서임을 해주신 브렌트 백작님을 모셔야 하지 않는가?"

"아닙니다. 브렌트 백작님은 기사 서임을 해주신 뒤 충성 서약을 받지 않고 자유 기사로 풀어주셨습니다."

"더더욱 이해하기 힘들군. 어찌 그런……."

"전선에서 제가 조그마한 공을 세웠기에 그 포상으로 해주신 일입니다.”

“무슨 공을 세웠는지 물어봐도 되겠나?”

“죄송합니다. 군 기밀에 속하는 일이라 말씀드릴 수가 없습니다. 발설하지 않겠다고 맹세를 했기 때문입니다. 대신 브렌트 백작님이 직접 서명하신 문서가 있습니다.”

리셀이 내민 서류를 받아든 조디악이 조용히 읽어보았다.

“흠. 서명을 보니 사실인 듯하군. 이런 일에 위조된 서류를 제출하는 간 큰 자가 있으리라곤 상상할 수 없으니 말이야. 그런데 정말 의외로군. 솔직히 난 자네가 워낙 젊기에 아직까지 견습기사일 것이라 예상했었어. 그런데 명장이신 브렌트 백작님으로부터 정식으로 서임받은 정규 기사라니 예상이 빗나가버렸군.”

“마스터께 한 맹세 때문에 브렌트 백작님을 모시지 못했습니다. 그분께서도 제 사정을 너그럽게 이해해주셨습니다.”

“실례가 안 된다면 그 맹세가 어떤 것인지 들어보고 싶군.”

“마스터께서는 저에게 가문을 위해 헌신하라 명하셨습니다. 저는 그분께 그러겠다고 맹세를 했습니다.”

리셀의 말에 감명을 받았는지 조디악의 입매가 파르르 떨렸다.

“흠. 정말 훌륭한 마음가짐이로군. 요새 젊은 기사들에게서는 찾아보기 힘든 모습이야. 암, 그렇고말고. 그런데 남부군에서 무슨 직무를 맡았는지도 알려줄 수 없나?”

"죄송합니다. 그것 역시 묵언의 맹세를 한 터라."

조디악이 곤혹스러운 표정을 지었다. 지금 루카스 후작가의 사정으로는 리셀에 대해 알아볼 방법이 없었기 때문이었다. 루카스 후작가는 이례적으로 남부군에 병력을 파병하지 않은 가문 중 하나였다. 가문이 처한 상황이 그리 좋지 못하기 때문이다. 다른 가문에서는 다수의 기사와 견습기사, 정예병을 파견했다. 그에 비해 루카스 후작가는 오로지 전쟁 물자만을 제공했다. 파병할 만한 병력이 절대적으로 부족하다는 게 그 이유였다.

루카스 후작가는 바로 옆에 위치한 아그리아 공작가와 오랫동안 영지전을 치렀다. 그 결과 많은 영토를 잃고 한없이 쪼그라진 상태였다. 무수히 많은 기사와 병사들이 전쟁 과정에서 소모되었다. 특히 기사의 수가 절대적으로 부족했다.

만약 루카스 후작가에서 병력을 파견했었다면 서신을 보내 리셀에 대해 조사해 볼 생각을 할 수 있을 것이다. 하지만 그럴 수 없는 것이 루카스 후작가의 현실이었다. 그렇다고 정규 기사 하나를 받아들이는 데 조사를 허술히 할 순 없는 노릇이다. 해서 그는 우선 비싸디비싼 마정석 하나를 소모해 남부군 사령관 브렌트 백작과 직접 통신을 해보려고 마음먹었다.

"일단 거처를 마련해줄 테니 쉬도록 하게. 내 자세히 알아본 뒤 결과를 통보해주도록 하겠네."

"알겠습니다. 배려에 감사드립니다."

예를 취하는 리셀의 모습에 조디악은 새삼 감탄했다. 리셀은 말 그대로 모자라지도, 과하지도 않은 적절한 선을 지키며 예를 취하고 있었다. 제대로 교육받지 않은 자라면 결코 흉내 낼 수 없는 모습이다. 조디악이 손뼉을 치자 시종 한 명이 들어왔다.

"거처로 안내해주도록. 정규 기사 신분이니 그에 걸맞게 대접하도록 하라."

"알겠습니다. 절 따라오십시오."

리셀이 시종의 뒤를 따라 접객청을 나섰다. 그 뒷모습을 조디악이 눈을 가늘게 뜨고 지켜보고 있었다.

신분 확인 절차는 금세 끝났다. 비싼 마정석 하나를 소모해 멀리 떨어진 남부군 사령부와 통신을 마친 조디악이 밝은 표정으로 리셀을 불러들였다.

"신분 확인이 끝났네. 브렌트 백작님께서 직접 자네의 신분을 보증하셨어."

리셀은 별다른 표정 변화 없이 빙긋이 웃을 뿐이었다. 조디악은 조금 전 들은 브렌트 백작의 말을 떠올려 보았다.

─리셀은 정말 대단한 인재야. 하도 탐이 나서 내 사람으로 만들고자 했는데 끝까지 루카스 후작가로 가야 한다고 고집을 부리더군. 마스터와의 맹세를 지키겠다는 뜻을 꺾을 수 없을 것 같아서 충성 서약을 받지 않고 기사 서임을 해주었네. 그러

니 중히 쓰도록 하게. 만약 소홀히 대한다면 내가 도로 찾아갈 테니 말이야. 허허허.

브렌트 백작이 직접 보증한 이상 리셀의 신분 조회는 완벽하게 끝났다고 봐도 무방했다. 문제는 남부의 명장 브렌트 백작이 인정한 인재인 리셀을 어디에 배치하는가였다. 머릿속으로 생각을 정리한 조디악이 조용히 입을 열었다.

"솔직히 말해 조금 골치가 아프게 되었어. 만약 자네가 견습기사였다면 그냥 적당한 곳에 배치해버리면 그만이야. 하지만 자네가 정규 기사 신분으로 들어왔기 때문에 섣불리 아무 데나 배치할 수가 없게 되었어. 해서 선택을 자네의 판단에 맡기려고 하네."

"무슨 말씀이신지?"

"우선 루카스 후작가가 처한 상황을 알려주겠네."

현재 루카스 후작가의 가주 자리는 비어 있었다. 리셀의 마스터인 아너프리는 가주 자리를 둘째 동생인 샤라반 루카스에게 넘겨주고 가문을 떠났다. 원래대로라면 셋째 동생인 라르고 루카스에게 가주 자리를 넘겨야 하지만 아너프리는 그렇게 하지 않았다. 성품으로 보나 기질로 보나 가주 자리에 라르고가 더 어울리는데도 불구하고 말이다. 죽기 전 아너프리는 리셀에게 당시의 상황을 말해주었다.

—라르고는 야심이 너무 많아. 그 녀석을 가주 자리에 앉

했다면 분명 잃어버린 영토를 찾기 위해 앞뒤 가리지 않고 전쟁을 벌였을 거야. 그러나 현실적으로 강대한 아그리아 공작가를 꺾는 것은 불가능해. 해서 부득이 샤라반을 선택한 것이지.

장고의 고민 끝에 선택하긴 했지만 샤라반은 원천적으로 가주의 중임을 맡을 만한 재목이 아니었다. 심약한데다 우유부단하기까지 했기 때문에 가문을 완벽히 장악하지 못했다.

그러나 아너프리의 안목은 비교적 정확했다. 아그리아 공작가에 섣불리 싸움을 걸지 않고 남은 영토만큼은 잘 보존했으니 말이다. 그러나 벅찬 격무에 시달리던 샤라반의 몸은 급격히 약해져갔다. 말을 잘 듣지 않는 가신들과 대놓고 불평을 토로하던 원로들로 인해 마음고생을 하던 샤라반은 결국 몸져눕고 말았다. 그리고 1년 전부터는 의식조차 없는 식물인간 상태가 되었다.

"해서 지금 루카스 후작가는 수장이 없는 채로 굴러가고 있네. 가주님께서 돌아가시고 나면 원로 회의를 통해 새로운 가주를 선출할 거야. 현재 세 명의 유력한 후계자들이 가문의 대소사를 관장하고 계시지."

설명을 마친 조디악이 리셀을 쳐다보았다.

"가장 먼저 자네가 선택할 건 이것일세. 중립을 지킬 것이냐, 아니면 세 분의 후계자 중 한 명 밑으로 들어가 적극적으로 세력 다툼에 끼어들 것이냐, 둘 중 하나이지."

리셀은 고민에 사로잡혔다. 쉽사리 결정할 문제가 아니었기 때문이었다. 현재 리셀은 정식으로 서임받은 정규 기사 신분이다. 따라서 자신의 거취를 자신이 결정할 권리가 있다. 조디악의 말대로 리셀이 견습기사였다면 이런 고민 따월 할 이유가 없다. 루카스 후작가의 차세대 전력으로 중립을 지키다 가주가 정해지면 충성을 바치면 될 뿐이다.

"각각 장단점이 있어서 어느 한 쪽을 권하기가 힘드네. 우선 중립을 지킨다 해도 기본적인 대우는 받을 수 있을걸세. 물론 자네가 고른 후계자께서 가주 자리에 오를 경우 가장 좋은 대우를 받을 수 있겠지. 하지만 반대의 경우에는 어느 정도 손해는 감수해야 할 거야. 자기 사람을 우선적으로 챙기는 것은 어쩔 수 없는 인간의 본성이니까. 그래, 어떻게 하겠나?"

고민하던 리셀이 입을 열었다.

"후계자분들에 대해 간략히 설명해주실 수 있겠습니까?"

"그야 어렵지 않지."

조디악의 말에 따르면 현재 루카스 후작가의 가주 자리를 놓고 경합을 벌이는 후계자는 모두 세 명이었다.

그중 가장 세력이 강한 후계자는 카인베르크 루카스였다. 아너프리의 셋째 동생인 라르고의 맏아들로 가장 많은 원로와 가신들의 지지를 받고 있었다. 충성을 맹세한 기사들의 수도 제일 많았다. 이대로 간다면 이변이 없는 한 그가 가장 유리한 고지를 차지할 것이다.

두 번째 후계자는 카디아스 루카스였다. 역시 라르고의 둘째 아들로 동맹을 맺은 대영주들의 적극적인 지지를 받고 있는 인물이었다. 강력한 처가의 덕을 보고 있는 후계자이기도 했다.

세 번째 후계자는 현 가주인 샤라반의 외아들인 엘빈 루카스였다. 세 명의 후계자 중에서 입지가 가장 좁지만 몰락한 가신과 소영주들로부터 인망을 얻고 있는 후계자였다. 설명을 들은 리셀이 이해하기 힘들다는 듯 고개를 갸웃거렸다.

"놀랍군요. 현 가주님의 외아들이신데 어찌……."

마땅히 의아할 수밖에 없는 상황이었다. 상식적으로 현 가주의 아들이라면 경쟁에서 가장 유리한 고지를 점해야 한다. 자고로 팔은 안으로 굽지 밖으로 굽지 않는 법이다. 가까운 혈족보다는 친자식을 후계자로 삼고 싶은 것이 사람의 심리이다. 즉 원래대로라면 현 가주의 전폭적인 지원을 받을 수 있는 엘빈 루카스가 가장 강력한 후계자가 되는 게 자연스러운 것이다. 조디악이 쓴웃음을 지으며 이유를 설명해주었다.

"솔직히 말하지. 엘빈님의 인품은 나무랄 데가 없어. 그 사실은 가문의 모든 사람들이 인정하는 바이지. 하지만 문제는 가주로서 마땅히 갖춰야 할 냉철함이나 결단력이 과연 그분에게 있느냐 하는 것이야. 그분께서는 결혼 문제로 인해 원로와 가신들의 신임을 완전히 잃어버렸어."

　귀족 가문의 후계자들은 대부분 정략결혼을 통해 반려자를 맞아들인다. 가문의 이익이 그 어떤 것보다 우선하는 것이다. 그 때문에 세 명의 후보자들은 빠짐없이 정략결혼을 통해 가문의 입지를 다져왔다.

　그중 가장 큰 혜택을 보고 있는 것이 두 번째 후계자인 카디아스였다. 중부의 막강한 대영주인 트레보크 백작가의 장녀를 반려자로 맞았고 그 가문의 전폭적인 후원을 받고 있었다. 카인베르크 역시 유력한 귀족 가문의 여식과 정략결혼을 해서 입지를 다지고 있었다.

　그러나 엘빈 루카스는 사정이 약간 달랐다. 다른 후계자와 마찬가지로 엘빈 루카스는 일찌감치 정략적으로 혼처를 정했다. 루카스 후작가와 조금 떨어진 곳의 영주, 도플러 자작의 딸과 약혼을 한 것이다. 도플러 자작가는 영지가 그리 크지 않지만 내실 있고 탄탄한데다 강력한 기사단을 지니고 있었다. 이변이 없었다면 충분히 엘빈의 뒷받침을 해줄 수 있는 가문이었다.

　그러나 귀족가의 몰락은 그야말로 순간이다. 도플러 자작 가문은 영지를 넓히려는 아그리아 공작가의 흉계에 말려들어 하루아침에 몰락해버렸다. 영지전에서 패배해 영지를 송두리째 빼앗기고 만 것이다. 도플러 자작이 자랑하던 강력한 기사단도 아그리아 공작가가 내세운 블레이드 오너만큼은 감당하지 못했다. 결국 도플러 자작은 몇 안 되는 기사와 가신, 그리고 식솔들과 함께 영지에서 쫓겨나고 말았다. 갈 곳이 없었기에 그는 어쩔 수 없이 루카스 후작가에 몸을 의탁했다.

"당시 모든 원로와 가신들이 엘빈님에게 파혼하라는 압력을 넣었지. 비정하지만 어쩔 수 없는 선택이었어. 도플러 자작에겐 더 이상 엘빈님을 뒷받침해줄 능력이 없었으니까."

그러나 엘빈은 그 모든 압력 속에서도 뜻을 꺾지 않았다.

—약속은 중요한 것입니다. 일시적으로 사정이 어려워졌다고 해서 헌신짝처럼 저버릴 순 없습니다.

결국 그는 예정대로 도플러 자작의 딸과 결혼식을 올렸다. 가장 유력하던 후계자 자리에서 밀려나는 순간이었다.

"그 일로 인해 대부분의 원로와 가신들이 엘빈님을 버리고 다른 후보자를 지지하기 시작했네. 루카스 후작가의 가주 자리에 어울리지 않는다는 평가를 한 것이지."

힘들게 결혼을 하긴 했지만 결과는 그리 좋지 못했다. 유난히 몸이 약한 아내는 아들을 낳지 못했다. 늘그막에 겨우 딸 하나를 보았을 뿐이었다. 가주 후계자에게 있어 대를 이을 아들이 없다는 것은 크나큰 결점 중 하나이다. 조디악이 무거운 어조로 설명을 마쳤다.

"이렇게 해서 세 분의 후계자가 경합을 벌이고 있네. 이제 자네가 선택할 차례이네. 중립을 지킬 것인지, 아니면 세 명의 후계자 중 한 명을 선택해 충성을 바칠 것인지 말이야."

리셀은 마음을 정했다. 중립을 지키기보다는 주군을 직접 선택해 후계 구도에 적극적으로 참여하기로 말이다. 리셀이 그런 결정을 내린 배경에는 남부군에서 복무하는 동안 보고 배운 여러 요소들이 작용했다.

'기사에게는 자신의 운명을 믿고 맡길 주군의 인품이 무엇보다 중요해.'

리셀은 자신의 막사를 침입해 온 아그리아 공작가의 베이른을 단단히 혼내주었다. 당시 그는 분기를 참지 못하고 리셀의 등을 찌르는 비열한 행동을 했다. 그런데 그 모습을 똑똑히 보고 있던 베이른의 호위 기사는 그것을 말리지 않았다. 기사로서의 명예보다 주군의 심기를 거스르는 것을 더 두려워한 것이다.

만약 리셀이 선택한 주군이 베이른과 같은 성향을 지닌 인물이라면……. 리셀이 몸을 가늘게 떨었다. 정말 생각만 해도 끔찍한 일이 아닐 수 없었다. 생각을 접어 넣은 리셀이 조디악을 똑바로 바라보며 말했다.

"중립을 지키지 않겠습니다. 후계자 중 한 분을 섬기겠다는 뜻입니다."

조디악이 그럴 줄 알았다는 듯 미소를 지으며 고개를 끄덕였다.

"좋아. 그렇다면 내가 그분들에게 자네의 의지를 전하도록 하겠네. 자네 경력이라면 후한 봉록을 받을 수 있을 거야. 그 중에서 가장 많은 봉록을 약속한 분을 골라 선택하면……."

리셀이 조용히 조디악의 말을 끊었다.

"죄송하지만 그분들을 직접 만나 뵙고 선택하면 안 되겠습니까? 기사에겐 마땅히 주군을 선택할 권리가 있다고 알고 있습니다만."

조디악이 깜짝 놀라 리셀을 쳐다보았다.

"직접 만나뵙고 선택하겠다는 말인가?"

"그렇습니다."

"흠. 그리 현명한 방법은 아닌 것 같은데. 뭐 자네가 명성이 자자한 유명한 기사라면 그럴 수도 있겠지만 아직 그 정도는 아니란 걸 스스로도 잘 알고 있지 않나. 그런 자네가 주군을 직접 고르겠다고 하면 후계자 분들이 기분 나빠할 수도 있을 걸세. 건방진 놈이라고 말이야."

그럼에도 불구하고 리셀은 뜻을 꺾지 않았다.

"제 운명을 맡길 주군을 선택하는 겁니다. 만나 보지도 않고 그런 중요한 선택을 하고 싶지는 않습니다."

리셀의 단호한 태도에 조디악이 혀를 찼다.

"그렇다면 어쩔 수 없겠군. 일단 자네 의사를 전해드리도록 하겠네. 하지만 결과가 어떻게 나올지는 아무도 몰라."

"마땅히 제가 감수해야 할 부분이겠지요."

"알겠네. 접객청에서 기다리고 있도록 하게. 내가 직접 세 분을 만나 뵙고 올 테니."

"모쪼록 부탁드립니다."

제5장
주군의 자격

리셀이 접객청에서 기다리는 동안 나이트 조디악은 세 명의 후계자를 만나서 리셀의 의사를 전했다. 그중 가장 유력한 후계자인 카인베르크는 리셀의 요청을 듣자마자 분노를 표출했다.

"건방진 녀석이로군. 남부 전선에서 몇 년 복무했다고 눈에 보이는 게 없나 보지?"

"주군을 직접 만나 뵙고 선택하겠다는 것이 그의 뜻입니다."

"흥. 제 놈이 원하면 언제든지 만날 수 있다고 생각하나 보지? 루카스 후작가가 그리 만만하게 보였나?"

카인베르크는 리셀의 요청을 거부했다. 굳이 만나서 선택받아야 할 필요성이 없다고 판단한 것이다. 리셀이 아니더라도 그의 휘하에는 쟁쟁한 실력의 기사들이 기라성처럼 포진하고 있다. 구태여 젊디젊은 리셀에게 선택을 받아야 할 필요가 없는 것이다.

"만약 나에게 충성을 맹세한다면 소작농 50호의 봉록을 지급하겠다고 전하게. 그리고 만날 생각이 전혀 없으니 알아서 선택하라고 이르게."

"알겠습니다."

두 번째 후계자인 카디아스의 반응은 조금 달랐다. 카인베르크에 비해 세력이 뒤떨어지는 탓인지 리셀에게 약간의 관심을 보이기는 했다. 그러나 그는 직접 만나는 대신 둘째 아들인 타일러스를 보냈다.

"그대가 리셀인가?"

타일러스는 갓 스물이 된 탄탄한 체구의 청년이었다. 어릴 때부터 검술 교사로부터 혹독한 수련을 받아 몸이 잘 단련되어 있었다. 그런데 그는 리셀을 보자마자 눈살을 찌푸렸다.

"기사라기보다는 문관에 가까운 몸이로군."

그럴 수밖에 없는 것이 리셀의 몸은 마른 근육형이어서 외관상으론 별로 우람해 보이지 않는다. 굳이 우락부락한 근육을 키우지 않은 이유는 마나를 운용한다면 근육이 낼 수 있는 힘보다 월등히 강한 힘을 발휘할 수 있기 때문이었다. 타일러스의 말에 리셀이 쓴웃음을 지었다.

"평소에 그런 말을 많이 들었습니다."

"남부 전선에서 복무했다면 실전은 충분히 치렀을 터. 아버지께서는 특별히 소작농 70호의 봉록을 제공하겠다고 말씀하셨네. 아마 가장 후한 조건일 게야. 그러니 길게 생각하지 말고 아버님을 섬기도록 하게."

타일러스가 자신만만한 태도로 제반 서류를 내밀었다. 리셀이 곤혹스러운 표정을 지었다.

"죄송합니다만 아직까지 한 분을 만나 뵙지 못했습니다. 그 분을 만나 뵙고 나서 선택해야 할 것 같습니다만."

그 말에 타일러스의 눈매가 급격히 휘말려 올라갔다.

'건방이 하늘을 찌르는 작자로군. 아버지를 대신해 내가 나온 것만으로도 몸 둘 바를 몰라 해야 하거늘……'

그러나 귀족 가문의 적손인 타일러스는 결코 속내를 겉으로 내비치지 않았다. 감정을 숨기는 것은 귀족에게 가장 필수적인 덕목이다.

"좋아. 그럼 선택을 기다리겠네. 조건은 항상 유효하니 언제든지 찾아오도록."

타일러스는 그 말을 던진 뒤 대답도 듣지 않고 몸을 돌렸다. 그 뒷모습을 보며 리셀이 씁쓸히 웃었다.

'역시 쉽지 않군.'

마지막으로 남은 후계자는 엘빈 루카스였다. 이례적으로 그는 리셀을 만나보겠다는 전갈을 해왔다. 예상치 못했다는 듯 조디악이 얼떨떨한 표정으로 리셀을 안내했다.

"자넬 거처로 모시고 오라고 하셨네. 나도 뜻밖이야."

"주군이 되실지도 모르는 분을 이제야 처음으로 뵙게 되는 군요."

리셀은 조용히 조디악의 뒤를 따랐다. 지금껏 주군으로 삼을 사람을 한 명도 만나지 못해 약간 의기소침해 있던 상태였다.

엘빈 루카스의 저택은 성의 가장 안쪽에 자리하고 있었다. 조디악을 보자 입구를 경비하던 병사들이 길을 열어주었다. 넓은 홀로 들어간 조디악이 한쪽의 문을 가리켰다.

"저곳이 엘빈님이 계시는 집무실일세. 들어가 보도록 하게."

"알겠습니다."

덜컥.

문을 열고 들어가자 책상 앞에서 서류 작업을 하고 있는 중년인의 모습이 보였다. 전체적으로 온화한 인상이었지만 격무로 인해 다소 피로해 보이는 모습이었다. 리셀이 들어가자 그가 서류를 내려놓고 고개를 돌렸다.

"자네가 리셀인가?"

"그렇습니다. 만나 뵙게 되어 영광입니다."

중년인 엘빈이 씩 웃으며 의자를 가리켰다.

"일단 앉게."

리셀은 엘빈이 시키는 대로 자리에 앉았다.

"조금 놀랐어. 주군감을 직접 만나보고 선택하겠다는 경우가 그리 많지 않아서 말이야."

"죄, 죄송합니다."

"죄송할 것까지야 없지. 그나저나 궁금한 게 있어서 자네를 불러들였네."

엘빈이 돌연 정색을 했다.

"그분께서는 어떻게 사셨나?"

"그분이시라면?"

"아너프리님 말일세. 나에겐 백부님이 되시는 분이며 자네에게는 마스터이신 분이지."

리셀이 얼떨떨한 표정으로 대답했다.

"마스터께서는 평생 가문만을 생각하셨습니다. 무엇을 하든 가문에 대한 걱정을 떨치지 못하셨지요. 그 때문에 저에게도 루카스가로 가서 헌신하라는 당부를 남기셨습니다."

엘빈의 표정이 어두워졌다.

"마땅히 그러실 분이지. 쯔쯔."

리셀은 아무런 말도 하지 않았다. 지금껏 마스터인 아너프리에 대해 물어본 후계자는 엘빈이 처음이었다. 귓전으로 나지막한 음성이 들려왔다.

"가실 때 편하게 가셨나?"

"그리 편하진 못하셨습니다. 그러나 돌아가신 후의 표정은 평온하셨습니다."

"그나마 다행이로군."

고개를 숙인 엘빈이 한동안 침묵을 지켰다. 리셀은 가만히 앉아 그가 입을 열길 기다렸다. 잠시 후 고개를 든 엘빈이 리셀을 쳐다보았다.

"대충 들어서 알고 있겠지만 내 입지는 후계자들 중에서 가장 좁다네. 그래서 자네에게 약속할 수 있는 것이 그리 많지는 않아. 어떤 조건을 제시받았는지는 모르지만 내가 해줄 수 있는 건 소작농 30호를 제공해주는 것뿐이야. 집과 기본적인 무구는 가문에서 지급해줄 걸세. 하지만……."

그 순간 엘빈의 시선이 서릿발처럼 리셀의 눈 속을 파고들었다.

"한 가지는 약속해줄 수 있네. 나와 함께 한다면 아마도 고난을 많이 겪어야 할 거야. 가능성이 지극히 낮은 일이긴 하지만 만약에 훗날 풍성한 결실을 거두게 된다면 그 결과물은 반드시 나누어 주겠네. 이것이 바로 내 삶의 모토라네."

"그렇군요."

"자네가 누굴 선택할지는 아무도 몰라. 하지만 자네가 날 선택한다면 끝까지 책임져주도록 하지. 이것이 나의 조건이라네."

말을 마친 엘빈이 더 이상 할 말이 없다는 듯 고개를 돌려 서류를 집어들었다.

"조건을 모두 들었으니 돌아간 뒤 심사숙고해서 결정하도록 하게."

그때 리셀이 떨리는 음성으로 입을 열었다.

"한 가지만 여쭤 봐도 되겠습니까?"

"말하게."

"집사장 다니엘님께 들은 바로는 마스터의 유해를 가문에서 거둘 계획이라고 들었습니다. 그것이 어떻게 처리되었는지 알고 싶습니다만."

그 말에 약간 당황한 듯 엘빈이 눈살을 찌푸렸다. 하지만 그는 금세 평온을 되찾고 대답했다.

"다니엘 집사장이 올린 예산 집행은 부결되었네. 당장 시급한 사안들이 많아서 뒤로 밀린 것이지. 하지만 걱정하지는 말게. 예산의 일부를 내가 부담하기로 했으니 시신을 수습할 인원이 일주일 내로 가문을 출발할 걸세. 다니엘 집사장이 직접 인부들을 이끌고 갈 것이라고 하더군."

"기사들은 투입되지 않습니까?"

"투입할 인원이 모자라서 용병을 고용할 것이라고 들었네."

리셀의 눈매가 파르르 떨렸다. 마스터의 유해가 다시 가문으로 돌아온다고 하니 마음이 안온해졌다. 그는 더 이상 생각할 것도 없다는 듯 몸을 일으켰다.

"결정을 내렸습니다."

엘빈이 뜻밖이라는 표정으로 리셀을 쳐다보았다. 리셀이 마치 허물어지듯 주저앉으며 한쪽 무릎을 꿇었다.

"절 받아주십시오. 제 모든 것을 주군께 바치겠습니다. 제 검과 생명, 그리고 충성은 이제부터 주군의 것입니다."

말을 마친 리셀이 고개를 꺾었다. 아무런 말도 없이 리셀을 쳐다보던 엘빈이 자리에서 일어났다.

"뜻밖이지만 기쁘군. 분명 다른 후계자들이 더 좋은 조건을 제시했을 터인데 어찌 그런 결정을 내렸나?"

"기사에게 금전적인 조건은 중요하지 않습니다. 전 이미 주군께 모든 것을 걸기로 마음먹었습니다."

엘빈의 눈가로 잔 떨림이 스쳐 지나갔다. 그가 조용히 손을 뻗어 리셀의 어깨를 짚었다.

"자네의 충성을 받아들이겠네. 앞으로 잘 지내보도록 하세."

"네. 주군!"

고개를 든 리셀의 표정은 더없이 비장했다. 이제 리셀은 기사가 된 후 처음으로 자신의 생명을 바칠 주군을 얻게 된 것이다.

일은 일사천리로 진행되었다. 대기실에서 기다리던 조디악은 리셀의 결정을 듣고 깜짝 놀랐다.

"엘빈님을 주군으로 선택하다니 의외로군. 놀랐어."

"그분이라면 충분히 제 목숨을 맡을 자격이 있으십니다."

"자네의 선택을 존중하네. 그럼 그렇게 일을 처리하도록 하겠네. 자넨 지금 이 순간부터 엘빈 루카스님의 기사야. 이제부터 자네 신병은 엘빈님이 관리하실 걸세."

조디악이 미소를 지으며 리셀의 어깨를 두들겼다.

"앞으로 잘 지내보세. 그나저나 카디아스님의 심기가 그리 좋지 못하시겠군. 특별히 타일러스님을 보냈는데도 선택받지 못했으니 말일세."

"……."

"너무 걱정하진 말게. 루카스 후작가의 도량은 그리 좁지 않아."

조디악은 그 말을 마치고 대기실을 나섰다. 그리고 중후한 풍채의 장년 기사가 리셀에게 다가왔다. 밝게 웃는 얼굴에는 호의가 가득 담겨 있었다.

"자네가 엘빈님을 섬기겠다고 한 리셀인가?"

"그렇습니다."

"정말 반갑네. 최근 들어 주군을 섬기겠다고 결정한 기사들 중에서 자네가 가장 젊어. 내 소개를 하지. 나는 주군의 기사들을 총괄 지휘하는 제퍼슨이라고 하네."

"모쪼록 잘 부탁드립니다."

제퍼슨이 우악스럽게 리셀의 팔을 잡아끌었다.

“이럴 게 아니라 나가도록 하지. 동료 기사들을 소개해주겠네. 만나면 놀라지 말게. 하나같이 늙다리들이니 말이야.”

“아, 네.”

리셀이 주뼛주뼛 제퍼슨에게 이끌려 나갔다.

엘빈의 기사들은 저택의 뒤편 연무장에 모여 있었다. 기사들이 머무는 나이트 홀 역시 그곳에 있었다. 그곳에서 스무 명이 조금 넘는 기사들이 연무장에 모여 수련을 하는 중이었다. 제퍼슨이 리셀을 데리고 가자 그들이 연무를 멈추고 고개를 돌렸다.

“이게 얼마 만에 온 신참이야?”

“오랜만에 젊은 피가 수혈되었군. 정말 반가워.”

제퍼슨의 말대로 엘빈을 섬기는 기사들은 하나같이 장년층 이상이었다. 제퍼슨이 리셀을 데리고 가자 그들이 열렬히 환영해주었다.

“탁월한 선택을 했군. 우리가 모시는 주군을 선택하다니 안목이 정말 뛰어난 청년이야.”

“운명을 함께하게 되어 반갑네.”

열렬한 환영식에 리셀이 어쩔 줄을 몰라 했다. 그 모습을 보고 싱긋 웃은 제퍼슨이 구석의 병기대에 가서 연습용 철검을 집어들었다.

“자 그럼, 신참의 실력을 한 번 살펴봐야지?”

그 말에 기사들이 왁자지껄하게 떠들기 시작했다.

"햐! 제퍼슨 대장님이 직접 시험하는 건가?"

"크나큰 행운이야."

기사들이 달려들어 리셀에게 장비를 입혀 주었다. 흠집이 이리저리 난 연습용 견갑과 흉갑, 그리고 투구를 쓰자 다소 우스꽝스러운 모습이 되어버렸다. 한 기사가 날이 서 있지 않은 장검 한 자루를 건넸다.

"그럼 푸닥거리를 한 번 벌여볼까?"

빙글빙글 웃으며 쳐다보던 제퍼슨은 리셀이 자세를 잡자 기다렸다는 듯 달려들어 검을 휘둘렀다.

최창.

제퍼슨의 검격은 제법 매서웠다. 교과서적인 검로를 따르면서도 예상치 못한 변칙적인 검격이 가해졌다. 충분히 실전을 겪어본 것이 틀림없었다. 그러나 실전 경험만큼은 이 자리에서 리셀을 따를 자가 없다. 제퍼슨의 공격은 혹독하게 단련된 리셀을 전혀 곤란하게 만들지 못했다. 연거푸 가해지는 검격을 요령 있게 막고 흘리면서 리셀은 엉뚱하게도 딴생각을 하고 있었다. 그러면서도 간간이 반격을 가하는 여유까지 부렸다.

'까마귀 전대원들과 비슷한 수준이로군. 레인에 비하면 한참 모자라고 말이야.'

딴생각을 하고 있음에도 리셀은 그야말로 완벽하게 제퍼슨의 공세를 막아냈다. 예상하기 힘든 변칙 공격에도 흔들림 없이 대처했다. 리셸은 일부러 공격을 자제했다. 한동안은 두각을 나타내지 말라는 브렌트 백작의 당부를 떠올렸기 때문이었다.

'어차피 주머니 속의 송곳은 원하지 않아도 드러나는 법이니까.'

한참 동안 검격을 나누고 난 뒤 숨결이 거칠어지자 제퍼슨이 공격을 멈췄다. 그가 다소 놀란 듯한 표정으로 리셸을 쳐다보았다.

"호오. 이거 실력이 만만치 않은걸? 숨겨둔 밑천을 절반 이상 드러냈는데도 불구하고 전혀 자세를 무너뜨리지 못했어."

관전하던 기사들이 그 말에 놀라 눈을 둥그렇게 떴다.

"그게 정말입니까?"

"물론이야. 나는 지금까지 내 공격을 이렇게 편하게 막아내는 녀석은 처음 보았어. 기본기뿐만 아니라 예상치 못한 상황에 대처하는 능력까지 어느 한 군데 나무랄 데가 없어. 역시 남부 전선에서 복무한 역전의 용사다워."

제퍼슨이 만족스러운 표정으로 다가와 리셸의 어깨를 두드려주었다.

"체구가 좋지 않아서 처음에는 좀 걱정했는데 쓸데없는 우려였어. 부디 그 능력을 주군을 위해 아낌없이 써주길 바라네."

"물론입니다. 제 생명은 이제 주군의 것입니다."

"훌륭한 마음가짐이야."

제퍼슨이 고개를 돌려 늘어선 기사들을 쳐다보았다.

"자, 그럼 다시 수련을 시작한다. 혹시라도 신참의 실력을 평가하고 싶다면 말리지 않겠다. 나머지는 개인 수련이다."

그 말에 관전하던 기사들이 다시금 무기를 들고 움직였다.

이후로도 몇 명의 기사들이 리셀과의 대무를 요청했다. 그때마다 리셀은 모자라지도, 그렇다고 과하지도 않을 정도로 상대해주었다. 도전한 기사들의 실력은 대부분 제퍼슨보다 모자라는 편이었다. 리셀은 공격을 자제하며 방어에 치중하는 선에서 각각의 대무를 마무리 지었다.

그렇게 대무를 끝내자 개인 수련 시간이 되었다. 연무장 구석에서 검을 휘두르던 리셀의 표정은 비교적 밝은 편이었다.

'그래도 예상했던 것보다 텃세가 심하지 않군.'

무릇 인간들의 집단이라면 반드시 텃세가 있기 마련이다. 하나로 똘똘 뭉친 집단은 여간해서는 새로운 구성원을 받아들이려 하지 않는다. 신고식 따위의 혹독한 절차를 거쳐야 비로소 마음을 열고 동료로 인정하는 것이다.

남부군에서 여러 번 경험해 보았기 때문에 리셀은 신고식을 예상하고 마음을 단단히 먹었다. 그러나 엘빈의 기사들은 스스럼없이, 담백한 태도로 리셀을 동료로 맞아들였다. 리셀은 이유를 간단히 추정했다.

'아마도 기사들 대부분이 장년 이상이라서 그럴 테지.'

나름대로 경험이 많고 노련한 기사들이었기에 리셀을 귀여운 신참으로 인지할 뿐, 경쟁자로 생각하지 않는 듯했다.

만약 리셀이 카인베르크와 카디아스를 섬기기로 했다면 아마도 휘하 기사들로부터 혹독한 통과 의례를 치러야 했을 것이다. 젊은 기사들은 대부분 그들의 휘하에 포진해 있기 때문이었다. 그러나 수가 적은데다 대부분이 노장인 엘빈의 기사들은 아무런 조건 없이 리셀을 동료로 받아들여 주었다.

그리고 주어진 환경 역시 리셀에겐 최적이었다. 젊은 기사들은 대부분 한데 모여 뼈를 깎는 수련을 한다. 대련 과정도 한층 더 치열하다. 물론 리셀이 그 정도 훈련을 극복하지 못할 이유는 없다. 까마귀 전대의 혹독한 훈련 과정은 타의 추종을 불허하는 수준이었다. 그 모든 과정을 마친 리셀이 웬만한 훈련에 겁을 낼 리가 없는 것이다.

그러나 리셀은 지금 중요한 갈림길에 놓여 있다. 몸을 순환하는 마나를 손바닥을 통해 병기에 불어넣어야만 빛나는 검을 발현시킬 수 있다. 그런데 격한 훈련은 그 경지를 이루는 데 전혀 도움이 되지 못한다. 그 사실을 리셀은 똑똑히 인지하고 있었다.

'훈련보다는 명상을 통해 지금까지의 성취를 점검하면서 앞을 가로막은 벽을 깨뜨려야 해.'

그런데 젊은 기사들 사이에서는 좀처럼 개인행동을 하기 힘들다. 리셸 역시 그것을 가장 우려하고 있었다.

그런데 이곳의 사정은 달랐다. 엘빈의 기사들은 하나같이 자신만의 노하우를 가진 베테랑들이었고 나름대로의 수련 방법을 가지고 있었다. 그런 만큼 누구 하나 동료들의 훈련 과정에 참견하려 하지 않았다. 리셸에겐 그야말로 최적의 조건이라고 말할 수 있었다.

연무장 구석에서 느릿하게 검을 휘두르던 리셸이 동작을 멈췄다. 검으로 땅을 짚은 채 눈을 감고 명상에 빠져드는 것이다. 정신을 한곳에 집중한 상태로 리셸은 지금까지의 모든 훈련 과정을 하나하나 되짚어보았다. 그런 리셸을 엘빈의 기사들은 아무도 건드리지 않았다.

훈련이 끝나자 기사들이 일제히 리셸의 주변으로 모였다. 제퍼슨이 너털웃음을 지으며 리셸의 어깨를 짚었다.

"오늘 실로 오랜만에 신참이 들어왔다. 마땅히 환영식을 열어줘야겠지? 내가 주머니를 털어 한턱내겠다."

"우와 대장님 멋쟁이."

"역시 화통하다니까."

"땀을 닦아낸 뒤 전원 후문에서 모인다. 시내의 선술집에서 화끈하게 목을 축여보자."

"와아아!"

환호성을 내지른 기사들이 뿔뿔이 흩어졌고 그 자리에는 리셀과 제퍼슨만 남겨졌다. 제퍼슨은 대장의 특권으로 이미 몸을 씻은 뒤였고 리셀은 거의 땀을 흘리지 않았기 때문에 굳이 씻을 필요가 없었다. 둘은 느긋하게 후문을 향해 걸어갔다.

"술은 잘 마시나?"

제퍼슨의 질문에 리셀이 살짝 얼굴을 찡그렸다.

"잘 취하는 편은 아니지만 술 자체를 그리 좋아하진 않습니다."

"허허. 이거 술값이 많이 들어가겠군. 신참은 완전히 술로 보내는 것이 우리 전통인데 말이야."

두런두런 대화를 나누는 사이 기사들이 하나둘씩 모여들었다. 그들은 리셀을 앞세우고 번화가에 있는 선술집을 향해 걸어가기 시작했다.

루카스 후작령 시가지의 분위기는 남부군 주둔지와 사뭇 달랐다. 대영주의 장원이라 그런지 건물들이 띄엄띄엄 서 있었고 전체적인 분위기가 차분한 편이었다. 이리저리 옮겨 다니는 뜨내기는 거의 없고 거리를 나다니는 사람들 대부분이 이곳 토박이로 보였다. 그 증거로 그들은 선술집으로 가는 동안 아는 체를 해오는 사람들로 인해 수차례 발걸음을 멈춰야만 했다.

"텔슨 기사님. 오랜만이에요. 요새 왜 우리 우유를 안 사가는 거예요?"

"반가워요. 방앗간에 놀러 좀 오세요."

한적하고 평화로운 분위기에 리셀의 안색이 편안해졌다. 활기차지만 왠지 모르게 살벌한 남부군 주둔지와 너무도 대조되는 모습이었다.

선술집의 분위기도 조용했다. 항상 사람들이 가득 차서 떠들썩했던 남부군 주둔지의 선술집과는 달리 이곳의 탁자들은 거의 비어 있었다. 농사일을 마치고 귀가하던 농부들이 가끔 들러 한 잔씩 걸치고 가는 수준이었다. 기사들이 우루루 몰려들자 주인이 반가운 표정으로 맞았다.

"어서 오십시오. 귀리술을 대령해야겠지요?"

"물론이오. 가장 큰 통으로 가지고 오시오."

가장 큰 탁자에 둘러앉자 주인이 큼지막한 나무통을 가지고 왔다.

"이곳의 귀리술은 아무 데서나 맛보지 못하는 술이야. 아마 한번 먹어보면 이 술맛을 영원히 그리워하게 될걸."

익숙한 손놀림으로 술통 뚜껑을 딴 제퍼슨이 기사들에게 한 잔씩 돌렸다. 리셀 역시 찡그린 얼굴로 나무 술잔을 받아들었다.

귀리술은 꽤나 독했다. 그러나 곡물 특유의 구수함이 살아 있어 영 먹지 못할 정도는 아니었다. 술잔이 몇 번 돌아가자 기사들의 얼굴이 금세 불콰해졌다. 물론 대화의 주제는 대부분 리셀에 관한 것이었다.

"스물두 살이라면 혼기를 한참 넘겼군."

"그래. 내가 스물두 살 때에는 벌써 아이를 둘이나 가진 아빠가 되어 있었지."

리셀을 가운데 두고 한 마디씩 꺼내는 기사들의 눈빛은 야릇하게 빛나고 있었다. 그들 대부분은 리셀에게 하루빨리 결혼할 것을 종용했다.

"자고로 기사는 빨리 결혼해야 해. 그래야 생활이 안정되지."

"그럼. 아내가 집 안에서 튼튼하게 중심을 잡아줘야 마음 편히 수련할 수 있는 거라고. 어차피 일생에 한 번은 해야 할 결혼인데 미룰 필요가 없지 않나?"

기사들의 권유에는 목적이 있었다. 일단 리셀은 타국 출신의 기사이다. 이곳에서 태어나고 자란 기사들과는 처한 입장이 달라도 한참 달랐다. 기본적인 애향심 자체를 기대할 수 없다는 뜻이다.

그것을 극복하는 가장 좋은 방법이 바로 결혼이었다. 일단 결혼해서 아이를 낳고 나면 가족을 지키기 위해서라도 목숨을 걸고 영지를 수호할 수밖에 없다. 바로 그 때문에 선배 기사들이 리셀에게 빨리 결혼하라고 압력을 넣는 것이다. 그렇다고 해서 그들이 마냥 억지를 부리고 있는 건 또 아니었다. 제퍼슨이 나서서 기사가 왜 빨리 결혼을 해야 하는지 당위성을 설명했다.

"주군께서 자네에게 소작농 30호를 제공하겠다고 하신 걸로 아는데 사실인가?"

"그렇습니다. 그런데 소작농 30호가 어떤 건지 설명을 좀 해주십시오. 정식으로 임관해 본 적이 없어서 잘 모르겠습니다."

"간단하네. 루카스 영지에는 많은 소작농들이 있어. 그들은 영주님의 땅에서 농사를 짓는 대가로 일정 비율의 세금을 바친다네. 자네는 그중 자네 몫으로 할당된 소작농 30가구로부터 직접 세금을 거둬 생활할 수 있네. 다시 말해 소작농 30가구를 직접 관리해야 한다는 뜻이지."

"그, 그렇습니까?"

리셀이 당황한 표정을 지었다. 30가구의 소작농을 관리하며 세금을 거둬야 한다면 도대체 수련은 언제 한다는 말인가?

"자넨 한 번도 안 해봤겠지만 소작농들을 관리하는 것이 결코 만만치 않아. 어수룩하게 보이면 세금을 한 푼도 내지 않으려고 하는 것이 소작농들의 특성일세. 병충해를 입어서 소출이 줄었다든가, 둑이 범람해서 밀이 모두 말라죽었다든가 하는 핑계를 대면서 말이야. 그렇다고 그들의 사정을 모두 들어준다면 집 안에서 손가락이나 빨아야 하네. 적당한 선에서 세금을 거둬들여야만 기사로서의 생활을 영위할 수 있지."

"그렇군요."

리셀의 표정이 어두워졌다. 기사의 생활이 이럴 것이라곤 전혀 생각지도 못했다. 때를 놓치지 않고 제퍼슨이 못을 박았다.

"결혼을 빨리하라고 하는 것은 바로 그 때문일세. 딱 부러지고 야무진 아내가 소작농을 관리하면서 세금을 거둔다면 걱정할 게 아무것도 없지 않겠나? 게다가 수련을 마치고 돌아가면 따듯한 식탁이 자네를 기다리고 있을걸세. 청소와 빨래 역시 마찬가지야."

연신 술을 들이켜던 다른 기사들도 한 마디씩 거들었다.

"우리 역시 아내가 전적으로 나서서 소작농들을 관리하지. 그 덕에 온종일 수련에 매진할 수 있는 거고 말이야."

"그게 상당히 중요한 문제야. 반드시 야무지고 음식 솜씨 좋은 처녀를 선택해야 해. 뭐 예쁘면 더욱 좋겠지만. 흐흐흐."

기사들의 부추김에 리셀의 마음이 조금씩 흔들렸다. 사실 이곳 토박이 기사들은 사정이 그렇게 절박하지 않다. 결혼하지 않더라도 다른 가족이 소작농들을 맡아 관리할 수 있기 때문이었다.

그러나 리셀은 완전히 외톨이다. 때문에 결혼하는 것 말고는 소작농으로부터 세금을 거둘 방법이 없다. 그렇다고 리셀이 직접 돌아다니며 관리할 수도 없는 일이다. 그렇게 되면 수련할 시간이 현저히 부족해져버린다. 고민하던 리셀이 입을 열었다.

"그럼 소작농들을 반납하고 대신 돈으로 지급받는 것은 불가능합니까?"

"흠. 남부군에서는 그럴 테지만 이곳은 사정이 많이 다르네. 영주의 장원에서는 거의 화폐가 통용되지 않는다네. 대부분 물물교환 형식으로 자급자족하는 실정이지. 돈이 통용되는 곳은 몇 군데 되지 않아. 이를테면 이 선술집 정도? 그런데 하루 세 끼를 모두 선술집에서 먹을 순 없는 것 아닌가? 뭐, 점심이야 주군께서 제공할 테지만 거기에도 한계가 있어."

"흠. 고민이로군요."

"그러니까 결혼을 하란 말이야. 다행히 영지에서 기사는 최고의 신랑감으로 꼽힌다네. 게다가 자네처럼 잘생긴 친구라면 아내가 되고자 하는 처녀들이 줄을 설 거야. 소작농 30호의 세금이라는 높은 수입에 잘생기기까지 한 자네를 누가 마다하겠는가?"

그들의 말은 사실이었다. 평상시에는 몸을 단련하고 검술을 익히다 영지에 위기가 닥쳤을 경우 나가서 싸우는 기사는 한마디로 최고의 엘리트 그룹으로 꼽을 수 있다. 아무나 선택할 수 없는 직업답게 수입도 많은 편이었다. 게다가 기사도를 교육받아 항상 당당하며 거짓말을 하지 않는다.

사실 평민 처녀들에게 최고로 꼽히는 직업이 바로 견습기사였다. 훗날 기사가 될 견습기사들은 실로 장래가 촉망되는 직업을 가진 남편감이 아닐 수 없었다. 비록 당장의 수입은 적더라도 말이다.

그런데 리셀은 젊은 나이임에도 불구하고 견습기사도 아닌 정규 기사이다. 보수 역시 견습기사가 받는 것보다 몇십 배나 많이 받는다. 만약 리셀이 아내가 될 처녀를 찾는다는 소문이 퍼지면 인근의 젊은 처녀들이 구름처럼 몰려들 것이다.

그럼에도 불구하고 리셀은 마음이 편치 않았다. 그의 마음 속에는 레오폰 왕국에 남겨 두고 온 티아나의 얼굴이며 목소리가 아직까지 지워지지 않았기 때문이었다. 그러나 그녀는 리셀과 결코 엮일 수 없는 운명이었다. 리셀의 얼굴에 체념의 빛이 드리워졌다.

'어쩔 수 없군. 부득이 이곳에서 내 인생의 반려자를 찾을 수밖에.'

환영식을 마친 기사들이 하나둘씩 선술집을 나섰다.

"이만 들어가 봐야겠어."

"더 늦으면 벼락이 떨어질 거야."

대부분의 기사들이 집으로 귀가하고 마침내 제퍼슨과 리셀만이 자리에 남았다. 얼굴이 불콰해진 제퍼슨이 리셀의 팔을 잡아 일으켰다.

"자네 주량이 보통이 넘는군. 만만치 않게 마셨는데 전혀 티를 내지 않으니 말이야."

술값을 치른 제퍼슨이 앞장을 섰다.

"앞으로 자네가 머물 집을 안내해주겠네. 여기서 그리 멀지 않아. 기본적인 무기는 내일 나이트 홀에서 지급될 걸세. 그리고 판금갑옷과 군마는 앞으로 자네가 거둘 세금으로 마련해야 하네."

제퍼슨이 안내해준 집은 주변에서 흔히 볼 수 있는 단층집이었다. 넓은 마당과 우물 하나를 가진 집은 지어진 지 얼마 되지 않은 듯 말끔했다. 그러나 한동안 사람의 손길이 닿지 않아서인지 온통 먼지투성이였다.

"이제부터 자네 집일세. 나중에 결혼을 하게 되면 이곳에 신혼살림을 차리면 될 걸세."

"알겠습니다."

"그럼 난 이만 집으로 돌아가도록 하겠네. 나이가 들수록 점점 마나님이 무서워져서 말이야. 흐흐흐."

괴소를 남기며 제퍼슨이 사라지고 난 뒤 리셀이 마당 안으로 걸어 들어갔다. 문을 열자 매캐한 냄새가 진동했기에 리셀이 얼굴을 찡그렸다.

"아무래도 시간을 내어 대청소를 해야 할 것 같군."

리셀의 입가에는 약간의 실망감이 떠올라 있었다. 기사의 삶이 이럴 줄은 미처 예상하지 못했기 때문이었다.

"기사가 되면 아무런 걱정 없이 수련에만 몰두할 수 있을 줄 알았는데 말이야. 뭐, 어쩔 수 없지. 대부분의 기사들이 이렇게 살아간다면 마땅히 나도 거기에 적응해야겠지."

방 안에 들어간 리셀이 구석에 놓인 의자의 먼지를 털어내고 앉았다. 우선은 집을 치워야겠지만 왠지 모르게 그러고 싶지 않았다. 그것보다는 낮에 하지 못한 수련을 이어가고 싶은 마음이 더욱 절실했다.

결국 리셀은 방도 치우지 않고 명상에 빠져 들어갔다. 지금까지 해온 수련 과정을 하나씩 되짚어 올라가며 깨달음을 얻으려는 것이다. 그래야만 블레이드 오너로 가는 길을 가로막은 벽을 허물어뜨릴 수 있다. 결국 리셀은 밤을 꼬박 새우고 새벽녘에야 겨우 잠을 청할 수 있었다.

제6장
로르나

　5년 동안의 남부군 생활 동안 리셀에게는 늦잠을 자는 습관이 들어버렸다. 하루하루 고된 훈련에 매진하다 보니 자연스럽게 생긴 습관이었다. 가볍게 코를 골며 자던 리셀이 인기척을 느끼고 눈을 떴다.

　"누, 누구?"

　리셀이 깜짝 놀라 몸을 일으켰다. 웃통을 벗고 있었기 때문에 잘 단련된 상체가 훤히 드러났다.

　"어머, 일어나셨어요?"

　낯선 아가씨가 리셀과 마찬가지로 깜짝 놀라 뒤로 물러섰다. 아무리 생각해봐도 한 번도 본 적이 없는 아가씨였다. 당황한 리셀이 이불을 들어 몸을 가렸다.

"누, 누구시죠?"

붉게 달아오른 리셀의 얼굴을 보던 아가씨가 손으로 입을 가리며 풋, 하고 웃었다. 자세히 보니 상당히 예쁜 아가씨였다. 웃을 때 둥글게 휘어지는 눈매와 햇볕에 살짝 그을린 피부가 특히 인상적인 건강미 넘치는 미녀였다.

"놀라게 했다면 죄송해요. 저는 로르나예요. 앞으로 기사님께 세금을 바쳐야 하는 앤더슨네 맏딸이죠."

"그, 그런데 여긴 어인 일로……."

그녀가 손을 들어 땀으로 흥건한 이마를 훔쳤다.

"텔슨 기사님께 사정을 들었어요. 제가 그분의 조카딸이거든요. 리셀 기사님이 혼자 몸이시기에 집안일을 거들어줄 일손이 절실히 필요하다고 하시더군요. 어차피 세금을 바쳐야 하니 제가 가서 도와드리겠다고 했죠. 대신 저희 집 세금은 많이 깎아주셔야 해요?"

말을 마친 로르나가 살짝 눈웃음을 지었다. 마음이 흔들리는 것을 느낀 리셀이 급히 튜닉을 집어들어 상체를 가렸다.

"잠시 밖에 나가 계세요. 방 청소를 할게요."

리셀은 엉겁결에 마당으로 쫓겨나갔다. 그런데 마당에 나간 리셀의 눈이 휘둥그레졌다. 어수선하고 먼지투성이였던 마당이 어느새 말끔하게 정리되어 있었기 때문이었다. 어지럽게 흩어진 낙엽은 깔끔하게 비질이 되어 있었고 처마 밑에 달라

붙은 거미줄도 모두 치워져 있었다. 물청소를 했는지 벽에 아
직도 물기가 남아 있었다.

"어, 어느새 청소를……."

놀랍다는 눈빛으로 주변을 두리번거리던 리셀의 귓전으로
고운 음성이 들려왔다.

"새벽에 와서 했죠. 농사일을 하려면 부지런해야 하거든
요."

로르나가 먼지투성이가 된 걸레를 들고 나오며 하는 말이었
다.

"작은 방에 식탁을 차려두었어요. 우선 아침을 드세요."

"아, 알겠소."

방으로 들어간 리셀의 눈이 커졌다. 작은 방의 식탁 위에 김
이 모락모락 피어오르는 음식이 차려져 있었기 때문이었다.
식단은 비교적 소박했다. 버터 바른 흑빵과 치즈, 그리고 그
옆에 곡식을 넣어 끓인 수프가 구수한 냄새를 풍겼다.

시장기를 느낀 리셀이 자신도 모르게 빵을 집어들어 한 입
베어 물었다. 귀리 특유의 거친 입자가 느껴졌지만 빵의 맛은
훌륭했다. 남부군의 취사병들이 대량으로 만들어내는 빵과는
비교조차 할 수 없었다. 마치 어릴 때 어머니가 직접 만들어준
빵을 먹는 느낌이라고 할까?

"잼을 발라드세요. 올해 수확한 딸기로 만든 거예요."

깨끗이 빤 걸레를 들고 가던 로르나가 지나가며 한 말이었

다. 그 말에 리셀이 반사적으로 빵에 잼을 발랐다. 다시 한 입 베어 물자 달콤한 향취가 입안 가득 번져나갔다. 리셀의 입매에 절로 미소가 그려졌다.

'맛있군.'

대량으로 만들어내고 대량으로 소비하는 군대의 음식에서는 찾아볼 수 없는 맛이었다. 그렇게 리셀은 맛을 음미하며 아침을 깨끗이 먹어치웠다. 리셀이 식사를 하는 사이 로르나가 방을 깨끗이 치우고 나왔다.

"휴우. 오랫동안 내버려뒀나 봐요. 이불에 먼지가 엄청나요. 이런 것을 덮고 주무시다니 정말……."

이불을 몽땅 들고 나와 우물가로 가는 로르나를 보며 리셀이 급히 입을 열었다.

"이, 이불은 내가 빨겠소."

"아니에요. 사람에겐 저마다 할 일이 있는 법이죠. 대신 우리 집 세금은 특히 많이 깎아주셔야 해요. 알겠죠?"

눈웃음을 친 로르나가 두레박을 들어 우물물을 퍼 올리기 시작했다. 당황한 리셀이 그 모습을 멍하니 지켜보고 있었다. 청소와 빨래를 모두 마친 로르나가 조그마한 바구니를 집어들었다.

"아직까지 청소가 끝나지 않았어요. 저녁에 와서 청소를 마무리한 뒤 저녁상을 차려두겠어요."

"네, 네."

당황해서 어쩔 줄 몰라 하는 리셀을 보며 배시시 웃은 로르나가 몸을 돌렸다.

"그럼 저녁때 봐요. 기사님."

단정하게 걸어가는 로르나의 뒷모습을 리셀이 멍청히 서서 쳐다보고 있었다.

리셀의 집이 안 보이는 곳까지 오자 로르나가 느닷없이 손뼉을 쳤다.

"챠아안스! 바로 이거야."

한껏 신이 난 듯 로르나가 제자리에서 폴짝폴짝 뛰었다. 마치 날아갈 것만 같은 기분이었다. 조금 전의 상황을 떠올렸는지 그녀의 눈빛이 초롱초롱 빛나고 있었다.

"정말 잘 생겼어. 피부가 어찌 그렇게 희고 고울 수가 있을까? 게다가 무척 순진해. 날 보고 어쩔 줄 몰라 하는 모습이라니, 호호."

몹시 기분이 좋은 듯 콧노래를 부르며 걸어가는 그녀의 뇌리에는 어제의 일이 떠오르고 있었다.

늦은 밤 그녀에겐 삼촌뻘이 되는 기사 텔슨이 그녀의 집을 찾았다. 그리고 다짜고짜 로르나를 불러냈다. 가족들은 영문도 모른 채 거실에 모였다.

"무슨 일이세요? 삼촌?"

"중요한 일 때문에 널 불렀다. 우선 너희 집이 세금을 내야 하는 대상이 바뀌었어."

그 말에 가족들의 안색이 경직되었다. 지금까지 그들은 영주에게 직접 세금을 바쳐왔다. 영주에게 바치는 세금은 특별한 일이 없는 한 세율이 바뀌지 않는다. 그런데 세금을 내야 하는 대상이 바뀌었다면 소작농의 입장에서 이만저만 큰일이 아니었다.

우선 세금을 내야 하는 대상의 성향에 따라 세율이 변할 가능성도 있었다. 더 적게 낼 가능성도 있지만 그 반대의 경우도 생각해야 하는 것이다. 로르나의 아버지인 앤더슨이 조심스럽게 입을 열었다.

"도대체 누구에게 세금을 내야 하는 거요?"

"이번에 주군께서 새로운 기사를 한 명 받아들였다. 너희 집을 포함한 서른 가구가 그 기사에게 세금을 내야 한다."

"그렇군요."

그때 텔슨이 살짝 웃으며 로르나를 쳐다보았다.

"그런데 문제는 그 기사가 이제 스물두 살 먹은 애송이란 점이지. 당연히 미혼인데다 인물도 좋더구나. 남부 전선에서 5년 동안 복무한 만큼 검술 실력 하나는 확실하다. 제퍼슨 대장님이 직접 검증하셨어."

가족들이 깜짝 놀랐다. 이십대 초반이라면 견습기사 신분인 경우가 거의 대부분이었다. 영지의 기사들은 특출난 재능을 보이지 않는 한 이십대 초반에 기사로 서임되는 경우가 드문

편이다. 놀라서 입을 딱 벌린 로르나가 말을 이었다.

"견습기사가 아닌 정규 기사란 말인가요?"

"그렇다. 그것도 남부 전선의 총사령관으로부터 직접 서임을 받았다고 한다. 남작이나 자작이 아닌 백작으로부터 기사 자격을 취득한 것이지."

"세상에……."

놀라움을 금치 못하는 가족들을 보며 텔슨이 말을 이어나갔다.

"문제는 그가 외톨이라는 점이지. 게다가 출신지도 제국이 아니라 북부의 소국인 베텔 왕국이야. 아마 지금쯤은 아무도 없는 빈집에서 쓸쓸히 청소를 하고 있을 게 확실해."

순간 로르나의 눈빛이 묘하게 빛났다. 남달리 영리한 그녀는 텔슨이 뭘 원하는지 단번에 파악했다.

"그의 마음을 사로잡으라는 것이군요. 그렇죠?"

"두말하면 잔소리. 이것은 너에게 절호의 기회야. 사실 그 정도 조건이라면 충분하지 않느냐?"

로르나가 조금도 망설이지 않고 고개를 끄덕였다.

"충분하죠. 아니, 꿈에서라도 원하는 조건이죠. 젊은 나이에 소작농 30호의 세금을 거두어 생활하는 정규 기사라면 모르긴 몰라도 영지 처녀 거의 모두가 일제히 달려들 거예요."

"그러니 늦기 전에 네가 낚아채란 말이다. 모두 알다시피 넌 인물 하나는 어디에도 빠지지 않는다. 조신하게 집안일과

뒷바라지를 해주며 정을 쌓아나간다면 언젠가는 녀석의 마음을 사로잡을 수 있어. 그러려면 다른 처녀들이 눈독 들이기 전에 선수를 쳐야 해.”

로르나가 양팔을 활짝 벌리고 텔슨에게 안기며 볼에 입을 맞췄다.

“정말 고마워요, 삼촌.”

“내 은공을 잊으면 안 된다.”

“물론이죠. 삼촌을 위해 특별히 산딸기 술을 담가 드리겠어요. 해마다 담글 테니 기대하세요.”

뜬눈으로 밤을 새운 로르나는 동이 트기 전부터 리셀의 집에 와서 청소를 시작했다. 그리하여 리셀의 마음을 흔들어놓는 데 성공한 것이다.

걸어가던 로르나가 돌연 얼굴을 붉혔다. 리셀이 잠에서 막 깨어났을 때 살짝 드러났던 상체가 떠오른 것이다. 더없이 촘촘하고 단단한 근육이 리셀의 상체를 완전히 뒤덮고 있었다.

“옷을 입었을 때는 전혀 그렇게 보이지 않았는데 말이야. 그 탄탄한 가슴에 한 번 안겨봤으면 좋겠네.”

어릴 때부터 꿈꿔왔던 이상형을 만났던 탓인지 그녀의 가슴은 걷잡을 수 없을 만큼 뛰고 있었다. 사실 영지에 소속된 소작농들의 삶은 지극히 평범하다. 하루 종일 농사일을 하다 적당한 사람을 만나 자식 낳고 사는 것, 그게 전부이다. 이는 어릴 때부터 남다른 미모로 동네 청년들의 관심을 독차지했던 로르나 역시 벗어날 수 없는 운명이다.

평민 처녀들에게 아름다운 미모는 양날의 칼이나 마찬가지였다. 운 나쁘게 호색한 귀족의 눈에 띄기라도 하는 날이면 노리개 신세를 벗어날 수 없다. 그러나 평민들의 삶이 너무도 무미건조했기에 미모를 가진 처녀들은 그런 방식으로나마 삶의 질을 바꾸려고 했다. 그런 관점에서 로르나는 실로 대단한 기회를 잡은 것이었다.

젊은 나이에 소작농 30가구의 세금을 받아 생활하는 기사를 배필로 맞아들인다면 앞으로 풍족한 생활이 보장된 것이나 다름없었다.

"게다가 잘 생겼고 몸도 좋고 말이야. 흐흐흥."

콧노래를 부르며 걸어가는데 누군가가 골목에서 불쑥 튀어나와 길을 막았다. 로르나가 깜짝 놀라 눈을 크게 떴다.

"아니, 한스?"

무거운 표정의 청년 한 명이 두 팔을 벌린 채 길을 막고 있었다. 로르나가 익히 알고 있는 방앗간 집 맏아들 한스였다.

"여긴 무슨 일이야?"

영문을 모르겠다는 그녀의 말에 한스가 조심스럽게 입을 열었다.

"어디 갔다 오는 길이야?"

"내가 어디 갔다 오건 말건 무슨 상관이지? 모든 걸 네게 시시콜콜 밝혀야 해?"

다소 차가운 그녀의 응대에 한스가 당황한 표정을 지었다.

"어떻게 나에게 그렇게 말할 수 있지?"

"그럼 어떻게 말해주길 바라는 거야? 너와 나는 그런 심각한 사이가 아니잖아?"

한스가 한 대 얻어맞은 듯한 표정을 지었다.

"무슨 말이야. 그때 분명 대답했잖아? 내가 청혼하면 받아주기로 말이야. 그리고 우린 그때 키스를……."

그때 로르나가 야멸치게 한스의 말을 막았다.

"생각해 보겠다고 했을 뿐이야. 네 청혼을 받아주겠다고 한 적은 없어. 그리고 키스한 사실은 깨끗이 잊어줘. 난 더 이상 너에게 관심이 없으니까."

"거, 거짓말."

어느새 한스의 눈에 눈물이 글썽글썽했다. 그러나 로르나는 안색 하나 바꾸지 않았다.

"애들처럼 징징대지 마. 추해 보여. 남자라면 남자답게 행동해."

"이, 이럴 순 없어. 나, 난 이미 너에게 모든 것을 바쳤다고."

"그건 너 혼자만의 생각일 뿐이야. 난 이제 더 이상 너에게 관심이 없어."

냉정하게 자르는 로르나의 음성이 가볍게 떨렸다. 솔직히 말해 한스에게 어느 정도 관심을 가진 것은 사실이었다. 어쨌거나 한스는 근방의 곡식을 전담해서 빻는 방앗간 집 아들이다. 다른 소작농들보다는 부유한 편이기에 몇 번 만나기는 했다. 그리고 가끔씩 한스와 결혼까지도 생각해 보았다. 한스와 결혼한다면 평생 먹고 사는 것은 걱정하지 않아도 되기 때문이다. 맏아들인 만큼 한스가 방앗간을 물려받을 것은 확실하다.

하지만 지금은 아니었다. 지척에 한스보다 백 배, 천 배 매력적인 이상형이 나타난 것이다. 그녀가 마음에 담고 있는 기사 리셀과 한스는 조건으로 보나 뭘로 보나 비교 자체가 불가능하다. 때문에 그녀는 더욱 매정하게 쏘아붙였다.

"더 이상 치근대지 마. 알겠어?"

"그 기사 녀석 때문이냐?"

몸을 돌리려던 로르나가 화들짝 놀라 한스를 쳐다보았다. 시뻘겋게 충혈된 눈동자를 보니 자신도 모르게 몸서리가 쳐져 왔다.

"그 사실을 어떻게 알았지?"

"이미 소문이 파다하게 퍼졌어. 몇몇 처녀들이 새벽같이 일어나서 가봤다고 해. 그녀들은 입을 모아 네가 먼저 선수를 쳤다고 투덜대더군."

로르나가 어쩔 수 없다는 듯 한숨을 푹 내쉬었다.

"그래. 사실이야. 솔직히 말해 너보다 그 기사님이 훨씬 매력적이야. 그러니 어쩌겠어.”

그녀가 처연한 눈빛으로 한스를 쳐다보았다.

“그러니 이만 날 잊어줘. 남자답게 말이야. 알겠지?”

주먹을 불끈 움켜쥔 한스의 몸이 부들부들 떨렸다.

“후회할 거야. 반드시 후회하게 될 거야.”

“후회 따윈 안 해. 그럼 이만 가 볼게. 너도 집으로 돌아가.”

차갑게 쏘아붙인 로르나가 더 이상 볼일 없다는 듯 몸을 돌렸다. 그 모습을 한스가 움직이지도 않고 노려보고 있었다.

집을 나선 리셀이 영주성으로 향했다. 어제 지급받은 나무패를 내밀자 경비병들이 두말없이 쪽문을 열어주었다.

“좋은 아침입니다. 기사님.”

“아침은 드셨습니까?”

상기된 표정으로 답례를 해준 리셀이 성 뒤쪽으로 걸어갔다. 그런데 걸어가는 리셀의 입가에 묘한 미소가 떠올라 있었다.

“정말 평화로운 곳이로군. 마음에 들어.”

오랫동안 피 튀기는 전쟁터를 전전했던 리셀에겐 모든 것이 새로웠다. 동료가 된 기사들의 마음 씀씀이에서부터 경비병들의 태도까지 모두가 정겨웠다. 연무장에 들어서자 기사들이 아는 체를 해왔다.

“좀 늦었군. 지각이야.”

"아직까지 안 온 녀석들도 있으니 꼴찌는 아니지. 흐흐."

특히 텔슨이 가장 많이 말을 걸어왔다.

"아침은 먹었는가?"

"네. 맛있게 먹었습니다."

"내 조카딸 어떻던가? 예쁘지 않던가?"

그 말에 리셀이 슬며시 얼굴을 붉혔다.

"예쁘더군요. 음식 솜씨도 좋고……."

"으허허허. 내 조카딸이지만 참으로 딱 부러지는 아이지. 늦기 전에 붙잡도록 하게. 영지 청년들 중에서 그 아이에게 눈독 들인 녀석이 한둘이 아니야. 놓치고 나서 후회하지 말도록……."

머쓱한 표정을 지은 리셀의 어깨를 두드린 텔슨이 호탕하게 웃었다.

그날의 수련 과정 역시 순탄했다. 형식적으로 몸을 푼 리셀은 본격적으로 명상을 통해 수련을 시작했다. 오늘은 리셀에게 와서 대무를 요청하는 기사들도 없었다. 그 덕에 리셀은 꽤나 오랫동안 명상에 몰두할 수 있었다.

그 시각, 리셀의 주군인 엘빈은 고민에 사로잡혀 있었다.

"정말 고민이로군."

그의 앞에는 편지가 한 장 펼쳐져 있었다. 루카스 후작가에서 조금 떨어진 곳에 위치한 영지의 주인이 친히 쓴 편지였다.
바로 그 편지 때문에 엘빈의 시름이 깊어만 갔다.

"도무지 어떻게 해야 할지 모르겠군."

편지의 내용은 비교적 간단했다.

—안녕하십니까. 저는 허드슨 자작입니다. 이렇게 편지를
드리게 된 까닭은 다름이 아니라 제 막내아들 때문입니다.

이렇게 시작된 편지에는 구구절절한 사연과 함께 엘빈을 고
민하게 만드는 내용이 들어 있었다.

—제 막내아들 토드는 봄철에 수도에서 벌어진 축제에서
귀가문의 영애를 보고 한눈에 반해버렸습니다. 영지로 돌아
온 뒤에도 식음을 전폐하고 끙끙 앓고 있는 실정이지요. 해서
염치 불구하고 이렇게 글월을 드립니다.

편지를 보낸 허드슨 자작은 엘빈에게 정략결혼을 요청하고
있었다. 엘빈이 애지중지 아끼는, 올해 열여덟 살이 된 외동딸
레이첼과 자신의 막내아들 토드를 맺어주려는 것이다. 이를
승낙하기만 하면 허드슨 자작령의 모든 병력과 자원을 이용해
서 엘빈을 전폭적으로 밀어주겠다고 하니 참으로 고민되지 않
을 수 없었다. 분명 구미가 당기는 제안이기는 하지만 엘빈은

쉽사리 결정을 내리지 못했다.

"허드슨 자작령이라. 도대체 무슨 꿍꿍이일까."

허드슨 자작령이라면 엘빈도 익히 알고 있었다. 한때 그의 처가가 다스리던 도플러 자작령과 바로 붙어 있는 영지로, 강을 끼고 있어 꽤나 부유한 영지라고 들었다. 그는 서찰을 받은 즉시 장인인 도플러 자작을 찾아가 허드슨 영지에 대해 물어보았다.

—허드슨 자작령이라. 물론 똑똑히 기억하고 있다오. 영지민들에게 비교적 과한 세금을 부과하기 때문에 내 영지로 피난 오는 자들이 상당히 많았소. 그만큼 군사력이 강한 편이지. 기사단도 충실하고 정예병도 많다고 들었소. 땅이 비옥하고 물이 풍부하기 때문에 상당히 부유한 영지로 기억하고 있소.

그 정도의 조건이라면 정략결혼을 하기에 충분하한 조건이다. 그럼에도 불구하고 엘빈은 선뜻 결정을 내리지 못했다. 왜냐하면 허드슨 자작가는 아그리아 공작가와 무척 가깝게 지내는 가문이었기 때문이었다. 비록 공수동맹을 맺었다는 얘기는 듣지 못했지만 매해 선물을 보내는 등, 아그리아 공작가와 친분을 유지하려는 태도가 역력했다. 그런 가문에서 뜬금없이 정략결혼을 제안해오니 혼란스러울 수밖에 없는 것이다.

물론 숨겨진 음모가 없다면 더할 나위 없이 좋은 혼처라고 볼 수 있었다. 세금을 많이 거둬 영지민들의 원성을 사고 있긴 하지만 어차피 나라에 내는 세금만 제대로 납부하면 어느 누구도 영지의 일에 간섭할 수 없다. 세율을 높이든, 낮추든 그건 모두 영주 고유의 권한이다.

그런 강력한 영지가 자신을 지원해준다면 후계자 싸움에서 월등히 유리한 고지를 차지할 수 있다. 적어도 동등한 입장에서 재평가받을 수 있는 것이다. 그럼에도 불구하고 썩 내키지 않는다는 것이 엘빈의 솔직한 마음이었다.

문제는 역시 결혼 당사자였다. 며칠 전 서신을 받고 나서 엘빈은 허드슨 자작의 막내아들 토드에 대해 수소문해보았다. 결과는 사뭇 비참했다. 알아본 결과, 토드는 소문난 난봉꾼이며 인물이 반반한 평민 처녀를 가리지 않고 침실로 끌어들일 정도로 색에 미친 자로 조사되었다. 게다가 거칠고 안하무인격인 성품을 지니고 있다고 했다. 보고를 받고 난 뒤 엘빈의 고민은 더욱 깊어만 갔다.

"이 정보가 사실이라면 음모 같은 것은 없겠군. 이런 개차반을 떠넘기는 게 최우선적인 목적일 테니 말이야."

마음 같아서는 단숨에 거절해버리고 싶었다. 애지중지 키운 외동딸을 어찌 그런 망종에게 시집보낼 수 있단 말인가? 그러나 허드슨 자작의 지원을 생각하니 또다시 마음이 약해졌다.

"만약 허드슨 자작의 지원을 얻어낸다면 그간 날 곱지 않게 보던 원로와 가신들의 눈빛이 하루아침에 달라질 텐데."

그는 처가가 몰락했음에도 약속을 저버리지 않았다. 원로와 가신들의 반대를 무릅쓰고 도플러 자작의 딸 에이미와 결혼식을 올렸다. 그리고 모든 터전을 잃은 도플러 자작에게 풍족하지는 않지만 귀족다운 삶을 이어갈 수 있을 만큼의 지원을 해주었다. 바로 그 때문에 엘빈은 한 가지를 잃었고 한 가지를 얻었다.

잃은 것은 원로와 가신들의 신뢰였다. 그 일로 말미암아 그들은 엘빈이 루카스 후작가의 가주 자리에 어울리지 않는다고 판단하고 다른 후계자에게 가서 붙었다.

반면 얻은 것은 장인인 도플러 자작과 같은 몰락 귀족들의 지지였다. 현재 루카스 후작가에는 많은 몰락 귀족들이 빈객의 신분으로 머무르고 있다. 한때는 영지를 다스리던 영주였지만 영지전에서 패배하고 쫓겨난 귀족들이었다. 루카스 후작가는 아그리아 공작가와의 전쟁에서 많은 영토를 잃었다. 그 영지를 다스리던 귀족들이 가족들과 몇 안 되는 가신, 그리고 기사들을 데리고 루카스 후작가에 빌붙어 살고 있는 것이다.

엘빈은 바로 그들의 전폭적인 지지를 받고 있었다. 도플러 자작가가 몰락했음에도 약속을 저버리지 않고 결혼식을 강행한 엘빈이 그들의 눈에 좋게 보이는 건 당연하다면 당연한 것이다.

그러나 그들의 지지는 엘빈에겐 큰 힘이 되어주지 못했다. 루카스 후작가의 지원으로 먹고사는 몰락한 귀족들이 도움이 되어봐야 얼마나 되겠는가. 그들이 거느린 기사와 가신들도 별 도움이 되지 않기는 마찬가지였다. 쉽게 말해 있어도 그만,

없어도 그만인 자들이었다.

그러나 루카스 후작가의 입장에선 그들을 쉽사리 버릴 수 없었다. 쓸모가 없어졌다는 이유로 그들을 내친다면 현재 영지를 가지고 있는 다른 봉신 가문에서 어떻게 생각할지 뻔했다. 이것이 루카스 후작가가 막대한 예산을 써가며 그들을 끌어안고 있는 이유였다. 고민하던 엘빈이 결국 마음의 결정을 내렸다.

"어쩔 수 없다. 비록 지원을 얻어내지 못하더라도 내 딸 레이첼을 그런 개차반에게 맡길 수는 없지."

마음을 정한 엘빈이 몸을 일으키려는 순간 문이 열렸다. 그리고 누군가가 그의 집무실로 들어왔다. 무심코 고개를 돌린 엘빈의 눈이 커졌다.

"아니, 레이첼?"

문을 열고 들어온 사람은 희디흰 피부를 지닌 아름다운 소녀였다. 치렁치렁 늘어진 검은 머리에 검은 눈동자를 지닌 소녀는 마치 인형처럼 아름다웠다. 풍성한 드레스를 입은 소녀의 뒤에는 경갑주를 입은 기사 한 명이 철탑같이 버티고 서 있었다. 앵두 같은 입술이 벌어지며 청아한 음성이 흘러나왔다.

"저예요, 아버지."

"뜻밖이구나, 레이첼. 내 집무실에는 무슨 일이냐?"

레이첼이 다가가자 엘빈이 당황하며 허드슨 자작의 편지를 뒤로 감췄다. 그러자 레이첼의 얼굴에 처연한 미소가 떠올랐다.

“굳이 숨기실 필요 없어요, 아버지. 이미 어머니께 모든 사실을 들었어요.”

순간 엘빈의 얼굴이 굳어졌다. 솔직히 말해 그는 딸이 이 사실을 모르기를 원했다.

“쓸데없는 말을 들었구나. 나는 허드슨 자작가의 제안을 거절할 생각이다.”

“그건 별로 현명하신 결정이 아니에요.”

“무슨 소리지?”

“우선 아버지께 감사드려요. 어머니를 저버리지 않으셔서 제가 태어났으니까요. 이젠 제가 아버지께 입은 은혜를 갚을 차례라고 생각해요.”

레이첼이 사뿐사뿐 걸어와서 엘빈의 맞은편에 앉았다.

“허드슨 자작가의 청혼을 받아들이세요.”

엘빈의 눈썹이 꿈틀했다.

“그럴 순 없다. 토드란 작자는…….”

“저도 그에 대한 평이 안 좋다는 것을 알고 있어요. 하지만 저는 귀족가의 여식이에요. 사랑 따윈 사치에 불과하고 정략결혼은 숙명이나 마찬가지란 사실을 똑똑히 인지하고 있어요. 우리에게 필요한 것은 토드의 인간성 같은 게 아니에요. 그 뒤를 받치고 있는 허드슨 자작가의 지원이 절실한 것이죠. 그러니 제 말대로 그들의 제안을 받아들이도록 하세요.”

“하, 하지만.”

“아버지. 어차피 아버지가 가주가 되지 못한다면 끈 떨어진 연 신세가 되어 아무 곳에나 시집가야 하는 것이 제 운명이에요. 그때가 되면 허드슨 자작 정도 되는 영주 가문으로 시집가는 것은 상상하지도 못해요. 그러니 기회가 닿은 김에 결혼을 하겠어요. 저로서는 이런 좋은 기회를 놓칠 수가 없네요.”

레이첼의 음성이 가늘게 떨리고 있었다. 아버지를 달래기 위해 거짓말을 하는 기색이 역력했다. 엘빈은 일순 말을 잇지 못하고 떠듬거렸다.

“레, 레이첼.”

“사랑 없는 결혼을 하는 사람이 세상에 저 혼자만은 아니잖아요? 전 괜찮아요. 허드슨 자작가와 혼인 관계를 맺는다면 가문에서의 아버지의 입지가 탄탄해질 것이 틀림없어요.”

엘빈은 침묵을 지켰다. 솔직히 말해 레이첼이 먼저 나서서 정략결혼을 추진하라고 할 줄은 몰랐다. 물론 전적으로 아버지를 위해 내린 결정이리라.

“토드에 대한 소문이 어떻건 간에 제가 고쳐보겠어요. 절 보고 상사병이 났다고 할 정도라면 나쁜 버릇은 충분히 고칠 수 있지 않겠어요?”

고민하던 엘빈이 묵묵히 고개를 끄덕였다.

“정말 고맙구나. 레이첼.”

“훌륭한 선택이세요. 곧바로 답장을 보내시는 거예요. 아셨죠? 아버지.”

“그렇게 하도록 하마.”

“그럼 전 어머니에게 가보겠어요. 준비를 해둬야 하니까
요.”

밝게 웃은 레이첼이 집무실을 나섰다. 호위 기사들이 급히
그녀의 뒤를 따랐다. 그러나 멀어지는 딸의 뒷모습을 쳐다보
는 엘빈의 얼굴은 도무지 펴질 줄을 몰랐다.

리셀의 일과는 마치 쳇바퀴 돌 듯 변함없이 이어졌다. 그날
밤 집으로 돌아간 리셀을 기다리는 것은 푸짐한 저녁상이었
다. 잘 구워진 베이컨과 갓 짜온 우유가 곁들어진 풍성한 저녁
이었다. 집은 말끔하게 치워져 있었고 빨래 역시 잘 말려진 채
차곡차곡 개어져 있었다. 수건을 머리에 덮어쓴 로르나가 주
방에서 나오며 밝은 표정으로 리셀을 맞이했다.

“일찍 오셨네요?”

“아, 네.”

떠듬거리는 리셀을 보며 로르나가 밝게 웃었다. 마치 리셀
의 순진함을 즐기는 듯한 모습이었다. 그녀는 나이에 비해 연
애 경험이 무척 많았다. 수많은 영지의 청년들이 그녀로 인해
상사병을 앓아야 했다. 그런 만큼 로르나는 능수능란하게 리
셀의 마음을 쥐었다 폈다 했다. 리셀에게 전혀 부담감을 주지
않으면서 말이다.

“그럼 전 가보겠어요. 드시고 난 뒤 식탁은 그대로 내버려두세요. 아침에 와서 치울 테니까요.”

“이거 고마워서 어떻게 하죠?”

“고마울 거 없어요. 우리 집이 내야 할 세금 대신하는 일이니까요. 이렇게 해 드리는데 설마 다른 소작농들과 같은 세금을 받으시려는 건 아니겠죠?”

리셀이 급히 고개를 흔들었다.

“그, 그럴 리가요. 아가씨네 집에서는 세금을 하나도 받지 않겠습니다.”

“그건 안 되죠. 다른 집에서 안다면 난리가 날 거에요. 호호. 그럼 전 이만.”

바구니를 들고 돌아가는 그녀의 뒷모습을 리셀이 멍하니 쳐다보았다. 그녀의 모습이 길모퉁이로 사라지고 나서야 입술을 비집고 한숨이 흘러나왔다.

“휴우. 정말 좋은 아가씨로군. 부지런하며 요리 실력도 좋고 거기에다 예쁘기까지 하니…….”

어차피 리셀은 평생 루카스 후작가의 기사로 이곳에 살아야 한다. 그런 만큼 결혼을 하는 것도 나쁘지 않겠다는 생각이 들었다. 결혼을 해서 배우자가 집안일과 소작농 관리를 해준다면 자신은 마음 놓고 수련에 전념할 수 있다.

게다가 리셀에게는 레오폰 왕국의 티아나 말고는 마음을 주었던 여자가 하나도 없었다. 그러나 티아나는 결코 리셀과 이어지지 못할 인연을 가진 여인이다. 때문에 리셀의 가슴속에는 서서히 로르나의 모습이 각인되기 시작했다.

로르나는 매일 아침 리셀의 집에 와서 아침 식사를 차려주었다. 저녁때 훈련을 마치고 돌아가면 맛깔스럽게 차린 저녁 식사가 리셀을 기다리고 있었다. 청소와 빨래 역시 신경 쓸 필요가 전혀 없었다. 게다가 그녀는 리셀이 가장 곤혹스러워하는 소작농들의 관리까지 대신해주었다.

"리셀 기사님이 바쁘실 것 같아서 대신 세금을 거둬왔어요. 소작농들은 보통 한 달에 한 번씩 세금을 납부해요. 돈이 아닌 현물로 말이에요."

창고를 본 리셀이 눈을 크게 떴다. 텅 비어 있던 창고에 밀 자루가 가득 쌓여 있었고 그 옆에 버터와 치즈 등 부식이 가득했다. 심지어 천장에는 훈제된 고기와 소시지, 햄 등이 줄에 엮여 주렁주렁 매달려 있었다. 리셀이 입을 딱 벌리며 놀라워했다.

"이렇게 세금을 많이 받아와도 되는 거요? 그들도 먹고살아야 할 텐데."

"걱정하지 마세요. 정해진 세율대로만 받아왔어요. 한 마을 사람인데 그들의 사정을 제가 왜 모르겠어요? 귀신은 속여도 저는 못 속여요."

그녀의 말대로 세금을 바치는 소작농들은 영지에게 매일 얼굴을 마주치는 마을 사람들이다. 어느 집에 닭이 몇 마리 있고 어느 집에서 몇 마리의 돼지를 치는지 훤히 알고 있었다. 그런 만큼 소작농들은 로르나를 속일 엄두를 내지 못하고 세율대로 세금을 바칠 수밖에 없었다.

"밀이 너무 많더라고요. 그래서 장날에 내다 팔아서 돈으로 바꿔다 놓으려고 해요. 군마와 판금갑옷을 주문하려면 돈이 필요할 테니까요."

이미 삼촌인 텔슨의 부인으로부터 기사의 아내로 살아가는 법을 확실하게 교육받은 로르나였다. 그리고 그런 로르나의 노력은 리셀의 마음을 완전히 사로잡았다.

'그래. 이 여인이라면 내가 수련에 전념할 수 있도록 뒷바라지를 잘해줄 수 있을 거야.'

게다가 로르나는 리셀이 쉽게 눈을 뗄 수 없을 정도로 아름다운 여인이었다. 부지런하며 음식 솜씨까지 좋은 만큼 리셀로서는 괜히 미룰 이유가 없었다. 결국 리셀은 로르나가 집에 와서 일한 지 한 달이 되던 날, 속마음을 털어놓았다. 그날도 여느 때와 마찬가지로 아침을 차려놓고 돌아가려던 로르나를 리셀이 붙잡았다.

"로르나. 할 말이 있어요."

그 말에 로르나가 아름다운 눈을 깜박이며 몸을 돌렸다.

"무슨 일인가요?"

"저, 저기."

주뼛거리던 리셀이 주머니에서 뭔가를 꺼냈다. 리셀이 며칠 전 장날에 가서 구입한 금반지였다.

"나, 나와 결혼해주시겠소. 로르나?"

순간 로르나의 눈이 커졌다.

"지, 지금 저에게 청혼하시는 건가요?"

"그렇소. 부족하지만 그대를 위해 평생을 헌신하겠소. 그러니 내 청혼을 받아주시오."

속으로는 당장이라도 펄쩍 뛰어오르고 싶을 만큼 희열이 밀려왔지만 로르나는 티를 내지 않았다. 연애 경험이 많은 탓에 그녀는 밀고 당기기를 잘해야 한다는 사실을 누구보다 잘 알고 있었다.

'선뜻 받아들여서는 안 돼. 이리저리 애를 태우다 내키지 않는 척하면서 승낙해야 해. 그래야만 신혼 초에 주도권을 잡을 수 있어.'

고민하는 듯 눈을 깜빡이던 로르나가 고개를 푹 수그렸다. 그 모습에 리셀은 더욱 애가 탔다.

"부디 나와 결혼해……."

"저도 리셀 기사님이 좋기는 한데 결혼까지는 생각해보지 못했어요. 아무래도 부모님과 상의를 해봐야 할 것 같아요."

리셀이 화들짝 놀라 손을 내저었다.

"아, 알겠소. 내가 너무 성급했었던 것 같소. 언제까지라도 기다릴 테니 좋은 결과 부탁드리겠소."

"알겠어요. 그럼 저는 이만 가보겠어요."

홍조 띤 얼굴로 목례를 한 로르나가 몸을 돌려 걸어나갔다. 리셀이 한숨을 내쉬며 마당의 의자에 앉았다. 긴장감으로 인해 자신도 모르게 다리가 덜덜 떨려왔다.

"사막 전사 열 명과 차륜전을 벌인 것보다도 더 힘들군."

물론 리셀은 길모퉁이를 돌아간 순간 로르나가 폴짝폴짝 뛰며 환호성을 질렀다는 사실을 전혀 짐작하지 못했다.

한껏 신이 난 로르나가 연신 소리를 질러댔다.

"드디어 해냈어. 성공했다고……."

이제 그녀의 앞날은 탄탄대로나 다름없었다. 그야말로 꿈에나 그리던 이상형이 그녀에게 청혼을 한 것이다. 이십대 초반의 잘생기고 몸 좋은 전도양양한 젊은 기사. 그동안 로르나가 견습기사와 결혼한 친구들을 얼마나 부러워했던가? 그러나 이번에는 그 친구들이 자신을 부러워할 차례였다.

"견습기사와 정규 기사와는 하늘과 땅만큼의 차이가 있지. 흥, 세실리와 베키 그 계집애들은 이제 내 앞에서 고개도 들지 못할 거야."

게다가 리셀은 고아이다. 다시 말해 그녀가 신경 써야 할 집안 식구가 하나도 없다는 것이다. 둘만 알콩달콩 잘 먹고 살면 모든 것이 해결된다. 게다가 나이가 젊은 만큼 공을 세울 경우 녹봉이 늘어날 가능성이 월등히 높다. 그러나 이런 상황에서도 로르나의 머리는 영악하게 돌아가고 있었다.

"우선 마을에 소문을 쫙 퍼뜨려야 해. 그래야만 다른 계집애들이 감히 눈독을 들이지 못할 거야. 기사 리셀은 영원히 내 것이라고."

그녀는 차분히 앞으로의 계획을 설계했다.

"그래. 일단은 충격을 받은 것처럼 이삼일 정도 가지 말도록 하자. 그러면 집안이 엉망이 되겠지? 빨래도 산더미처럼 쌓일 테고, 식사도 소시지나 훈제육으로 대충 때워야 할 거야. 무엇보다 내가 왜 오지 않는지 궁금해서 매일매일 애가 타들어가지 않겠어?"

상상만 해도 즐거운지 로르나가 연신 콧노래를 흥얼거렸다.

"그때 등장해서 내키지 않지만 어쩔 수 없다는 표정으로 청혼을 받아들이는 거야. 그렇게 한다면 평생 내 앞에서 고개를 들지 못하겠지?"

집으로 향하는 로르나의 발걸음이 오늘따라 유난히 가벼웠다.

다음 날 아침 눈을 뜬 리셀이 어두운 표정을 지었다. 매일 와서 아침상을 차려놓던 로르나의 모습이 보이지 않았기 때문이었다. 텅 빈 식탁을 본 리셀이 씁쓸한 미소를 지었다.

"너무 성급하게 행동한 것인가?"

고개를 갸웃거린 리셀이 아침을 준비하기 시작했다. 재료가 풍성했기에 금세 구수한 수프가 완성되었다. 든든하게 배를 채운 리셀이 간단히 집 안팎을 정리한 뒤 밖으로 나섰다.

"그녀가 없으니 무척 허전하군."

옷매무시를 가다듬은 리셀의 발걸음이 향하는 곳은 늘 그렇듯 영주성이었다.

그 시각, 리셀의 주군인 엘빈은 중립파의 거두 맥커니츠와 대면하고 있었다. 맥커니츠 루카스. 후계자 다툼에 끼어들지 않은 중립 세력들을 대변하는 원로 중 한 명이다. 엘빈의 먼 친척으로 권력에 개입하지 않고 묵묵히 가문의 일을 해나가는 거목이기도 했다. 현재 후계자 세 명이 처리하지 못하는 문제는 모두 맥커니츠가 도맡아 했다.

레이첼의 설득으로 어려운 결정을 내린 엘빈은 즉시 맥커니츠를 찾아갔다. 허드슨 영지에 보낼 답신을 루카스 후작가의 이름으로 처리해야 했기 때문이었다. 엘빈 개인 신분으로 답신을 보내는 것은 절차에 어긋나는 행위이다. 그가 맥커니츠를 찾은 건 그 사안이 어떻게 처리되었는지 확인하기 위해서였다.

"어떻게 되었습니까?"

맥커니츠는 흰 머리가 성성한 노귀족이었다. 이미 가문의 모든 사람들로부터 인품과 학식을 널리 인정받은 학자이기도 했다. 잔잔한 음성이 입술을 비집고 흘러나왔다.

"허드슨 자작가 쪽에서는 전적으로 혼인에 동의했습니다.

하지만 다소 서두른다는 인상을 받았습니다. 그들은 정확히 한 달 뒤 허드슨 영지에서 혼인식을 치르고 싶다고 답해왔습니다. 물론 엘빈님도 꼭 결혼식에 참석해달라고 하더군요."

그 말을 들은 엘빈이 눈살을 찌푸렸다. 비록 정략결혼이긴 하지만 저쪽은 자작가이고 레이첼은 후작가의 공녀이다. 절차대로라면 마땅히 루카스 후작가에 와서 혼인식을 치러야 한다. 아직까지 작위가 없다고는 하나 엘빈은 후작의 작위를 물려받을 후계자 중 한 명이다. 그런 엘빈을 자작가로 불러들인다는 것은 어찌 보면 상당한 모욕일 수도 있었다.

그러나 덮어놓고 거절할 수 없는 것이 엘빈의 입장이다. 현재 루카스 후작가는 세 명의 후계자가 편을 갈라 세력 다툼을 벌이고 있다. 이런 상황에서 결혼식을 순탄하게 치르는 것은 힘들다고 봐야 한다. 우선 다른 후계자 측 사람들이 결혼식에 참가할 가능성이 현저히 낮다. 간단히 말해 반쪽짜리 결혼식이 될 확률이 높은 것이다.

"저들도 이런 사정을 잘 알고 있는 것 같았습니다. 대신 허드슨 영지의 역량을 총동원해서 최대한 성대하게 식을 치르겠다고 말하더군요."

"흠. 고민이로군요."

그때 맥커니츠가 심유한 눈빛으로 엘빈을 쳐다보았다.

"한 가지 조언을 드려도 되겠습니까?"

"말씀하십시오."

“아무래도 허드슨 자작가의 제안에 미심쩍은 부분이 있습니다. 드러난 증거는 없지만 왠지 모르게 찜찜한 것이 이 늙은이의 생각이지요. 제 생각에는 제안을 거절하는 것이 나을 것 같습니다.”

“하지만 혼담을 승낙하겠다고 답신을 보냈지 않습니까? 이제 와서 결정을 뒤집는 것은 루카스 후작가의 명예에 누를 끼치는 행위입니다.”

맥커니츠도 그 생각을 한 듯 말꼬리를 흐렸다.

“그렇긴 합니다만 그래도…….”

“일단 약속은 지켜야 할 것 같습니다. 제 성품을 누구보다 잘 아시지 않습니까?”

맥커니츠가 쓴웃음을 지었다. 바로 그 성품 때문에 엘빈은 지금 이 지경까지 몰렸다.

‘물론 약속을 소중히 하는 성품이 나쁘다고 볼 순 없지만 귀족 사회의 생리에는 그다지 어울리지 않지.’

속마음을 얼른 접어 넣은 맥커니츠가 엘빈을 쳐다보았다.

“알겠습니다. 그럼 허드슨 자작가의 제안대로 일을 추진하도록 하겠습니다.”

“무슨 일이 생길지 모르니 호위 병력을 많이 데리고 가고 싶습니다. 그러니 중립을 지키는 기사와 정예병들을 좀 지원해주셨으면 합니다. 그리고 반납한 제 기사들의 견습기사도 데리고 가고 싶습니다.”

그러나 맥커니츠는 그 말에 난색을 표했다.

"그것은 좀 곤란합니다. 물론 후작가에 이익이 되는 일이라면 마땅히 병력을 지원해 드려야 하지만 원로 회의에서는 그렇게 평가하고 있지 않습니다."

엘빈의 눈이 휘둥그레졌다.

"무슨 말씀이십니까? 허드슨 자작가와 관계를 맺는 것이 어찌 루카스 후작가에 도움이 되지 않는다는 말입니까? 저는 도저히 이해가 되지 않습니다."

"원로 회의에서는 이렇게 판단했습니다. 허드슨 자작가와 관계를 맺는 것은 가문 전체의 이익보다는 후계자인 엘빈님에게만 도움이 된다고 말입니다. 해서 그들은 중립을 지키는 병력을 지원할 수 없다고 결정했습니다."

그 말에 엘빈은 피가 거꾸로 솟는 듯한 분노를 느꼈다. 이것은 엘빈 한 사람의 문제가 아니었다. 루카스 가문과 허드슨 가문을 연결하는 정략결혼이다. 마땅히 가문의 역량을 총동원해야 하거늘 사소한 일에 트집을 잡아 훼방을 놓고 있는 것이다. 엘빈이 솟구치는 분기를 억지로 가라앉혔다.

'아무래도 다른 후계자들이 뭔가 수를 썼나 보군. 그들의 눈에 나와 허드슨 자작가와의 결합이 기꺼울 리가 없으니 말이야.'

살짝 입술을 깨문 엘빈이 고개를 들어 맥커니츠를 쳐다보았다.

"그렇다면 단 한 명의 병력도 지원할 수 없다는 말씀이십니까?"

"징집병까지는 가능합니다. 그러나 기사와 정예병은 한 명도 지원해 드릴 수 없습니다. 견습기사 역시 마찬가지입니다."

"어처구니가 없군요."

엘빈은 말문을 잃었다. 농사짓던 농민을 불러들여 달랑 창 한 자루 쥐어준 것이 징집병이다. 그런 징집병을 데리고 허드슨 자작가로 가라는 건 애초에 불가능한 얘기나 다름없다.

허드슨 자작가는 루카스 영지에서 상당히 멀리 떨어져 있다. 말을 타고 이동해도 족히 열흘은 걸릴 것이다. 그런 만큼 수행원은 전원 말에 탄 기사나 견습기사, 혹은 기병으로만 구성해야 한다. 그런 거리를 가야하는데 징집병을 대열에 끼운다면 당장 출발한다 해도 결혼식 날짜인 한 달 뒤에 도착할 수 있을지조차 의문이다.

게다가 이것은 가문과 가문 사이의 결혼식이다. 만약 엘빈이 달랑 창 한 자루 든 징집병들을 호위병으로 데리고 간다면 그야말로 루카스 후작가의 이름에 먹칠을 하는 격이다. 의례용 갑주를 갖춘 다수의 기사단을 데리고 가도 모자랄 판국인데 징집병이라니…… 엘빈의 입술을 비집고 차가운 음성이 흘러나왔다.

"결국 이 결혼식을 훼방 놓겠다는 말씀이시군요."

엘빈의 불편한 심기를 알아차린 듯 맥커니츠가 고개를 숙였
다.

"용서하십시오. 저로서는 어쩔 수 없었습니다."

더 이상 대화할 필요성을 느끼지 못한 엘빈이 단호하게 말
했다.

"알겠습니다. 결혼식에는 제 기사들만 데리고 갔다 오겠습
니다. 마법 통신을 통해 허드슨 자작가로 통보를 해주십시오.
예정대로 참석하겠다고 말입니다."

"그렇게 하도록 하겠습니다."

엘빈이 무표정한 얼굴로 몸을 일으켰다.

쾅.

큰 소리로 문을 닫고 가는 엘빈의 뒷모습에는 불편한 심기
가 고스란히 묻어나오고 있었다.

엘빈이 나오자 기다리고 있던 제퍼슨이 재빨리 다가갔다.
주군의 심경을 눈치챈 듯 그는 아무런 말도 하지 않았다.

저벅저벅.

말없이 걸어가던 엘빈이 고개를 돌렸다.

"며칠 뒤 허드슨 자작령으로 갈 것이다. 그러니 모든 기사
들에게 의례용 갑주와 말을 준비시켜라."

"알겠습니다. 그런데 무슨 일로 가는지 여쭈어도 되겠습니
까?"

"결혼식 문제 때문이다. 허드슨 자작의 막내아들 토드와 내 딸 레이첼을 맺어주러 가는 것이다. 어떠한 경우에도 이 사실을 외부로 발설하지 않도록 해라."

제퍼슨이 절도 있게 고개를 꺾었다.

"목숨을 걸고 비밀을 지키겠습니다. 그런데 병력 구성은 어떻게 됩니까?"

잠시 침묵을 지키던 엘빈이 입을 열었다.

"나와 레이첼, 그리고 내 기사들이 전부다. 아마 시녀 한두 명은 붙여야겠지?"

그 말에 제퍼슨의 눈이 커졌다. 후작가 공녀의 결혼식에 가는 행렬이 그들뿐이라는 사실이 도무지 이해가 가지 않았다. 후작가의 이름에 부끄럽지 않은 행렬을 이루려면 최소한 기사 백 명은 동행해야 한다. 그래야만 루카스 후작가의 품위를 지킬 수 있다. 그런데 엘빈을 섬기는 기사는 얼마 전 받아들인 신참을 합쳐도 고작 스물세 명이 전부다. 그렇다면 후작가 공녀의 결혼식에 고작 스물이 조금 넘는 호위가 따라붙는다는 말인가? 당황해서 되물으려던 제퍼슨은 주군의 심상치 않은 표정을 보고 입을 닫았다.

"이유를 더 이상 묻지 말도록. 나 역시 화가 나서 꼭지가 돌아버릴 지경이니까."

"아, 알겠습니다."

"내 기사들은 단연 최고라고 자부한다. 허드슨 영지까지 나와 내 딸을 무사히 호위할 수 있겠지?”

“염려 놓으십시오. 저희들의 목숨은 이미 주군의 것입니다.”

“너희들을 믿겠다.”

말을 마친 엘빈이 저택 쪽으로 저벅저벅 걸어갔다.

다음 날도 로르나는 찾아오지 않았다. 때문에 리셀은 홀로 아침을 차려먹은 뒤 쓸쓸히 수련장으로 발길을 옮겨야 했다.

“아무래도 충격을 받아 방에 틀어박혀 있나 보군. 경솔한 행동이었어.”

그러나 리셀의 예상과는 달리 로르나는 동생들과 함께 장터에서 나들이를 하고 있었다. 각지의 상인들이 가져온 물품들을 구경하는 그녀의 얼굴에서는 그늘 한 점 찾아볼 수 없었다. 이미 작정하고 소문을 쫙 퍼뜨렸기 때문에 마주치는 처녀들마다 부러운 눈빛을 던졌다.

“그 기사님에게 청혼을 받았다며? 정말 부러워.”

“햐! 네가 그런 큰 행운을 잡다니 놀라워.”

하늘을 날 듯한 기분이었지만 로르나는 억지로 표정 관리를 했다.

“너무 갑작스러운 청혼이라 정말 많이 놀랐어. 아직까지는 고민 중이야. 도대체 어찌해야 할지 모르겠어.”

그 말에 조금 전 축하를 건넨 스테파니가 황당한 표정을 지었다. 만약 자신이었다면 청혼을 받은 그 자리에서 두말도 하지 않고 승낙했을 터였다. 로르나 역시 자신의 입장과 크게 다르지 않을 텐데 그녀는 그렇지 않은 척 거드름을 피우고 있었다. 어릴 때부터 함께 자라서 로르나의 성품을 잘 알고 있는 탓에 스테파니가 불편한 표정을 지었다.

"청혼을 받지 않을 거면 나에게 넘겨."

"큰일 날 소리. 리셀 기사님의 눈이 그리 낮은 줄 알아? 호호호. 그리고 난 청혼을 받아들이지 않겠다고 한 적 없어."

'그럼 그렇지. 가증스러운 계집애.'

스테파니가 질린 표정으로 고개를 절레절레 흔들었다.

"그럼 나중에 봐."

로르나가 동생들의 손을 잡아끌고 다른 곳으로 향했다.

그런데 멀리서 그녀들을 쳐다보는 일단의 무리가 있었다. 경갑주를 차려입은 기사 네 명에 한 명은 로브를 뒤집어쓴 마법사였다. 로브 사이로 드러난 얼굴이 비교적 젊은 것으로 보아 마법 수준이 그리 높아보이지는 않았다.

그들의 앞에는 탄탄한 체구의 젊은이가 앉아 제 앞에 놓인 큼지막한 수정 구슬을 바라보고 있었다. 놀랍게도 수정 구슬에는 장터를 돌아다니는 로르나의 모습이 고스란히 비춰졌다.

"이 계집애인가?"

옆에 서 있던 기사가 즉시 고개를 숙였다. 서른을 조금 넘어

보이는 기사의 얼굴은 매우 준수한 편이었다.

"그렇습니다."

"흠, 인물은 그럭저럭 반반하군."

입가에 조소를 머금은 채 수정 구슬을 들여다보는 청년의 이름은 타일러스였다. 루카스 후작가의 차기 가주 자리를 노리는 유력한 후계자인 카디아스의 둘째 아들. 그런데 그가 도대체 왜 마법사까지 동원해 리셀이 청혼한 로르나의 모습을 훔쳐보고 있을까?

리셀이 엘빈을 주군으로 삼았다는 사실을 알게 되자 타일러스는 화가 머리끝까지 치솟았다.

"이런 망할……. 내가 직접 가서 만나 주었거늘."

아버지인 카디아스 역시 심기가 좋지 않았다. 형평성 논란을 감수하고 70호의 후한 녹봉을 제시했는데도 리셀에게서 선택을 받지 못한 것이다.

카디아스 휘하의 기사들은 대부분 30호에서 50호 사이의 녹봉을 받고 있다. 그런데 갓 스물이 넘은 젊은 기사에게 70호나 되는 녹봉을 지급한다면 다른 기사들은 당연히 불만을 가질 수밖에 없다. 그런 위험을 감수하며 좋은 조건을 제시했는데 정작 당사자는 다른 주군을 선택해버렸다.

"어처구니가 없군. 남부군에서 복무한 경험을 높이 사서 70호의 녹봉을 제시했거늘……."

그러나 카디아스보다는 타일러스의 분노가 더욱 심했다. 자신이 직접 가서 만나 주었는데도 불구하고 아버지를 선택하지 않았다는 점에 자존심에 상처를 입은 것이다.

"놈을 가만히 내버려둬서는 안 돼. 어떻게든 손을 봐줘야 해."

그러나 현실적으로 리셀을 손 볼 방법은 없었다. 현재 루카스 후작가는 비상 상황이다. 기사들 사이의 결투나 시비는 철저히 금지되어 있었다. 다시 말해 휘하의 기사들을 동원해서 리셀을 혼내주는 것이 원천적으로 불가능하다는 뜻이다. 손을 쓸 방법이 없어서 좀처럼 분노를 삭이지 못하고 있는데 뜻밖의 소문이 귀에 들어왔다.

―엘빈 루카스님을 모시는 기사 리셀이 마을처녀 로르나에게 청혼을 했다.

로르나가 작정하고 떠벌린 소문이 기사들을 통해 타일러스의 귀에까지 들어온 것이다. 소문을 들은 타일러스의 입가에 미소가 맺혔다.

"이거야말로 절호의 기회로군."

그는 망설임 없이 호위 기사들을 데리고 영지로 향했다. 비싼 대가를 치르고 마법사까지 고용해서 대동했다.

그는 우선 영지의 사정을 잘 아는 호위 기사 스테판을 시켜 로르나에 대해 수소문해보게 했다. 그 결과 로르나가 장터에 나갔음을 알게 되었고 이렇듯 마법으로 그녀의 모습을 훔쳐보고 있는 것이다. 삼십대 초반의 준수한 호위 기사 스테판이 검

손잡이를 움켜쥐고 몸을 일으켰다.

"어떻게 할까요, 주군? 잡아와서 처리할까요?"

모시는 주군의 일인 만큼 스테판 역시 타일러스만큼 분노한 상태였다. 그가 나선다면 로르나를 잡아오는 것은 일도 아니다. 기사에겐 능히 평민의 생살여탈권을 관장할 자격이 있다. 로르나를 잡아와서 강제로 겁탈하거나 죽인다면 분명 리셀은 눈이 뒤집혀져 앞뒤 가리지 않고 스테판에게 덤벼들 것이다. 그리고 스테판에겐 갓 스물을 넘긴 젊은 기사 정도는 간단히 꺾을 수 있으리란 자신감이 있었다.

비록 결투가 금지되어 있다고 하나 정당방위만큼은 누구도 뭐라 할 수 없는 기사 고유의 권한이다. 덤벼드는 리셀을 죽이거나 큰 상처를 입힌다면 무리 없이 주군의 복수를 마무리 지을 수 있다. 스테판은 주군을 위해 모든 것을 자신이 덮어쓸 생각이었다. 그러나 타일러스의 생각은 그렇지 않은 듯했다.

"멍청한 소릴 하는군. 내 기사에게 그런 지저분한 짓을 시킬 것 같으냐?"

"하, 하오나."

"그런 치졸한 방법은 쓰지 않는다. 그보다 더 고차원적인 방법을 쓸 것이지."

타일러스의 입가에 묘한 미소가 떠올랐다. 우선 그는 고용한 마법사를 돌려보냈다. 멀리서 로르나의 얼굴을 확인한 것만으로 마법사의 효용 가치는 끝났다. 이후의 계획은 신임하는 호위 기사들과 머리를 맞대고 짜야 한다. 마법사가 떠나자 그들은 곧 계획의 논의에 들어갔다.

"이렇게 하면 어떤가?"

타일러스의 계획을 들은 스테판의 얼굴에 감탄의 빛이 서렸다.

"정말 훌륭한 방법이십니다. 주군."

"그 방법대로 한다면 더 효과적인 복수를 할 수 있겠지. 그렇게 생각하지 않나?"

"물론입니다. 주군."

"그럼 일을 시작하도록 하지."

제7장
치졸한 복수극

로르나는 장터 나들이를 마치고 동생들과 함께 집으로 돌아
왔다. 그녀가 들어가고 나서 얼마 되지 않아 누군가가 집을 찾
았다.

"계십니까?"

문 두드리는 소리에 앤더슨이 밖으로 나왔다가 화들짝 놀라
고 말았다.

"누구신지? 아이고, 기사님."

문 앞에 서 있는 이는 스테판이었다. 그런데 그의 모습은 조
금 전과 판이하게 달라져 있었다. 잘 닦여 광이 번쩍번쩍 나는
흉갑과 견갑을 착용하고 날개가 조각된 투구까지 쓰고 있었

다. 잡털 하나 없는 백마의 고삐를 움켜쥐고 서 있는 모습이 그렇게 위엄 있어 보일 수가 없었다.

"귀댁의 로르나 아가씨를 잠시 뵙고 싶습니다."

정중한 어조에 앤더슨이 몸 둘 바를 몰라 했다. 기사에게 존댓말을 들은 적은 지금껏 살아오면서 처음이었다.

"바로 불러오겠습니다."

잠시 후 로르나가 불안한 표정으로 마당으로 나왔다.

"무슨 일로 절 보자고 하셨는지?"

그녀를 보자 스테판이 망설임 없이 허리를 굽혔다.

"먼저 불시에 방문 드린 점 사과드립니다. 결례라는 걸 알기는 하오나 주군의 뜻이 워낙 확고하시기 때문에……."

"주군이라니요?"

"제 주군이신 타일러스님께서 로르나 아가씨를 잠시 뵙고자 합니다. 그러니 시간을 좀 내주실 수 없겠습니까?"

그 말을 들은 로르나가 반사적으로 몸을 움츠렸다. 호색한 귀족들의 눈에 띄어 몸을 망친 평민 아가씨들의 소문을 여러 번 들어왔던 터라 겁부터 집어먹은 것이다. 스테판이 그게 아니라는 듯 손바닥을 활짝 펼쳐 흔들었다.

"두려워하실 필요가 없습니다. 주군께서는 그저 로르나 아가씨를 만나 뵙고 대화만을 나누고 싶어 하십니다. 로르나 아가씨의 뜻에 반하는 행동은 일절 하지 않을 겁니다. 제 기사로서의 명예를 걸고 보증할 수 있습니다."

　로르나는 그제야 불안감을 떨쳐버릴 수 있었다. 그녀가 들은 바로 기사는 결코 거짓말을 하지 않는다고 했다. 명예까지 걸고 보증한다면 믿어도 될 것 같았다. 게다가 그녀는 평민이다. 설령 눈앞의 기사가 강제로 끌고 간다고 해도 아무도 말리지 못한다. 생각을 마친 로르나가 조심스럽게 고개를 끄덕였다.

　"알겠습니다. 타일러스님을 만나 뵙겠습니다."

　"훌륭하신 결정이십니다."

　스테판은 로르나를 말 등에 옆으로 앉힌 뒤 고삐를 잡고 걸어가기 시작했다. 흔들리는 말 위에서 로르나는 묘한 흥분에 사로잡혔다.

　'내가 기사의 에스코트를 받으며 말을 타고 가다니…….'

　평민인 그녀가 어찌 이런 상황에 접해보았을까? 남달리 허영심이 강한 그녀는 지금의 순간을 오히려 즐기고 있었다.

　스테판은 로르나를 마을 밖으로 안내했다. 거기에는 무척 화려해 보이는 마차 한 대가 그녀를 기다리고 있었다. 무려 여덟 마리의 말이 끄는 호화로운 마차였다. 로르나는 마차의 모습을 보고 감탄했다.

　'세상에…… 저건 마차가 아니라 조각품이야.'

　스테판이 로르나를 데리고 다가가자 마차의 문이 열렸다. 그리고 화려한 옷을 입은 이십대 초반의 청년이 밝은 표정으로 그녀를 맞이했다.

"어서 오너라."

급히 말에서 내린 로르나가 공손히 절을 했다. 그녀와 타일러스의 신분은 하늘과 땅 정도의 차이가 있다.

"타일러스 공자님을 뵈어요."

"만나서 반갑다. 일단 마차에 타겠나?"

로르나의 안색이 순간 경직되었다. 호색한 귀족들에게 평민 아가씨들이 농락당하는 사태가 주로 마차 안에서 일어난다는 사실을 알고 있기 때문이었다. 그러나 타일러스는 그런 로르나의 심정을 안다는 듯 온화한 표정으로 손을 흔들었다.

"미리 말했듯 네 의사에 반하는 일은 일절 하지 않겠다. 그러니 안심해라."

결국 로르나는 어쩔 수 없이 마차에 올라타야 했다. 마차에 탄 로르나는 감탄사를 터뜨렸다. 내부의 인테리어 역시 겉모습만큼이나 고급스럽고 화려했기 때문이었다. 고급스러운 실내 장식에 잠시 넋이 나가 있던 로르나가 퍼뜩 정신을 차렸다.

"그런데 무슨 일로 절 보자고 하셨나요?"

"간단하다. 네가 마음에 들었기 때문이다."

그 말에 로르나가 놀라 눈을 치떴다. 당황해서 어찌할 바를 모르는 로르나의 귓전으로 나지막한 타일러스의 음성이 파고들어 갔다.

"사실 난 몇 달 전부터 널 주시하고 있었다. 네 발랄한 미모가 참으로 생동감이 있었기 때문이지. 네 아름다움은 귀족 아가씨들에게서도 쉽사리 찾아보기 힘든 종류야.”

“…….”

“그래서 종종 널 보러 성을 나서곤 했다. 멀리서 지켜보는 것만으로도 눈이 즐거웠기 때문이지.”

로르나는 아무런 말도 하지 못했다. 이것은 그녀로서는 감당하기 힘든 충격이었다.

“직접 만나볼까 하는 생각도 했었지만 섣불리 행동에 옮기진 못했지. 행여나 아버지의 명성에 누를 끼칠까 두려웠기 때문이다. 너도 알다시피 나는 그런 것을 그리 좋아하지 않는다.”

로르나가 묵묵히 고개를 끄덕였다. 사실 평민 아가씨를 농락하는 질 나쁜 귀족들에 대해서는 오히려 평민들이 더 잘 알고 있었다.

호색하기로 이름난 귀족이 영지에 뜨면 곧바로 소문이 퍼지고 동시에 반반한 미모를 지닌 아가씨들은 일체 집밖 출입을 하지 않는다. 그것이 바로 평민들이 살아가는 방법이었다. 그런데 타일러스는 지금껏 한 번도 그런 추문에 휩싸이지 않았다. 다시 말해 지금까지 평민 아가씨를 농락한 적이 전혀 없다는 뜻이다. 그 사실을 떠올린 로르나가 겨우 한 마디를 털어놓았다.

“그러셨다니 놀랍군요.”

"그런데 바로 오늘 충격적인 소식을 듣게 되었다. 듣자하니 리셀이라는 기사가 너에게 청혼을 했다고 들었는데 그게 사실이냐?"

로르나가 붉게 물든 얼굴로 고개를 숙였다.

"사실이에요."

"흠. 역시 소문대로였구나. 그 말을 듣고 충격에 휩싸였다. 해서 모든 것을 제쳐놓고 달려온 것이지. 왜 진작 만나보지 않았을까 후회가 되더구나. 그래, 청혼은 승낙했느냐?"

"아, 아직 승낙하지 않았어요. 너무 놀라서 결정할 겨를이 없었지요."

그 말을 들은 타일러스의 입가에 묘한 미소가 번져갔다. 그러나 고개를 숙이고 있던 로르나는 미처 그 미소를 보지 못했다.

"그나마 기회가 아직까지 남아 있다니 다행이구나. 고개를 들어보겠니?"

살짝 고개를 든 로르나의 얼굴을 보고 타일러스가 빙그레 미소를 지었다.

"확실히 멀리서 본 것보다 더 예쁘구나. 발랄함이 살아 있어."

연이은 극찬에 로르나가 또다시 고개를 숙였다. 이미 그녀의 목덜미까지 붉게 물들어 있었다.

"너와 함께 성에 가서 식사를 하고 싶은데 괜찮겠느냐? 강요하지는 않겠다. 물론 성에서도 허락 없이는 네 몸에 손을 대는 일이 없을 것이다."

"네. 그렇게 하겠어요."

로르나가 고개를 숙인 채 쥐꼬리만 한 음성으로 대답했다. 멀리서 보기만 했던 영주성에 들어가 볼 기회를 그녀로서는 도저히 놓칠 수가 없었다.

"기쁘구나. 그럼 성으로 가도록 하겠다."

타일러스가 손짓을 하자 마부가 말고삐를 힘차게 잡아당겼다. 네 명의 기사가 각기 말을 타고 주변을 에워싸자 마차는 영주성을 향해 달려가기 시작했다.

푹신한 쿠션에 몸을 묻은 상태로 로르나가 연신 감탄을 터뜨렸다.

'정말 안락해. 세상에 마차가 이리 폭신하다니……'

그녀에겐 마차를 타 본 경험이 있었다. 몇 번은 직접 몰아보기까지 했다. 그러나 농부들이 사용하는 마차의 승차감은 무척 거친 편이다. 울퉁불퉁한 지면의 감촉이 나무 바퀴를 통해 고스란히 탑승자에게 전달되었다.

그러나 지금 그녀가 탄 마차는 달랐다. 금속으로 된 판 스프링에다 마법적 장치가 되어 있어서 노면의 충격이 거의 느껴지지 않았다. 바퀴에 가죽까지 씌워두었으니 더욱 그러했다. 마치 구름 위에 둥실 떠서 달리는 것 같은 느낌이라고 할까?

넋이 나간 듯한 로르나의 모습을 타일러스가 조소를 지으며
쳐다보았다.

'흐흐. 마치 꿈만 같겠지. 가문에서 귀빈을 맞아들일 때 사
용하는, 단 한 대뿐인 최고급 마차를 평민 계집아이가 어찌 타
볼 수 있었겠어.'

지금 그와 로르나가 타고 있는 마차는 가주의 허락이 없으
면 쓸 수 없는 귀빈 전용 마차였다. 그런데 타일러스가 아버지
의 권력을 이용해 몰래 빼내온 것이다. 그렇게 마차의 승차감
에 푹 빠져 있는 로르나를 태운 마차가 막 영주성으로 들어서
고 있었다.

마차는 타일러스와 로르나를 카디아스의 저택 앞에 내려주
고 사라졌다. 십여 명의 기사들이 그들을 기다리고 있었다. 경
갑주를 차려입고 허리에 검을 찬 모습이 더없이 위압적이었
다. 타일러스를 보자마자 그들은 공손히 예를 취했다.

"주군을 뵙습니다."

타일러스가 거만한 태도로 고개를 까딱했다. 그러나 로르나
는 좀처럼 걸음을 옮기지 못했다. 한쪽 무릎을 꿇고 고개를 숙
인 기사들 사이로 걸어갈 용기를 내지 못한 것이다. 그때 타일
러스가 살짝 허리를 굽히며 팔을 내밀었다.

"그럼 들어가실까요? 레이디."

주저하던 로르나가 떨리는 손을 내밀어 팔에 얹었다. 평민

이라고는 하나 그녀 역시 들은 게 전혀 없진 않았던 것이다.
타일러스는 로르나를 에스코트해서 저택 안으로 들어갔다.
　저택의 연회장으로 들어간 로르나가 입을 딱 벌렸다. 그야
말로 수백 명이 한 번에 식사를 할 수 있는 거대한 연회장이었
다. 특히 가운데 놓인 식탁은 그녀의 기를 단번에 꺾어놓았다.
세로로 길쭉한 식탁에는 새하얀 식탁보가 씌워져 있었고 족히
백 명이 한꺼번에 앉을 수 있는 크기를 자랑했다. 가장 큰 식
탁으로 걸어간 타일러스가 상석의 의자를 빼냈다.
　"여기에 앉아라."
　그녀가 말없이 의자에 앉자 타일러스가 손을 들어 멀리 떨
어진 건너편 자리를 가리켰다.
　"원래대로라면 난 저곳에 앉아야 한다. 하지만 그러면 네
발랄한 미모를 감상할 수가 없겠구나. 해서 난 여기 앉겠다."
　타일러스는 로르나의 바로 옆자리 의자를 빼내어 앉았다.
그러자 벽에 늘어서 있던 시종들이 음식을 날라 오기 시작했
다.
　'세상에……'
　계속해서 식탁에 올라오는 음식을 본 로르나는 벌어진 입을
다물지 못했다. 우선 나무 식기만을 사용해 왔던 그녀에겐 윤
이 반질반질 나는 은제 식기 자체가 충격이었다. 그리고 그 위
에는 지금껏 그녀가 구경조차 하지 못한 종류의 음식들이 가
득했다.

강 상류의 영지에서 수입해 온 훈제 연어에서부터 가격이 같은 무게의 금보다 비싸다고 하는 송로버섯, 그리고 보존 마법을 이용해 수송해 온 바닷물고기 등등, 지금껏 본 적 없는 수많은 종류의 요리들이 그녀 앞에 차려졌다. 타일러스는 세심하게도 그녀에게 요리 재료와 그 출처에 대해서 일일이 설명해주었다.

"이것은 북해의 차가운 호수에서 잡아온 철갑상어의 알이다. 캐비어라고도 하지."

"먼바다에서 잡히는 바다거북의 알로 요리한 오믈렛이지. 맛있느냐?"

로르나는 생전 처음으로 먹어보는 요리들에 눈이 뒤집혔다. 한 번도 접해보지 못한 맛에 도대체 음식이 입으로 들어가는지 코로 들어가는지조차 모를 정도였다. 그 모습을 타일러스가 차가운 눈빛으로 쳐다보았다.

'나름대로 조신하게 먹으려고 노력하는 게 보이지만 어림없지. 저런 엉성한 나이프질이라니……'

귀족 가문의 식사에서는 예법을 매우 중시한다. 예법에 맞춰 식사하는 것은 지금까지 교육받은 척도를 드러내는 행위이다. 그런 관점에서 보면 로르나의 식사 예절은 전혀 아니올시다였다. 만약 귀족들의 만찬에서 저런 식으로 식사를 한다면 대번에 구설수에 오를 것이다.

그런 사실을 전혀 짐작하지 못한 채 로르나는 닥치는 대로 음식을 퍼먹었다. 그리고 금세 그득해진 배를 두드리며 트림을 했다.

"꺼억. 더 이상 못 먹겠어요. 많이 남았는데 어떻게 하죠?"

그녀가 걱정스러운 표정으로 탁자에 가득한 음식을 쳐다보았다. 마음 같아서는 죄다 싸가서 가족들에게 맛보여주고 싶었다. 퍼뜩 표정을 바꾼 타일러스가 온화하게 손을 흔들었다.

"걱정할 것 없다. 남은 음식들은 시종들이 먼저 먹고 그다음에는 고용인들의 서열 순으로 내려갈 것이다. 참, 그러고 보니 동생들이 있었지?"

타일러스가 손짓을 해서 시종 한 명을 불렀다.

"로르나가 선호하는 음식 몇 가지를 골라 포장해 두어라. 가져가서 가족들에게 먹이고 싶어 하는 것 같으니 말이다."

"알겠습니다."

곧 시종들이 들어와 음식을 내어가기 시작했다. 로르나가 즐겨 먹던 요리 몇 가지는 고급스러운 식기에 담겨 포장되었다. 물론 하나같이 은으로 된 식기였다. 시종이 싸준 음식을 본 로르나가 곤혹스러운 표정을 지었다.

"나, 나중에 식기를 성으로 가져다 드릴게요."

"그럴 필요 없으니 그냥 집에서 쓰도록 해라."

식사를 마친 타일러스는 로르나를 데리고 성루로 올라갔다. 성루가 워낙 높았기에 좁은 원형의 계단을 한참 올라가야 했다. 만족스러운 만찬으로 인해 불안감이 사라졌는지 로르나는 전혀 경계하지 않고 타일러스의 뒤를 따랐다. 꼭대기에 도착하자 훤한 하늘과 영지의 정경이 마치 부채처럼 활짝 펼쳐졌다. 계단을 오르느라 거칠게 숨을 몰아쉬던 로르나의 눈이 커졌다.

"와. 놀라워요."

이렇게 높은 곳에서 자신이 살던 영지를 쳐다보는 경우는 난생처음이었다. 뭉게구름이 떠 있는 하늘이 너무나도 아름다웠다. 마치 넋이 빠진 듯 정신없이 정경을 둘러보던 로르나의 귓전으로 타일러스의 음성이 파고들었다.

"아무나 올라올 수 없는 곳이니 실컷 보도록 해라."

로르나가 경치에 넋이 나가 있는 동안 타일러스가 스테판에게 눈짓을 했다. 미미하게 고개를 끄덕인 스테판이 뭔가를 가지러 성루를 내려갔다. 로르나는 그야말로 한참 동안 경치에 빠져 있었다.

"이만 내려갈 시간이다."

타일러스의 말에 로르나가 아쉬운 표정으로 한숨을 내쉬며 걸음을 옮겼다.

성루 아래로 내려오자 마차가 기다리고 있었다. 타일러스가 직접 마차 문을 열어주자 로르나가 황송한 듯 조심스럽게 올라탔다.

"집까지 데려다 주겠다."

"저, 정말 감사드려요."

"성으로 와달라는 내 무리한 부탁까지 들어줬는데 당연한 일이지."

네 명의 기사가 말을 타고 에워싸자 마차가 움직이기 시작했다.

올 때와 마찬가지로 마차의 승차감을 한껏 즐기고 있던 로르나에게 타일러스가 뭔가를 내밀었다. 그녀가 의아한 표정으로 꾸러미를 받아 들었다.

"이게 뭐죠?"

"선물이다. 오늘 하루 너의 시간을 빼앗은 데 대한 보상이라고 할까?"

로르나가 조심스럽게 종이로 된 포장을 뜯었다. 그러자 화려하게 장식된 보석 상자가 모습을 드러냈다. 깜짝 놀란 로르나가 상자를 열어보았다.

"어머나?"

속에는 손톱만 한 크기의 루비가 박힌 목걸이가 요요롭게 자태를 뽐내고 있었다. 로르나의 입이 딱 벌어졌다. 지금껏 이렇게 아름다운 목걸이를 본 적은 없었다. 장터에서 본 그 어떤 장신구보다도 품위 있고 고급스러운 목걸이였다. 그녀가 자신도 모르게 목걸이를 꺼내서 조심스럽게 매만졌다. 혹시라도 손때가 묻을까 봐 조심하는 기색이 역력했다.

"저, 정말 저에게 주시는 거예요?"

"물론이지. 네 발랄한 아름다움에 잘 어울릴 것 같다."

"세, 세상에……."

목걸이를 든 로르나가 몸 둘 바를 몰라 했다. 타일러스가 직접 목걸이를 로르나의 목에 채워주었다.

"잘 어울리는군. 역시 선물한 보람이 있는걸?"

"어, 어떻게 감사드려야 할지……."

좋아서 어쩔 줄 모르는 로르나를 보며 타일러스가 묘한 미소를 지었다.

'처치곤란이던 저 목걸이를 이렇게 처리하게 되는군.'

지금 로르나가 들고 있는 목걸이는 선물용으로 쓰기 위해 아버지가 직접 드워프 장인에게 주문한 목걸이였다. 원래대로라면 수도의 허영심 강한 백작 부인에게 전해져야 했다. 그러나 귀족가의 일은 하루 앞을 짐작하기 힘들다. 백작 부인의 가문에 일이 터진 탓에 선물은 전해지지 못했다.

사실 보석류는 원래 주기로 했던 사람이 아니더라도 얼마든지 다른 사람에게 선물할 수 있다. 그러나 이 루비 목걸이만큼은 그렇게 할 수 없었다. 철저히 허영심 강한 백작 부인의 취향에 맞춰 제작된 것이기 때문이었다.

통상적으로 귀족 부인들은 화려함보다는 품위를 따진다. 그런 면에서 화려하기만 한 루비 목걸이는 선물로서 가치를 둘 수 없었다. 대부분의 귀족 부인들이 선호하지 않는 형태였기 때문이었다. 이 목걸이를 받고 만족할만한 사람은 오로지 한 사람뿐이었다.

게다가 루비 목걸이는 타일러스 나이 또래의 귀족 아가씨에게도 선물하지 못하는 물건이었다. 목걸이란 원래 강한 구속을 의미하는 장신구이다. 때문에 젊은 아가씨들은 목걸이를 선물로 받는 것 자체를 꺼리는 경향이 있다. 게다가 루비는 상당히 음흉한 목적을 내포하고 있다. 강렬한 붉은빛은 정열을 대변하기도 하지만 다른 한편으론 순결에 대한 욕망을 의미한다는 식으로도 해석이 가능했다.

만약 타일러스가 또래의 귀족 아가씨에게 이 루비 목걸이를 선물한다면 대번에 따귀를 얻어맞을 터였다. 해서 이 목걸이는 오랫동안 애물단지로 가문의 금고 깊숙이 들어 있었다. 그랬다가 이번에 가장 적절한 사용처를 찾은 것이다.

그런 사실을 전혀 모른 채 로르나는 목걸이를 들고 한없이 좋아하고 있었다. 그런 사이 마차가 로르나의 집 앞에 도착했다.

"엄청난 선물을 주셔서 너무 감사해요."

"아무것도 아닌 선물에 그리 감동하니 이거 내가 다 난처하군."

타일러스의 말에는 어느 정도 진심이 담겨 있었다.

"그나저나 내일도 잠시 시간을 내 줄 수 있을까? 너와 함께 있으니 시간 가는 줄을 모르겠구나."

로르나는 두말도 하지 않고 흔쾌히 고개를 끄덕였다.

“그럴게요. 저 시간 많아요.”

“내일은 특별히 너와 함께 승마를 하고 싶다. 나란히 말에 타고 가문의 승마장을 한 번 달려보자꾸나.”

“정말 그러고 싶어요. 반드시 불러주실 거죠?”

타일러스가 빙그레 웃으며 새끼손가락을 내밀었다.

“그럼 약속한 거다?”

“네. 집에서 꼼짝도 하지 않고 기다리고 있을게요.”

“좋아. 그럼 내일 보자.”

마차에 올라탄 타일러스가 문을 닫았다.

쿠르르르.

서서히 움직이는 마차를 로르나가 두 손을 모은 채 미동도 하지 않고 서서 쳐다보고 있었다.

로르나의 집이 보이지 않을 만큼이 되자 스테판이 말에서 내렸다. 그는 서슴없이 마차에 올라탔다. 잠시 후 마차 안에서 통쾌한 웃음소리가 터져 나왔다.

“완전히 넋이 나갔더군. 얼굴 봤나?”

“이를 말이겠습니까? 평민 계집이 어찌 그런 호사를 누릴 수 있겠습니까? 마치 하늘 위에 붕 뜬 느낌이겠지요.”

“흠, 정말로 하늘 높이 띄워줄까?”

스테판이 당황해하며 되물었다.

“무, 무슨 말씀이신지?”

"오랜만에 그리폰을 타고 하늘을 한 번 날아볼 생각이야. 너도 알다시피 나는 그리폰 라이더 교육을 받지 않았느냐? 그리폰의 뒤에 태워준다면 한 마디로 뿅 가지 않을까?"

"훌륭하신 생각이십니다. 그리폰을 타고 하늘을 날아본다면 뇌리 속에서 리셀에 대한 생각을 흔적도 없이 지워버릴 것입니다."

"괜찮은 방법인 것 같다. 그럼 아버지에게 가서 그리폰을 탈 수 있도록 허락을 받아오겠다."

다음 날 리셀은 또다시 홀로 밥을 차려 먹어야 했다.

"오늘도 오지 않는군. 그렇게 충격이었나?"

식사를 마친 리셀이 식기를 씻고 나서 고개를 들었다.

"아무래도 오늘 저녁쯤에는 집으로 찾아가봐야겠군."

손에 묻은 물기를 털어낸 리셀이 벽에 걸어둔 장검을 집어 들고 집을 나섰다.

그런데 리셀이 성에 들어가 동료 기사들을 만나던 그 시각, 로르나는 영주 소유의 승마장에서 말에 올라탄 채 감탄을 터트리고 있었다.

"와, 신기해요. 말 등이 조금도 흔들리지 않아요."

눈처럼 하얀 백마 위에서 로르나가 연신 놀라워했다. 가죽으로 된 승마복을 입었기 때문에 지금까지 해왔던 대로 다리를 모아서 탈 필요가 없었다.

제법 빠른 속도로 달리는데도 말 등은 거의 흔들리지 않았다. 그럴 것이 그녀가 탄 말은 가문의 귀족 아가씨들이 승마를 배우는 데 쓰는 특수한 말이었다. 철저하게 훈련을 받았기 때문에 처음 말을 타보는 아가씨들도 어지간하면 낙마하는 경우가 없었다. 그러면서도 최대한 탑승자에게 흔들림이 전해지지 않는 방식으로 달렸다. 다른 말과는 걸음걸이부터가 달랐다. 지금껏 짐말이나 쟁기를 끄는 농사용 말을 타본 것이 다였던 로르나에겐 모든 것이 충격이었다.

주로를 한 바퀴 돌고 온 로르나는 좀처럼 흥분을 감추지 못했다. 그녀는 이제 타일러스와 신체 접촉을 하는 것을 전혀 꺼리지 않았다. 말에서 내리려는 로르나를 보자 타일러스가 두 팔을 활짝 벌렸다.

"받아줄까?"

로르나는 망설임 없이 타일러스의 품으로 뛰어내렸다. 내려선 로르나의 얼굴에는 홍조가 짙게 돋아 있었다.

'어쩜 이렇게 몸이 좋지? 마치 갑옷을 입고 있는 것 같아. 리셀과는 비교도 안 돼.'

타일러의 부드러운 목소리가 들려왔다.

"아쉬우면 다른 것을 해 볼까?"

"다른 거요?"

"원한다면 하늘을 날게 해줄 수도 있어."

로르나의 눈이 휘둥그레졌다.

"그, 그게 가능한가요? 설마 마법을 써서 나는 건가요?"

"마법은 아니야. 혹시 그리폰 라이더를 본 적이 있나?"

로르나가 정신없이 고개를 끄덕였다. 영지에 있으면서 연락을 위해 드나드는 그리폰 라이더의 모습을 심심찮게 목격한 적이 있었다. 한 번 타보고 싶다는 생각은 아마도 영지 젊은이들이라면 누구나 해보았을 것이다. 타일러스가 자신만만하게 가슴을 폈다.

"나에게도 그리폰 라이더의 자격이 있어. 정말 혹독하게 교육을 받았지. 괜찮다면 함께 타보자꾸나."

그 말에 로르나는 넋을 잃었다. 이것이 꿈이 아닌지 허벅지까지 꼬집어보는 그녀였다.

"제발 태워주세요. 정말 타보고 싶어요."

잠시 후 눈앞에 모습을 드러낸 그리폰을 본 로르나는 이것이 꿈이 아니라 현실임을 알 수 있었다. 그리폰의 모습은 그 정도로 멋있었다. 독수리의 머리에 사자의 몸통을 가진 몬스터, 큼지막한 날개가 등에 돋아 있었다. 등 위에는 두 명이 탈 수 있는 좌석이 설치되어 있었고 대지에 디딘 다리는 우람했다. 타일러스가 로르나의 어깨를 끌어안으며 스테판이 끌고 온 그리폰에게로 다가갔다.

"뒤에 타거라. 혹시나 떨어질지 모르니 가죽끈으로 서로를 묶어야 한다. 불편하지 않겠지?"

"물론이죠."

　가벼운 투구를 눌러쓴 타일러스가 석영으로 된 바이저를 내렸다. 강한 바람으로부터 눈을 보호하기 위해서였다. 로르나 역시 같은 형식의 투구를 착용했다. 스테판이 다가와서 타일러스와 로르나의 몸을 가죽끈으로 단단히 고정시켰다. 둘의 몸이 그 사이에 손가락 하나 들어갈 수 없을 만큼 밀착되어 버렸다.

　로르나는 지금의 상황이 마치 꿈만 같았다. 영지의 그 어떤 처녀가 그리폰을 타 볼 기회를 얻을 수 있겠는가? 아니 영주 성에서 식사를 하고 성루에 올라가는 것조차 평생 꿈도 꾸지 못하는 종류의 일이다. 기대감으로 인해 그녀의 가슴은 미친 듯이 뛰고 있었다. 그 떨림은 밀착된 육체를 통해 타일러스에게 고스란히 전달되었다.

　"그럼 출발하겠다."

　그 말과 동시에 그리폰이 날개를 활짝 펴고 날아올랐다. 두 명이 탔기 때문에 평상시보다는 굼떴지만 그래도 그리폰은 로르나가 지금껏 상상조차 해보지 못한 속도로 창공을 향해 솟구쳤다.

　끼아아악.

　그리폰이 울부짖는 기성이 하늘 높이 퍼져 나갔다.

　로르나는 완전히 얼이 빠진 상태였다. 아래에서 올려다보는 게 당연하다고 여겼던 구름이 바로 발아래 있었다. 몸을 스치고 지나가는 바람이 그렇게 상쾌할 수 없었다.

이륙하는 순간 로르나는 겁에 질려 타일러스의 몸을 꽉 끌어안았다. 난생처음 날아보는 만큼 당연히 두려울 수밖에 없다. 그러나 로르나는 지금 공포감을 완전히 떨쳐버리고 적극적으로 비행을 즐기고 있었다.

그리폰을 타고 나는 것은 정말로 신났다. 특히 그리폰이 급강하할 때는 오금이 저릴 정도의 짜릿함이 온몸을 휘감았다. 발아래 펼쳐진 낯잇은 영지의 모습은 정말로 장관이 아닐 수 없었다. 로르나는 그렇게 쾌감에 몸을 부르르 떨며 비행을 즐기고 있었다.

앞좌석에서 그리폰을 통제하던 타일러스의 입가에 비릿한 미소가 걸렸다.

'제법 간이 큰 계집이로군. 어지간한 담량으로는 그리폰을 타지 못하는데 말이야.'

그러나 목적이 있었기 때문에 그는 아무런 말도 하지 않고 그리폰을 통제하는 데 주력했다.

그리폰이 지칠 때까지 실컷 비행을 즐긴 두 사람은 아쉬움을 뒤로 하고 이륙했던 곳으로 돌아왔다.

풀썩 두두두두.

무게로 인해 다소 거칠게 착지한 그리폰은 한참을 달리고 나서야 겨우 멈춰 섰다. 투구를 벗은 로르나의 얼굴은 붉게 상기되어 있었다. 완전히 흥분에 사로잡힌 모습이었다. 스테판이 다가와서 그리폰의 고삐를 받아들었다.

"그리폰을 반납하도록 하겠습니다."

"그렇게 하게."

그리폰을 내어준 타일러스는 제대로 걸음을 옮기지 못하는 로르나를 부축해서 자신의 방으로 향했다. 로르나는 아무런 저항 없이 타일러스를 따라갔다. 자신의 방 소파에 로르나를 앉힌 타일러스가 벽장으로 가서 문을 열었다.

"와인을 한 잔 할까?"

"네."

투명한 유리잔에 붉디붉은 액체가 따라졌다. 입안으로 밀려드는 감미로운 와인의 맛을 음미하던 로르나의 귓전으로 나지막한 음성이 전해져왔다.

"널 안고 싶구나."

"……."

"허락하겠느냐?"

로르나는 아무런 말없이 눈을 내리깔았다. 곧이어 타일러스가 다가가서 끌어안자 그녀가 몸을 파르르 떨며 살포시 눈을 감았다. 그 어디에서도 저항이나 거부의 몸짓을 찾아볼 수 없었다. 타일러스는 거침없는 손놀림으로 로르나의 옷을 하나씩 하나씩 벗겼다. 오히려 옷을 벗기기 쉽도록 몸까지 틀어주는 로르나였다.

그날 저녁 리셀은 훈련을 마치고 집으로 돌아왔다. 그러나 그는 옷을 갈아입지도 않고 다시 집을 나섰다. 로르나의 집을 한 번 찾아가보려는 것이다.

"어떻게 해야 놀란 가슴을 달래줄 수 있을까?"

로르나의 집은 그리 멀지 않았다. 리셀이 다가가서 문을 두드리자 로르나의 아버지인 앤더슨이 나왔다. 리셀을 보자 그가 화들짝 놀랐다.

"기, 기사님?"

"늦은 시간에 방문해서 죄송합니다. 로르나 양을 한 번 만날 수 있을까요?"

앤더슨이 유난히 당황해하며 연거푸 고개를 조아렸다.

"자, 잠시만 기다리십시오."

잠시 후 로르나가 나왔다. 그런데 그녀의 모습이 조금 이상했다. 항상 당당하고 발랄한 모습을 보이던 그녀가 왠지 모르게 넋이 나간 듯한 표정을 짓고 있었다. 마치 어디에 정신이 팔린 것 같은 그녀에게서 평소의 모습을 좀처럼 찾아볼 수 없었다. 달뜬 음성이 입술을 비집고 흘러나왔다.

"오셨어요? 기사님."

로르나를 보자 리셀이 공손히 머리를 숙였다.

"충격을 안겨 드려서 죄송합니다. 로르나 양. 아무래도 제가 너무 성급했던 것 같습니다."

"아니에요. 사과하실 필요 없어요."

“걱정이 돼서 찾아왔습니다. 부디 몸은 괜찮으신지…….”

“제 몸은 지극히 정상이에요.”

그녀의 대답이 예상 밖으로 냉랭했기에 리셀은 당황했다.

“저를 대하기가 불편하시다면 다음에 다시 찾아오겠습니다.”

“아뇨. 그러실 필요 없어요.”

결심을 굳힌 듯 그녀의 눈에 서서히 초점이 잡혔다. 로르나가 안색을 굳히며 리셀을 쳐다보았다.

“아무래도 이 자리에서 대답을 해 드려야겠군요.”

“…….”

“간략하게 말씀드릴게요.”

이어진 로르나의 말에 리셀의 눈이 커졌다.

“죄송하지만 저는 기사님의 청혼을 받아들일 수 없어요.”

“어, 어째서…….”

로르나의 말은 당황해하는 리셀의 귓전에 더없이 날카롭게 틀어박혔다.

“기사님은 제 이상형이 아니에요. 도저히 기사님의 아내가 될 자신이 없군요.”

“그, 그런…….”

충격을 받아 떠듬거리는 리셀을 향해 계속해서 로르나가 쏘아붙였다.

“절 잊어주세요. 아마 기사님 댁에 가서 집안일을 거들어

드리는 일은 더 이상 없을 거예요. 그럼 전 이만 들어가 보겠어요.”

로르나는 그 한 마디를 남겨두고 횅하니 몸을 돌렸다. 리셀이 그 모습을 우두커니 서서 지켜보고 있었다.

쾅.

그녀가 들어가고 문이 닫히자 리셀이 퍼뜩 정신을 차렸다. 씁쓸한 음성이 입술을 비집고 흘러나왔다.

“청혼을 거절당하다니…….”

큰마음을 먹고 용기를 내어 한 청혼이었다. 리셀이 여자에게 처음으로 속마음을 고백한 순간이기도 했다. 그런데 그의 프러포즈는 무참히 거절당해버렸다.

‘애당초 인연이 아니었단 말인가?’

쓸쓸히 고개를 흔든 리셀이 몸을 돌렸다.

집을 향해 걸어가는 리셀의 심경은 복잡했다.

‘도대체 뭐가 모자라서 거절당했을까?’

머리가 빠지게 생각해 보아도 리셀은 까닭을 알아차릴 수 없었다. 하지만 리셀이 충격에서 빠져나오는 데에는 그리 오랜 시간이 걸리지 않았다.

‘그래. 아직은 결혼할 때가 아니야. 나에게 필요한 것은 수련뿐이야.’

명상을 하면 할수록 마나의 흐름이 자유로워졌다. 매일매일

격한 훈련을 할 때보다 월등히 빠른 진전이었다. 그러나 아직까지 마지막 관문을 허물어뜨릴 정도는 아니었다.

"그래. 이번 기회에 집에 틀어박혀 마음껏 수련을 해야겠어."

리셀은 즉각 영주성으로 달려갔다. 그리고 성 안에서 머물고 있던 제퍼슨을 만나 결근계를 제출했다.

"며칠 동안 훈련에 참가하지 못할 것 같습니다. 그동안 집에서 개인 수련을 하도록 하겠습니다."

"그렇게 하도록 하게."

영문을 알지 못하는 제퍼슨이 흔쾌히 수락했다. 허락을 받은 리셀은 곧바로 집으로 돌아왔다. 그리고 문을 닫아걸고 방안에 틀어박혔다. 명상을 통해 마지막 관문을 허물어뜨리려는 것이다. 이후 리셀은 먹고 자는 것도 잊은 채 명상 속에 빠져들어갔다.

"뭐라고? 놈이 두문불출하며 집 밖으로 나오지도 않는다고?"

"그렇습니다. 결근계를 내고는 집 밖 출입을 일절 하지 않는다고 합니다. 심지어 밥도 먹지 않는 것 같다는 보고가 올라왔습니다."

스테판의 보고에 타일러스가 유쾌하다는 듯 너털웃음을 터뜨렸다.

"크핫핫핫. 성공이로군. 놈에게 정말 멋지게 복수를 성공시켰어."

"가장 흡족한 결과가 도출된 것이지요."

타일러스의 입가에는 짙은 비웃음이 걸려 있었다.

"애당초 그 정도밖에 안 되는 녀석이었군. 가능할 리가 없겠지만 나에게 달려와서 결투라도 신청할 줄 알았는데 말이야."

"독수리인 줄 알았더니 참새 새끼 정도밖에 안 되는 녀석이더군요."

그 말에 동의한다는 듯 타일러스가 고개를 끄덕였다.

"원하는 결과를 얻었으니 이 정도에서 복수를 접는 게 좋을 것 같군. 그 계집애 비위를 맞춰주는 것도 이제 지겨워."

"그래도 한동안 재미있게 가지고 노셨지 않습니까?"

"그럭저럭 매력은 있었지만 지금은 물린 상태야. 이제 슬슬 그 계집애가 품은 장밋빛 환상을 깨줄 차례가 된 것 같아."

"알겠습니다. 그럼 일을 그렇게 진행시키도록 하겠습니다."

"잘 처리하도록."

제8장
점점 깊어지는 오해

　영주성 안에서 오고 가는 대화를 짐작조차 하지 못한 채 리셀은 모든 것을 잊고 무아지경에 빠져 있었다. 그러나 리셀의 명상은 채 닷새를 넘기지 못했다.

　쿵쿵쿵.

　문을 두드리는 소리에 리셀이 명상에서 깨어났다. 정신을 차린 리셀이 다가가서 방문을 열었다. 힘없는 음성이 입술을 비집고 흘러나왔다.

　"대장님? 이곳에는 어인 일로……."

　찾아온 사람은 대장인 제퍼슨과 로르나를 소개시켜 준 기사 텔슨이었다. 그들이 집 안팎을 둘러보더니 혀를 끌끌 찼다.

“쯔쯔. 방 안에서 두문불출한다는 소문이 사실이었군.”

그럴 것이 집의 상태는 온통 엉망이었다. 명상에 빠져 있던 닷새 동안 전혀 돌보지 않았으니 집 상태가 정상일 리가 없었다. 게다가 리셀의 몰골도 엉망이긴 마찬가지였다. 닷새 동안 먹지도, 자지도 않고 명상에 빠져 있었으니 꼴이 영 말이 아니었다.

제퍼슨이 조심스럽게 입을 열었다.

“그만 정신을 차리도록 하게. 자네 심정은 익히 알겠지만 이래 봐야 자네 몸만 축날 뿐이야.”

영문을 모른 리셀이 눈만 끔벅거렸다. 함께 온 기사 텔슨이 손에 든 보퉁이를 내밀었다.

“꼴을 보니 닷새 동안 꼬박 굶은 것 같군. 음식을 좀 차려왔으니 우선 배나 채우도록 하게.”

와구와구.

리셀은 그야말로 정신없이 음식을 먹어치웠다. 닷새 동안 굶었으니 얼마나 배가 고플 것인가? 리셀이 게걸스럽게 음식을 먹는 모습을 제퍼슨과 텔슨이 안쓰러운 눈빛으로 쳐다보았다.

‘쯔쯔. 충격이 얼마나 컸으면 며칠 동안 식음을 전폐하고 몸져누웠을까.’

‘정말 안 된 일이야.’

식사를 마치자 텔슨이 조심스럽게 입을 열었다.

"우선 자네에게 사과를 하고 싶네. 난 로르나가 그토록 어리석은 아이일 줄은 몰랐어."

"무, 무슨 말씀을……."

"그런 아이인 줄 알았다면 결코 자네에게 소개시켜 주지 않았을 거야. 그러니 내 사과를 받아주게."

리셀은 영문을 몰라 그저 눈알만 굴렸다. 로르나에게 청혼했다가 퇴짜 맞았다는 것 외에 달리 그가 아는 건 없었다. 그리고 그 충격도 명상에 들기 전에 말끔히 날려버렸다. 애당초 리셀은 로르나를 사랑했다기보다는 그저 좋은 여자라 생각하고 청혼을 한 것뿐이었다. 그녀와 결혼한다면 마음 편하게 수련할 수 있을 것 같아 내린 결정이었다. 그런데 왜 텔슨이 자신에게 사과한단 말인가? 그런 기미를 전혀 눈치채지 못한 텔슨이 사실을 털어놓았다.

"지금 앤더슨네는 발칵 뒤집혔어. 로르나 그 계집애가 어제도 자살하겠다고 난리를 쳤다는군."

"……."

"애당초 넘보지 말아야 할 산을 넘본 게지. 자네같이 과분한 청년을 제 발로 차버렸으니 의당 그에 대한 보답을 받는 거야."

"무슨 말인지 도무지 이해가 가지 않습니다만."

묵묵히 보고 있던 제퍼슨이 리셀에게 상황 설명을 해주었다.

"잘 듣게. 모든 것은 타일러스 공자로 인해 일어난 일이야."

"타일러스라니요?"

"먼저 다짐을 받을 게 있네. 내 말을 듣고 흥분해서 성으로 달려가지 않겠다고 하면 말해주겠네. 맹세하겠나?"

리셀이 아무 말 없이 고개를 끄덕였다.

"그렇게 하겠습니다."

"좋아. 그 로르나란 아가씨가 자네의 청혼을 거부한 데에는 바로 타일러스 공자의 흉계가 숨어 있었다네."

제퍼슨은 차분한 어조로 타일러스가 꾸민 계략을 설명해주었다. 리셀이 로르나에게 청혼했다는 소문을 듣고 여러 가지 방법으로 로르나를 구슬려 청혼을 거부하게 만들었다는 이야기가 리셀에게 전해졌다.

"타일러스 공자가 돈을 아끼지 않고 퍼부었는데 그 로르나라는 아가씨가 어쩌겠나? 듣기로는 그리폰까지 동원했다고 들었네."

모든 사실을 듣고 난 리셀은 기가 막힌 나머지 말문을 떼지 못했다. 솔직히 말해 타일러스가 그 정도로 자신에게 악감정을 품고 있었을 줄은 몰랐다. 할 말이 없어진 리셀은 그저 침묵만 지켰다. 어처구니가 없어서인지 타일러스에 대한 분노조차 일지 않았다.

"그러면 로르나 양은 어떻게 되었습니까?"

"뭐, 뻔한 일이지. 목적을 달성했는데 계속 대우해주겠나? 어차피 오르지 말아야 할 산을 쳐다본 평민 아가씨의 운명은 비참할 수밖에 없어. 그 아이는 지금 반쯤 미친 채로 집 안에 갇혀 있다네."

그 말을 들은 순간 리셀은 급격히 분노가 치밀어 오르는 것을 느꼈다. 단지 자신에게 복수하기 위해 한 여인을 이용한 타일러스의 비열함에 절로 치가 떨려왔다. 분노한 리셀이 주먹을 움켜쥐고 몸을 일으키려는 순간 제퍼슨의 손이 어깨를 짓눌렀다.

"나에게 한 맹세를 떠올리게. 절대로 경거망동하면 안 돼."

리셀은 흥분을 가라앉히려 의도적으로 마나를 순환시켰다. 심신이 차분히 가라앉는 것을 느낀 리셀이 다시 자리에 앉자 제퍼슨이 놀란 표정을 지었다.

"냉정을 빨리 되찾는군. 훌륭한 자제력이야."

머릿속으로 생각을 정리한 리셀이 텔슨을 쳐다보았다.

"죄송하지만 한 가지 부탁드려야 할 것 같습니다."

"뭔가? 말해보게. 내가 들어줄 수 있는 것이라면 뭐든지 들어주겠네."

"제게 맡겨진 소작농들에 대한 관리를 형수님께 좀 부탁드려도 되겠습니까? 도저히 관리할 형편이 아니라서."

텔슨이 흔쾌히 고개를 끄덕였다.

"물론이지. 집사람에게 틀림없이 당부하도록 하겠네."

"그냥 관리해 달라는 것이 아닙니다. 소작농들로부터 거둬들이는 세금의 절반은 수고비로 가지시고 나머지 절반만 저에게 주십시오."

뜻밖의 행운에 텔슨의 눈이 휘둥그레졌다. 솔직히 말해 소작농들을 관리하는 일은 결코 만만치 않다. 승낙하긴 했지만 텔슨은 토라질 것이 분명한 아내를 어떻게 구슬리나 고민하던 참이었다. 그런데 리셀의 말대로 한다면 문제 될 것이 아무것도 없었다. 아니, 아내는 오히려 신이 나서 일을 추진할 것이 틀림없었다.

"그, 그래도 되겠나?"

"어차피 가족도 없고 휘하에 거느린 견습기사도 없으니 세금의 절반으로도 충분할 것 같습니다. 그러니 좀 맡아주십시오."

텔슨이 망설임 없이 고개를 끄덕였다.

"그렇게 하겠네. 마누라가 무척 좋아하겠군."

제퍼슨 역시 부러운 눈으로 쳐다보고 있었다.

"흠, 그런 조건이라면 나도 가능한데 말이야. 뭐, 텔슨에게 먼저 부탁했으니 어쩔 수 없겠지만. 어쨌거나 주군께서 위로의 말씀을 전하라고 하셨어. 충격이 크겠지만 힘내라고 말이야."

"어떻게 감사의 말씀을 올려야 할지."

"우리야 말보다는 행동으로 보답하는 기사가 아닌가? 참,

한 가지만 명심하게. 머지않아 호위 임무를 맡아 먼 곳으로 떠나야 할 것 같아. 그러니 의례용 갑옷과 말을 반드시 준비하도록 하게."

"알겠습니다."

"그리고 주군께서 한마디를 더 하셨네. 집이 성과 다소 떨어져 있어 출퇴근하기가 불편하다면 저택에 방을 하나 내주시겠다는군. 저택에서 식사가 가능하니 원한다면 그렇게 하라고 하셨네. 어떻게 하겠는가?"

리셀의 눈매가 파르르 떨렸다. 주군으로 삼은 엘빈이 그 정도로 자신에게 신경 써줄 줄은 몰랐다. 그것도 자신의 진정한 실력을 알지 못하는 상황에서 말이다.

'나는 정말 좋은 주군을 모셨군.'

리셀이 묵묵히 고개를 끄덕였다.

"그게 좋을 것 같습니다. 아무래도 이곳에 있으면 마음이 편치 않을 것 같습니다."

"좋아. 그럼 짐을 챙기도록 하게. 함께 성으로 들어가도록 하세."

두 동료 기사와 함께 밖으로 나온 리셀이 집을 둘러보았다. 비록 오래 살진 않았지만 정이 들었는지 왠지 모르게 아쉬웠다. 머리를 흔들어 잡념을 떨쳐버린 리셀이 몸을 돌렸다.

시간이 하염없이 흘렀다. 그동안 리셀의 명상은 계속되었다. 엘빈이 저택에 마련해준 숙소에서 온종일 명상에 빠져 있는 것이다. 다행히 제퍼슨은 리셀이 훈련에 빠지는 것을 너그럽게 묵인해주었다.

"충격이 적지 않을 테니 내버려두어라. 타일러스 공자는 실로 치졸한 짓을 했어."

그 덕에 리셀은 온종일 숙소에서 명상에 잠길 수 있었다. 음식은 시종들이 방으로 직접 날라주었다. 때문에 리셀은 굶는 일 없이 수련을 이어나갈 수 있었다.

그러나 블레이드 오너의 경지를 틀어막고 있는 관문은 허물어질 듯 허물어질 듯하면서도 좀처럼 허물어지지 않았다. 그럴수록 리셀은 애가 타들어가는 것을 느꼈다. 역시나 빛나는 검은 호락호락하게 자신을 허락하지 않았다.

엘빈의 저택에서 애를 태우는 사람은 리셀뿐만이 아니었다.

"답답해."

하염없이 밤하늘을 올려다보는 여인이 있었다. 저택의 주인인 엘빈의 외동딸, 공녀 레이첼이었다. 밤하늘을 올려다보는 레이첼의 눈동자에는 슬픔이 가득 담겨 있었다.

"이제 내일이면 이곳을 떠나는구나. 아는 사람 하나 없는 낯선 영지로 시집가면 얼마나 외로울까?"

나지막한 한탄이 입술을 비집고 흘러나왔다. 지금 떠나면 이곳의 정든 사람들을 다시 볼 수 있을지 장담할 수 없다. 그러나 떠나야만 하는 것이 그녀의 운명이었다. 처연한 눈빛을 거둔 그녀가 입술을 살짝 깨물었다.

'강해져야 해, 레이첼. 이번 결혼에는 아버지의 운명이 걸려 있어.'

그녀의 정략결혼은 아버지 엘빈에게 있어 큰 분수령이 될 만한 사건이었다. 순탄하게 결혼식을 치르고 나서 허드슨 자작가의 지원을 얻어낸다면 앞서 가는 두 후계자를 바짝 따라잡을 수 있다. 당장 가문의 원로와 가신들이 아버지를 보는 눈이 달라지리란 건 분명했다.

그러나 결혼해야 할 당사자를 떠올리자 자신도 모르게 한숨이 흘러나왔다. 그럴 것이 그녀는 배필이 될 토드의 모습을 똑똑히 기억하고 있었다.

황실에서 개최한 봄 축제 당시, 제국에 존재하는 대부분의 귀족 가문 젊은이들이 수도로 초청받았다. 넓디넓은 대륙 전역에서 모여든 귀족 젊은이들이 한데 어우러져 만찬을 즐기고 또 무도회에 참석했다. 인맥을 넓히고 얼굴을 알릴 수 있는 절호의 기회이기 때문에 빠지는 귀족은 거의 없었다. 당시 레이첼은 그곳에서 토드를 만났다.

지금 레이첼이 기억하고 있는 토드에 대한 인상은 별로 좋지 않았다. 우선 그는 지극히 무례했다. 법도를 깡그리 무시하고 모든 것을 자신이 하고 싶은 대로 하려고 했다. 만약 토드가 공작이나 후작 가문의 적손이었다면 그 무례함에 뭐라 할 사람이 없었을 것이다. 그러나 토드는 먼 변방의 자작 가문 자제에 불과했다.

때문에 그를 한 번 만난 사람들은 두 번 다시 그를 상대하려 하지 않았다. 레이첼 역시 마찬가지였다. 연회장에서 레이첼을 본 토드는 눈을 휘둥그레 뜨고 다가왔다.

"와. 눈알이 튀어나올 정도의 미인이시군요. 한 곡 추시겠습니까?"

그는 대답조차 듣지 않고 레이첼의 손을 붙잡았다. 실로 무례한 행동이 아닐 수 없었다. 허드슨 자작가의 체면 때문에 순순히 응하긴 했지만 레이첼은 춤을 추는 내내 몸에 소름이 돋는 느낌을 받아야 했다. 특히 춤을 추며 음흉하게 자신의 몸을 훔쳐보는 토드의 시선은 진저리가 쳐질 정도로 싫었다.

이후 레이첼은 재차 춤을 청하는 토드의 요청을 거절하고 두 번 다시 그를 상대하지 않았다. 심지어 그를 떨쳐내기 위해 이름도 모르는 남작가의 자제와 바짝 붙어 있기까지 했다. 이유는 간단했다. 그 남작가의 자제는 토드처럼 치근덕대지 않고 나름대로 신사적으로 그녀를 대했기 때문이었다.

그런데 이제 와서 그 토드에게 시집가서 평생을 살을 맞대고 살아야 한다니……

꼭 감은 눈에서 한줄기 눈물이 흘러내렸다.

'슬퍼해서는 안 돼, 레이첼. 넌 귀족가의 여자야. 사랑 따윈

사치일 뿐이라고.'

　그녀는 억지로 마음을 다잡았다. 제아무리 싫더라도 토드는 앞으로 그녀가 평생 몸을 의탁해야 할 반려자가 될 사람이다. 때문에 레이첼은 억지로 토드에 대한 좋은 면만을 떠올리려 노력했다.

　'아버지는 가문의 반대를 무릅쓰고 어머니를 배필로 맞아들였다. 그 때문에 지금의 처지에 몰리고 말았지. 이번에는 내가 아버지에게 보답할 차례야.'

　아버지인 엘빈은 어머니를 끔찍이 사랑했다. 그리고 레이첼에게 아낌없는 사랑을 베풀어 주었다. 인근에 조그마한 장원 하나를 얻어 생활하는 외할아버지 도플러 자작도 그녀에게 무한한 애정을 쏟아 부었다. 지금은 식물인간이 되어 병석에 누워 있는 친할아버지 역시 그녀에게 감당하기 힘든 사랑을 베풀었다. 이제는 그녀가 그 모든 사람들의 애정에 보답할 차례였다.

　'그래. 싫은 사람이라도 살을 섞고 살다 보면 정이 든다고 말씀하셨으니.'

　그러나 토드의 느끼한 얼굴만 떠올리면 자신도 모르게 진저리가 쳐지는 것만은 어쩔 수 없었다. 침울해진 레이첼이 다시금 창문을 열어젖혔다. 그때 그녀의 귀가 쫑긋했다. 저택 바깥쪽 뜰에서 난데없이 바람 가르는 소리가 들렸기 때문이었다.

　"무슨 소리지?"

고개를 갸웃거렸지만 어둠이 짙게 깔리고 나무가 우거져 있어 아무것도 보이지 않았다. 호기심이 치밀어 오른 레이첼이 가운을 걸쳤다.

덜컥.

밖으로 나가자 문 앞에 시립해 있던 호위 기사가 예를 취해 왔다.

"어디 가십니까?"

"바람을 좀 쐬고 싶어요."

"제가 모시겠습니다."

호위 기사가 조용히 레이첼의 뒤에 따라붙었다.

리셀은 지금 신들린 듯이 검을 휘두르고 있었다. 마나를 전혀 사용하지 않았기 때문에 오래지 않아 전신이 땀으로 흥건히 젖어버렸다.

리셀이 수련을 하다 견디지 못하고 뛰쳐나온 것은 바로 조금 전이었다. 정신을 집중해서 수련했지만 블레이드 오너의 길로 가는 마지막 관문은 굳건하게 리셀의 앞을 가로막고 있었다. 지칠 대로 지친 리셀이 수련을 중지하고 검을 집어들었다.

"안 되겠어. 아무래도 땀을 좀 흘려야 버틸 수 있을 것 같아."

숙소 밖으로 나온 리셀은 인적이 드문 뒤뜰로 가서 검을 휘두르기 시작했다. 지금껏 리셸이 배운 검술이 마치 실타래처럼 차곡차곡 풀려나갔다. 오른손에 든 장검이 맹렬한 바람 소리를 내며 대기를 갈가리 찢었다.

지금 리셸이 하는 것은 수련이 아니었다. 가슴속의 울분을 바깥으로 무작정 표출하는 행위에 불과했다. 자신의 청혼을 거절한 로르나에 대한 섭섭함, 간교한 책략을 꾸민 타일러스에 대한 분노, 그리고 좀처럼 벽을 허물어뜨리지 못하는 답답함 등이 고스란히 검을 통해 표출되었다. 리셸은 완전히 자신을 잊고 맹목적으로 검을 휘둘렀다. 그것은 숨이 턱 끝까지 차오를 때까지 계속되었다.

"헉, 허억, 헉."

리셸이 가쁜 숨을 몰아쉬며 검을 거뒀다. 땀으로 인해 몸이 흠뻑 젖었지만 기분만큼은 더없이 상쾌했다. 바로 그때 등 뒤에서 박수 소리가 들려왔다.

짝짝짝짝.

깜짝 놀란 리셸이 뒤를 돌아보았다. 우거진 나무 아래에 어렴풋이 그림자 두 개가 보였다. 그들은 곧장 리셸을 향해 걸어오기 시작했다.

'이런. 누가 지켜보는 줄도 모르다니…….'

얼굴을 일그러뜨린 리셸이 검을 검집에 꽂아 넣었다. 잠시 후 청아한 음성이 흘러나왔다.

"멋진 모습이었어요. 잘 구경했어요."

　다가온 이는 검은 머리가 인상적인 아름다운 소녀였다. 갑주를 걸친 당당한 체구의 기사가 그녀의 뒤에 마치 철탑처럼 버티고 서 있었다. 한 번도 본 적이 없는 소녀라서 리셀이 눈매를 지그시 모았다.

　"실례지만 누구신지?"

　순간 호위 기사로 보이는 중년인의 눈썹이 꿈틀했다.

　"레이첼 공녀님이시다. 예의를 지켜라."

　리셀의 눈이 커졌다. 그렇다면 눈앞의 아름다운 소녀가 주군이신 엘빈의 외동딸이란 말인가? 딸이 있다는 사실은 알고 있었지만 한 번도 본 적이 없었기에 리셀이 급히 한쪽 무릎을 꿇었다.

　"공녀님을 뵙습니다. 부디 무례를 용서하시길……."

　"일어나세요."

　급히 몸을 일으킨 리셀의 얼굴에는 당혹감이 역력했다. 검을 휘두르는 데 몰두한 나머지 소란을 피웠는지도 몰랐던 것이다.

　"죄송합니다."

　"가슴속에 쌓인 것이 무척 많았나 봐요? 그토록 격하게 검을 휘두르다니 말이에요."

　"그렇지 않습니다."

　그때 호위 기사가 한 발 앞으로 다가섰다.

　"그대가 바로 리셀이로군. 최근 들어 젊은 기사 한 명이 주군을 섬기게 되었다고 들었네. 자네가 저택 안에 숙소를 마련했다는 소식 또한 알고 있었지. 내 이름은 찰튼이라네. 보다시피 공녀님의 호위를 맡고 있지."

"리셀입니다. 모쪼록 잘 부탁드립니다."

이름을 듣자 돌연 레이첼이 눈빛을 빛냈다.

"리셀? 그대가 바로 소문이 자자한 리셀인가요?"

"그렇습니다. 공녀님."

"소문 들었어요. 타일러스 오빠를 대신해서 사과드릴게요. 이제야 그대가 야밤에 나와 신들린 듯 검을 휘두르는 이유를 짐작할 수 있겠네요."

리셀이 난감한 표정을 지었다. 자신에 대한 소문이 벌써 공녀의 귀에까지 들어간 게 분명했다. 자신도 모르게 얼굴이 화끈화끈 달아오르는 리셀이었다.

'젠장. 수련 때문에 그렇게 된 것인데 완전히 오해를 사버렸군.'

그러나 레이첼의 표정은 진지했다.

"그대의 심정 충분히 이해해요. 용기를 내어 청혼했는데 일이 그렇게 되어버렸으니……."

"그, 그렇지 않습니다."

쩔쩔매며 변명하는 리셀을 쳐다보던 레이첼이 뭔가 결심한 듯 입을 열었다.

"잘 되었군요. 제가 위로하는 의미에서 리셀 기사님께 술을 한 잔 대접하겠어요. 제 방으로 가실래요?”

그 말을 듣자마자 호위 기사 찰튼이 펄쩍 뛰었다.

“안 됩니다, 아가씨. 어찌 아가씨의 방으로 젊은 기사를 끌어들인단 말입니까?”

그러자 레이첼이 슬픈 눈으로 찰튼을 쳐다보았다.

“찰튼 기사님. 저는 내일이면 이곳을 떠나야 해요. 제가 태어나고 자란 곳에서의 마지막 밤을 무료하게 보내고 싶지 않아요. 그러니 허락해주세요.”

찰튼이 일순 대답을 하지 못하고 머뭇거렸다.

“그, 그러나…….”

“적어도 오늘만큼은 제가 하고 싶은 대로 하게 해주세요.”

무거운 표정으로 레이첼을 쳐다보던 찰튼이 묵묵히 고개를 끄덕였다.

“알겠습니다. 정 그러시다면 원하시는 대로 하십시오, 공녀님.”

“아버지에게는 말하지 않기로 해요. 알겠죠?”

찰튼에게 살짝 윙크를 한 레이첼이 리셀의 손을 잡아끌었다. 당황한 나머지 리셀은 엉거주춤 그녀에게 끌려가야 했다.

제9장
또 하나의 인연

레이첼에게 끌려 들어간 리셀이 도무지 어찌해야 할 바를
몰라 쩔쩔맸다. 호위 기사 찰튼을 밖에 세워둔 레이첼이 문을
닫았다. 벽장으로 다가간 레이첼이 유리로 된 병과 잔 두 개를
꺼냈다. 유리병 안에는 호박빛 액체가 가득 들어 있었다.

쪼르르.

유리잔 두 개에 술을 따른 레이첼이 리셀을 지그시 쳐다보
았다.

"많이 힘들었나요?"

"……"

"화가 많이 났죠? 타일러스 오빠에게 말이에요."

리셀은 마나를 순환시켜 마음을 차분히 가라앉혔다.

"처음에는 그랬습니다. 하지만 지금은 충분히 자제할 수 있습니다."

"인내력이 대단하시군요. 아니면 그 로르나란 아가씨를 그리 사랑하지 않았거나."

"다른 걸 떠나 타일러스 공자님이 복수를 위해 한 여인의 마음을 농락했다는 사실에 무척 화가 났었습니다. 제가 마음에 들지 않았다면 마땅히 저에게 직접 화풀이를 해야 했다고 생각합니다."

"그게 기사답겠지요."

묵묵히 고개를 끄덕인 레이첼이 돌연 정색을 했다.

"로르나란 아가씨는 예뻤나요?"

"……"

"저보다 예쁘던가요?"

리셀의 눈빛이 차분히 가라앉았다. 여자들에게 놀림받는 것은 로르나 하나로 족했다.

"애당초 미모를 보고 로르나 양에게 청혼한 것은 아닙니다. 그저 좋은 여자라고 생각해서 결정한 것입니다. 미모만 놓고 보면 레이첼 아가씨가 훨씬 더 아름답지요."

"그런가요? 기쁘군요."

"절 부르신 용건만 간단히 말씀해주셨으면 합니다. 제 의지력은 그리 약하지 않습니다. 며칠 동안 두문불출한 것은 다른 이유가 있어서이지 자괴감 때문에 그런 것이 아닙니다. 그러니 위로해주실 필요가 전혀 없습니다.”

비교적 냉담한 리셀의 태도에 레이첼이 깜짝 놀랐다.

“죄, 죄송해요. 놀리려고 그런 것은 결코 아니었어요.”

“저는 기사입니다. 아랫사람이긴 하지만 부디 기사의 자존심을 지켜주시기 바랍니다.”

말을 이어나가려던 리셀이 깜짝 놀랐다. 돌연 레이첼의 눈가에서 한줄기 눈물이 흘러내렸기 때문이었다. 단단하게 다잡았던 결심이 그걸 본 순간 와르르 허물어졌다. 귓전으로 고운 음성이 흘러들어왔다.

“제가 무례를 범했다면 부디 용서하세요. 사실은 제가 위로받고 싶어 기사님을 청한 것이에요.”

“위, 위로라니요?”

“저는 내일이면 이곳을 떠나요. 한 번도 가본 적 없는 머나먼 영지로 시집가게 되는 거죠. 리셀 기사님도 그 사실을 알고 계시겠죠?”

리셀이 눈매를 좁혔다. 그는 내일 먼 곳으로 호위 임무를 떠난다는 사실을 통보받고 이미 준비를 모두 해둔 상태였다. 그러나 임무의 내용이 뭔지는 아직 전해 듣지 못했다. 이미 리셀은 로르나가 채워놓은 창고의 물품을 내다 팔아 예식용 갑주와 타고 갈 말을 마련해 놓았다. 그런데 알고 보니 그것이 레이첼을 시집보내러 가는 임무라니…….

“귀족가의 여식에게 정략결혼은 마치 숙명과도 같은 일이죠. 하지만 어쩌죠? 평생 남편으로 삼아야 할 사람을 떠올리기만 해도 몸에 두드러기가 날 지경이니 말이에요.”

리셀은 아무런 말도 하지 않았다. 왠지 모르게 레이첼의 모습에 티아나의 모습이 겹쳐졌기 때문이었다. 가문의 이익을 위해 내키지 않는 남자에게 시집가야 하는 레이첼, 그리고 같은 이유로 평생을 수절해야 하는 티아나. 그녀를 떠올리자 자기도 모르게 입이 열렸다.

“운명이라면 어쩔 수 없는 일이겠지요. 당당히 받아들이셔야 합니다.”

그 말을 들은 레이첼의 눈매가 차가워졌다.

“말을 무척 쉽게 하는군요. 자신에게 당면한 일이라면 그렇게 쉽게 결정할 수 있었겠어요?”

쏘아붙이는 말에도 리셀은 동요하지 않고 가슴속의 생각을 털어놓았다.

“물론 쉽지 않겠지요. 하지만 방법은 하나뿐입니다. 당당히 부딪혀서 뚫고 나올 수밖에 없지요.”

조용히 눈을 감은 리셀이 과거의 일을 이야기해주었다.

“마스터를 묻고 난 직후 고향을 떠날 때의 일입니다.”

마르타를 떠나온 리셀이 예기치 않게 클로버 영지에 붙잡혀 원하지 않는 전쟁을 치러야 했다는 이야기에 레이첼이 눈을 휘둥그레 떴다.

“어떻게 그런 일이…….”

“사실입니다. 다행히 라이넨 자작님이 좋게 봐주셔서 목숨을 부지할 수 있었지요. 그렇지 않았다면 전쟁 포로로 진작 처형당했을 것입니다.”

“믿어지지가 않아요. 누구나 순탄하지 않은 삶을 산다지만 그래도 그건…….”

“제가 남부군에서 5년 동안 복무했다는 사실을 공녀님께서도 알고 계시겠지요? 그것 역시 불가항력적인 일이었습니다. 제 능력으론 벗어날 수가 없었지요.”

리셀이 쓸쓸한 얼굴로 과거를 회상했다. 결정적으로 남부군에 복무하면서 지금의 실력을 쌓을 수 있었지만 그 시초는 철저히 타의에 의한 것이었다. 레이첼은 그저 감탄사만 연발할 뿐이었다.

“저런! 놀랍군요. 리셀 기사님께 그런 과거가 있었을 줄은 전혀 예상하지 못했어요.”

레이첼이 묘하게 웃으며 술잔을 내밀었다.

“리셀 기사님이 그 모든 역경을 헤치고 여기까지 오신 것을 축하하는 의미로 우리 건배할까요?”

리셀이 조용히 술잔을 들어 맞부딪혔다. 쨍하고 맑은 음향이 울려 퍼졌다. 레이첼은 살짝 입술만 축이고 술잔을 내려놓았다. 그러나 리셀은 레이첼이 따라준 술을 단숨에 들이켜버렸다.

"어머나. 그 독한 술을…… 술을 무척 좋아하시나 봐요?"

"그렇진 않습니다. 잘 취하지 않는 것뿐이지요. 그나마 인생의 쓴맛을 충분히 보아서인지 요새는 술맛이 그리 쓰지만은 않더군요."

"그게 무슨 말이죠?"

"남부군에 있을 때 들은 이야기입니다. 인생의 쓴맛을 충분히 보고 나면 쓰기만 하던 술맛이 달게 느껴진다고 하더군요. 어느 정도는 사실인 것 같습니다."

"호호. 그런가요? 그렇다면 저는 아직까지 인생의 쓴맛을 보지 못했나 보군요. 술맛이 달지 않은 것을 보니 말이에요."

레이첼이 리셀의 잔을 채워주며 웃음을 터뜨렸다. 이후 둘은 두런두런 대화를 나누었다. 주로 리셀이 남부군에서 복무하며 겪었던 일들과 이곳에 잘 알려지지 않은 레오폰 왕국의 풍습을 이야기해주면 레이첼이 신기해하며 듣는 형식으로 대화가 진행되었다.

한 모금씩 홀짝홀짝 마셨음에도 불구하고 레이첼의 얼굴에는 붉게 홍조가 돋아 있었다. 반면 벌써 열 병 가까이 마신 리셀은 전혀 표정 변화를 보이지 않았다.

"술이 정말 세시군요."

"지금껏 술을 먹고 취해본 적은 없습니다."

"그러고 보니……."

레이첼이 눈을 가늘게 뜨고 리셀을 쳐다보았다.

“매우 잘생긴 얼굴이에요. 피부가 어쩜 이리 곱죠?”

“이런 얼굴은 기사에겐 허물이나 마찬가지입니다. 적을 한 방에 질리게 만들 정도로 험상궂어야 모범적인 기사의 얼굴이라고 할 수 있죠.”

“딴은 그렇군요. 하지만 레이디의 마음을 사로잡기에는 리셀 기사님의 얼굴이 훨씬 더 효과적이에요. 벌써 제가 반해버린걸요?”

레이첼이 느닷없이 몸을 날려 리셀의 품속으로 뛰어들었다. 엉겁결에 레이첼을 안은 리셀이 화들짝 놀랐다.

“아, 아가씨?”

“조금만 이렇게 있어 주세요. 적어도 지금은 마음 내키는 대로 하고 싶어요. 내일부터 저는 철저히 가식적인 삶을 살아야 해요. 그러니 받아주세요.”

“그러나…….”

“제발 부탁드려요. 리셀 기사님.”

새근거리는 레이첼의 숨결이 어깨에 와 닿을 때마다 리셀이 움찔 몸을 떨었다. 이건 실로 치명적인 유혹이었다. 레오폰의 하렘에서도 버텨냈던 리셀이었지만 눈앞이 아찔할 지경이었다. 귓전으로 속삭이는 듯한 레이첼의 고운 음성이 파고들었다.

“이것은 우리 둘만의 비밀이에요. 그 누구에게도 발설하지 않기로 해요.”

"기사로서의 명예를 걸고 비밀을 지키겠습니다."

리셀의 말에 만족한 듯 레이첼이 눈을 스르르 감았다.

"고향을 떠나기 전에 잊지 못할 추억을 만들고 싶어요. 부디 그렇게 해주실 수 있죠?"

그 순간 레이첼의 손이 옷깃을 헤집고 들어와 가슴을 더듬었다. 리셀은 마침내 이성을 잃어버렸다. 고개를 숙인 리셀의 입술이 레이첼의 입술과 포개어졌다. 격렬하게 입술을 맞부딪히던 둘은 약속이라도 한 듯 서로의 옷을 벗기기 시작했다. 그동안 리셀의 이성을 철통같이 지켜주었던 마나는 마나홀에 틀어박혀 꼼짝할 생각도 하지 않았다.

열락의 시간이 지나가고 둘은 침대 속에서 서로를 꼭 부둥켜안고 있었다. 눈을 가늘게 뜬 레이첼이 리셀의 탄탄한 가슴을 매만지며 나지막이 속삭였다.

"정말 좋았어요, 리셀. 충분히 만족할 만한 추억이었어요."

"후회하지 않으십니까?"

"결코 후회하지 않아요. 아마 오늘 일을 저는 영원히 잊지 못할 거예요."

살짝 고개를 든 레이첼이 주섬주섬 옷을 찾아 입기 시작했다. 그런데 막 침대보를 걷은 리셀의 안색이 딱딱하게 굳어졌다. 이부자리에 묻은 혈흔이 눈에 들어온 것이다. 그것을 본 레이첼이 어색한 미소를 지었다.

"이런 들켜버렸군요. 모르길 바랐는데."

"제, 제가 처음이었습니까?"

레이첼이 묵묵히 고개를 끄덕이자 리셀의 표정이 급격히 혼란스러워졌다. 평소 귀족 가문 아가씨들의 성생활이 비교적 문란한 편이라고 들었기에 설마 레이첼이 처음일 것이란 생각은 전혀 하지 못했다. 바로 그 때문에 레이첼의 유혹에 쉽게 넘어갔던 것이다.

귀부인들이 종종 젊은 기사들을 침대에 끌어들인다는 말을 남부군에서 숱하게 들어왔던 리셀이었다. 때문에 레이첼의 유혹을 그리 심각하게 생각하지 않았는데 정작 그녀가 남자를 겪어보지 못한 처녀였다니…….

어느새 옷을 다 차려입은 레이첼이 단정한 모습으로 의자에 앉았다.

"너무 신경 쓰지 마세요. 어차피 결혼할 사람에게는 그다지 주고 싶지 않았던 순결이었으니까요. 젊고 잘생긴 리셀 기사님과 첫 경험을 했다는 데 충분히 만족해요."

침묵을 지키던 리셀이 무겁게 입을 열었다.

"사실 저 역시 처음이었습니다."

그 말에 레이첼이 눈을 둥그렇게 떴다.

"어머? 그랬나요? 리셀 기사님의 동정을 차지하다니 이거 영광인걸요."

조용히 침대에서 내려온 리셀은 말없이 옷을 걸치기 시작했다.

　레이첼을 쳐다보는 리셀의 눈빛은 가늘게 떨리고 있었다. 어쩌자고 주군의 외동딸인 레이첼의 순결을 범했단 말인가? 평소의 리셀이었다면 결코 유혹에 빠져들지 않았을 것이다. 그러나 여러 가지 사건 때문에 심히 답답했던 탓인지 의도치 않게 일을 저지르고 말았다.

　"고, 공녀님."

　레이첼이 빙긋 웃으며 리셀을 쳐다보았다.

　"이미 저는 후회하지 않겠다고 말씀드렸어요. 그리고 리셀 기사님은 정말 좋으신 분이에요. 마음 같아서는 함께 야반도 주라도 하고 싶은 심정이에요."

　"……."

　"하지만 그래선 안 되는 거 아시죠? 그랬다간 아버님을 비롯해서 저를 믿고 있는 많은 분들이 곤란한 지경에 처할 테니까요. 그러니 부탁드리겠어요. 오늘의 일을 영원히 함구해주세요."

　"그렇게 하겠습니다. 공녀님."

　"리셀 기사님을 믿어요. 그리고 한 가지 부탁이 더 있어요."

　리셀이 굳은 표정으로 고개를 끄덕였다.

　"저를 리셀 기사님의 레이디로 삼아줄 수 있나요?"

　그 말에 리셀이 생각할 필요도 없다는 듯 대답했다.

“그렇게 하겠습니다. 지금 이 시간부터 레이첼 아가씨는 영원한 저의 레이디이십니다.”

“호호. 고마워요. 하지만 영원히란 말은 빼도록 해요. 결혼식을 치르고 나면 허드슨 가문의 여인이 될 테니까요. 루카스란 성도 더 이상 쓰지 못하고요.”

“……”

“혼인 서약을 하는 순간까지만 절 레이디로 삼아주세요. 그때까지 절 지켜달라는 말이에요. 리셀 기사님. 그렇게 해주실 수 있나요?”

“제 목숨이 다하는 그날까지 레이디를 수호하겠습니다.”

레이첼이 빙그레 웃으며 다가와 리셀의 품에 얼굴을 묻었다. 리셀의 두근거리는 심장 박동이 그대로 전해져왔다. 잠시 후 그녀가 고개를 들어 리셀을 올려다보았다.

“리셀 기사님은 자제력이 강하신 분, 혈기를 참지 못해 절 곤란하게 만들지는 않으시리라 믿어요. 그렇게 해주실 수 있죠?”

리셀이 무거운 얼굴로 고개를 끄덕였다. 레이첼이 까치발을 해서 리셀의 입술에 가볍게 입맞춤을 했다.

“정말 고마워요. 허드슨 자작가의 여인이 되어서도 오늘의 추억은 영원히 잊지 못할 거예요. 그럼 이만 돌아가 보도록 하세요. 내일 일찍 길을 떠나려면 좀 쉬셔야 할 테니까요.”

그러나 리셀은 쉽사리 발걸음을 떼지 못했다. 안타까운 시선으로 레이첼을 하염없이 쳐다볼 뿐이었다. 레이첼은 아무런 말도 하지 않고 조용히 리셀의 시선을 맞받고 있었다. 잠시 후 리셀이 한숨을 내쉬며 걸음을 옮겼다.

"이만 가보겠습니다."

"내일 봐요, 내 사랑. 절 지켜준다는 약속 결코 잊지 말아요."

리셀이 침통한 표정으로 문을 열고 나왔다. 육중한 문이 큰 소리와 함께 닫혔다. 순간 시퍼런 눈빛이 리셀의 얼굴에 와서 꽂혔다. 문 밖에 서 있던 호위 기사 찰튼의 눈동자에 광망이 서려 있었다. 그가 팔짱을 풀더니 천천히 걸어왔다. 그리고는 얼굴을 가까이 대고 속삭이듯 말했다.

"지금까지 나는 아무것도 보거나 듣지 못했다. 너 역시 그러리라 믿는다. 할 수 있겠나? 리셀."

리셀이 굳은 표정으로 고개를 끄덕였다.

"오늘의 일은 목이 달아나는 한이 있어도 입 밖으로 내지 않을 것입니다."

그 말에 찰튼의 표정이 풀렸다. 빙그레 웃은 찰튼이 큼지막한 손으로 리셀의 어깨를 두드렸다.

"믿겠다. 이만 돌아가서 쉬도록."

"알겠습니다. 선배님."

제10장
빛의 태동

　그러나 리셀은 숙소로 돌아가지 않았다. 가슴속에서 뭔가가 부글부글 끓어올랐기 때문이었다. 도무지 잠을 잘 수 없을 것 같았기에 리셀은 뒤뜰 쪽으로 걸음을 옮겼다. 야간 경비를 서던 병사들이 인사를 해왔지만 리셀은 그것조차 인식하지 못하고 기계적으로 걸음을 옮겼다.

　'인간에게 도대체 운명이란 무슨 의미인가?'

　가슴속 깊이 눌러 놓았던 울분이 마구 솟구치고 있었다. 도대체 자신은 왜 클로버 영지에 붙잡혀 원치 않은 전쟁을 치러야 했단 말인가? 그리고 왜 남부군에서 목숨을 걸고 싸워야 했나? 티아나와 레이첼 같은 아름다운 아가씨들이 어찌하여

평생을 홀로 살아야 하며, 또 어째서 원치 않는 사람과 결혼을
해야 한단 말인가?

뒤뜰로 나오자마자 리셀은 달리기 시작했다. 전신의 마나가
솟구치는 감정과 뒤섞여 용광로처럼 들끓고 있었다. 어디 가
서 큰 소리라도 질러 마음속의 울분을 표출하지 못한다면 견
딜 수 없을 것 같았다.

뒤뜰 너머에는 영주 소유의 숲이 자리하고 있다. 초입에 사
냥터와 승마장이 있었고 거기에서 더 들어가면 울창한 삼림이
나온다. 리셀은 자신이 어느 곳으로 가는지도 모르고 무작정
달렸다. 이곳에서 고함을 지른다면 많은 사람들의 잠을 깨우
고 말 것이란 생각에 의도적으로 저택에서 멀리 떨어지는 것
이다.

다행히 승마장과 사냥터에는 아무도 없었다. 깊은 밤이라
산지기와 관리인들도 모두 자러 들어간 모양이었다. 그러나
리셀은 멈추지 않고 달렸다. 그의 질주는 울창한 삼림에 들어
가고 나서야 멈췄다.

"끄아아아!"

리셀은 더 이상 참지 못하고 괴성을 내질렀다. 큰 소리로 울
려 퍼지는 고함 속에는 그동안 억눌려 있던 울분과 감정이 모
조리 담겨 있었다. 리셀은 멈추지 않고 계속해서 고함을 질러
댔다. 괴성을 내지를수록 답답했던 가슴속이 뻥 뚫리는 느낌
이었다.

"으아아아."

핏발 선 눈으로 정신 나간 사람처럼 고함을 내지르는 리셀의 몸속에서 마나가 부글부글 들끓었다. 급격한 감정 변화로 인해 깨어난 마나가 마치 성난 파도처럼 리셀의 몸속을 질주했다. 잠들어 있던 대부분의 마나가 깨어나 리셀의 감정과 동조했다. 한참 동안 고함을 내지른 리셀이 머뭇거림 없이 허리에 찬 장검을 뽑아들었다.

촤촹.

그간 실력을 드러내지 않기 위해 의도적으로 쓰지 않았던 왼손에도 장검이 쥐어졌다. 그 상태로 리셀은 미친 듯 검을 휘두르기 시작했다.

슈각 슈가각.

대기가 갈가리 찢기며 비명을 터뜨렸다. 저택의 뒤뜰과는 달리 소리는 삼림 밖까지 퍼져 나가지는 않았다. 지금 리셀은 무아지경에 빠져 있었다. 자신이 무슨 행동을 하는지도 인식하지 못한 채 솟구쳐 오르는 울분과 감정을 터뜨리는 데만 주력했다. 그와 함께 마나도 사정없이 들끓었다. 급기야 리셀의 몸속에 잠재되어 있던 거의 모든 마나가 깨어나 움직였다.

슈우우 콱직.

멈출 것 같아 보이지 않던 리셀의 검이 어느 순간 가로막혔다. 족히 수백 년은 자란 것 같은 아름드리나무의 줄기에 콱 박힌 것이다. 성인 서너 명이 손을 맞잡아야 겨우 두를 수 있을 것 같은 큰 나무라서 검은 꿈쩍도 하지 않았다. 그러자 리셀의 몸속에서 부글부글 끓던 마나가 있는 대로 화를 내기 시작했다. 어찌하여 자유를 속박하느냐고 말이다.

콰콰콰콰.

들끓던 마나의 폭풍은 격렬한 속도로 리셀의 팔을 향해 몰려들었다. 리셀은 박힌 검을 뽑으려고 애쓸 뿐, 그런 사실을 전혀 깨닫지 못했다. 그러나 줄기 깊숙이 박힌 검은 옴짝달싹도 하지 않았다.

물밀듯 밀려든 마나의 파도는 마침내 마지막 관문에 부딪혔다. 리셀의 진전을 가로막은 바로 그 방벽이었다. 예전이었다면 굳센 저항에 가로막혀 뒤로 물러났을 것이다. 그러나 리셀이 쉴 새 없이 감정과 울분을 표출하고 있었기에 마나의 물결은 꼬리에 꼬리를 물고 끊임없이 몰려들었다. 결국 관문은 더 이상 버티지 못하고 허무하게 허물어져버렸다.

쿠르릉.

마나의 물결은 허물어진 관문을 거침없이 짓밟아 길을 넓히며 손바닥을 통해 두 자루의 장검으로 밀려들어갔다.

파츠츠츠.

나무줄기 깊숙이 박혀 있던 장검이 돌연 부르르 떨기 시작했다. 밀려드는 마나의 세례에 마치 비명을 내지르는 듯한 모습이었다. 왼손에 들려 있던 장검도 마찬가지였다. 금속으로 된 장검이 사시나무 떨듯 진동하고 있었다. 그럼에도 불구하고 마나는 계속해서 검을 향해 밀려들었다. 한껏 마나를 머금은 검이 서서히 빛나기 시작했다.

화아아악.

리셸의 장검에 무지갯빛 빛 무리가 맺혔다. 폼멜 바로 윗부분에서부터 일곱 가지 빛을 번갈아 뿜어내며 검신을 타고 올라가는 모습이 황홀하리만치 아름다웠다. 검끝에 도착한 빛 무리는 사방으로 폭죽처럼 터져나갔다.

서걱.

지금껏 검을 속박하고 있던 아름드리나무가 그대로 잘려나갔다. 그리고 무지갯빛 광채를 발하는 검신이 마침내 모습을 드러냈다. 마치 검에서 불꽃이 활활 타오르는 듯한 모습이었다. 아름다운 빛을 뿜어내는 두 자루의 장검을 든 채 리셸은 또다시 춤사위를 벌이기 시작했다.

속박에서 풀려난 리셸은 자유를 만끽하며 춤을 추었다. 맹렬한 기세로 휘두르는 검에서 피어나는 광채는 닿는 모든 것을 가볍게 절단해버렸다. 숲지기들이 공을 들여 가꾼 나무들이 너무도 허무하게 잘려나갔다.

콰직 콰지직.

리셸의 춤은 한참 동안 계속되었다. 심지어 그는 두 자루의 장검에서 뿜어지는 무지갯빛 빛 무리조차 인식하지 못하고 있었다.

전신의 마나가 모두 고갈될 때까지 빛나는 검을 휘두른 리셀은 지쳐 그 자리에 주저앉았다.

털썩.

장검에서 피어올랐던 무지갯빛 광채가 서서히 사그라지고 있었다. 그 모습을 본 리셀이 얼마 남지 않은 마나를 순환시켰다. 거의 바닥을 드러낸 마나 한줄기가 리셀의 통제에 동조하여 순환을 시작했다.

화아아악.

마나가 맹렬히 회전하며 주변의 마나를 빨아들였다. 울창한 나무들이 순식간에 말라비틀어지며 말라붙은 나뭇잎이 우수수 떨어졌다. 얼핏 보기에도 생기까지 빨려버린 듯한 모습이었다. 빛나는 검을 발현시키는 과정에서 텅 비어버린 리셀의 마나홀은 오래지 않아 빨아들인 마나로 가득 차버렸다. 입술이 벌어지며 긴 한숨이 흘러나왔다.

"휴우우."

고개를 돌린 리셀이 이제는 빛 무리가 사라져버린 장검을 쳐다보았다. 슬그머니 마나를 순환시키자 검이 또다시 부르르 진동하기 시작했다. 빛나는 검이 발현될 때 나타나는 현상이었다. 검에서 마나를 회수한 리셀이 나지막이 뇌까렸다.

"드디어 블레이드 오너가 되었군."

그럼에도 불구하고 아무런 감정이 느껴지지 않는다는 것이 신기했다. 기쁘지도, 그렇다고 슬프지도 않았다. 그저 덤덤하기만 한 것이 리셀의 솔직한 심정이었다. 초토화가 된 현장을 무심한 눈으로 쳐다본 리셀이 검을 검집에 집어넣고 몸을 일으켰다.

저벅저벅.

숙소를 향해 걸어가는 리셀의 모습은 너무나도 평화로워 보였다.

다음 날 잠에서 깨어난 숲지기들이 밤새 악마가 다녀갔다고 소란을 피웠지만 이슈가 되진 못했다. 그보다는 공녀인 레이첼을 떠나보내는 행사가 더 중요했기 때문이었다. 리셀을 비롯한 기사들은 예식용 갑주로 말끔히 차려입고 말에 올라탄 채 대기하고 있었다. 조금 늦게 나온 제퍼슨이 리셀에게로 곧장 다가왔다.

"몸은 괜찮은가?"

"괜찮습니다."

"먼 길을 가야 하니 정신 바짝 차리게. 알겠나?"

"걱정하지 마십시오."

"좋아."

미소를 지으며 고개를 끄덕인 제퍼슨이 선두에 섰다. 잠시 후 주군인 엘빈이 레이첼을 데리고 나왔다. 시중을 들어줄 시녀 두 명이 뒤에 따라붙었다. 기사들 개개인과 일일이 눈을 맞춘 엘빈이 미리 준비된 마차에 올랐다. 여덟 마리의 말이 끄는 마차였는데 군데군데 금속으로 보강되어 꽤나 단단해 보였다. 그 뒤를 무표정한 얼굴의 레이첼이 시녀를 대동하고서 마차에 올랐다. 마차의 문이 닫히자 마부석의 마부가 크게 고함을 질렀다.

"그럼 출발하겠습니다!"

스물세 명의 기사들이 에워싸자 마차가 움직이기 시작했다.

두두두두.

성을 빠져나온 마차는 진로를 북서쪽으로 잡고 달렸다. 많은 영지민들이 나와 그들을 전송했다. 영지 바깥으로 통하는 대로를 마차의 대열이 흙먼지를 흩날리며 내달렸다.

흔들리는 말에 몸을 내맡긴 채 대열을 따라가는 리셀의 얼굴은 지극히 평온해 보였다. 대장간에서 새로 구입한 예식용 갑주는 리셀의 몸에 딱 맞았다. 선배 기사들과 함께 가서 구입한 말 역시 힘이 넘쳐났다.

한 자루의 검은 허리에 차고 나머지 한 자루의 검을 등에 둘러맨 채로 리셀은 열심히 달렸다. 비교적 느린 마차의 속도에 보조를 맞춰야 하기 때문에 말은 그리 힘겨워하지 않았다.

대열은 쉬지 않고 달렸다. 점심때가 되었어도 멈추지 않았다. 엘빈과 레이첼은 달리는 마차 안에서 식사를 했고 마부와 기사들은 준비해 온 마른 고기로 배를 채웠다. 그렇게 하루 종일 달린 끝에 해가 저물었고 멈추지 않을 것 같던 마차가 마침내 멈춰 섰다. 야영하기에 적당한 장소였다.

히히히힝.

지친 말에서 내린 기사들이 부산하게 야영 준비를 했다. 기사들은 능숙한 손길로 모닥불을 피우고 수프를 끓였다. 마부와 기사 몇 명은 말을 보살폈다.

"자넨 마른 삭정이나 한 아름 집어오게. 모닥불을 밤새도록 유지하려면 말이야."

선배 기사들의 지시에 따라 리셀이 땔감을 모아왔을 때 모닥불 위에는 수프가 구수한 냄새를 풍기며 부글부글 끓고 있었다. 그 옆에는 소시지와 훈제육이 먹음직스럽게 익어가고 있었다. 엘빈과 레이첼은 마차 안에서 시녀들의 시중을 받아가며 식사를 했고 마부와 기사들은 모닥불을 가운데 두고 빙 둘러앉았다. 기사 한 명이 수프를 한 그릇 떠서 리셀에게 내밀었다.

"시장할 텐데 배를 채우게."

"감사합니다."

그릇을 받아든 리셀이 묘한 표정을 지었다.

"그런데 이번 임무에 왜 견습기사들이 따라가지 않는 것입니까?"

리셀이 의문을 품는 것도 당연했다. 이 자리의 기사들은 모두 정식으로 서임받은 기사들이다. 따라서 휘하에 거느리는 견습기사가 없을 리가 없다. 통상적으로 이런 경우, 휘하의 견습기사들이 일을 하기 마련이다. 적어도 남부군 기사들로부터

들은 바로는 그러했다.

선배 기사들이 이유를 설명해주었다.

"흠. 자넨 잘 모르고 있겠군. 현재 가문의 후계자들을 따르는 기사는 모두 견습기사들을 반납한 상태이네. 그들은 한곳에 모여 따로 훈련을 받고 있지. 우리 같은 늙다리들과 달리 그들은 가문의 차세대 전력이지 않나? 해서 권력 다툼에 일절 끼어들지 못하도록 지시가 내려져 있다네. 나중에 후계자가 정해지고 나면 돌려받을 수 있을 거야."

"그렇군요."

"아마 자네도 그때가 되어야 견습기사를 거둘 수 있을 거야. 그나저나 정말 오랜만에 야영 준비를 해보는군. 견습기사 시절에는 정말 많이 해보았지만 말이야."

"토프 녀석이 참 수프를 잘 끓였는데. 아마 그 녀석은 지금쯤 나에게서 해방된 것을 무척 좋아하고 있겠지?"

"이 사람아. 그건 당연한 거야. 자네가 견습기사들을 오죽 많이 괴롭히는 편인가?"

"흐흐흐. 그건 그렇지. 그러나 견습기사들은 주기적으로 군기를 잡아줘야 한다고. 그래야 기어오르지 않지."

리셀은 웃고 떠드는 기사들 사이에서 빙그레 미소 지었다. 비록 규모는 작은 기사단이지만 분위기만큼은 정말 마음에 들었다.

"그나저나 리셀 자네의 불침번 순번은 중간일세. 서열 순으로 정한 거니 그러려니 하게.”

“괜찮습니다. 비교적 잠이 없는 편이여서요. 원하신다면 한두 분 정도는 대신 불침번을 서 드릴 수 있습니다.”

“큰일 날 소리. 기사로서 어찌 임무를 동료에게 떠넘길 수 있단 말인가?”

그날 밤은 아무런 일 없이 넘길 수 있었다. 해가 뜨자 또다시 마차가 달리기 시작했다. 그들이 달리는 길은 여러 영지를 거쳐 가는 관도였다. 이미 전령을 통해 사실을 알렸기에 각지의 관문에서는 묻지도 않고 마차를 통과시켜 주었다. 마차에 달려 있는 루카스 후작가의 깃발이 곧 확실한 신분증이었다.

마차가 거쳐 가는 영지는 대부분 아그리아 공작 가문 계열의 영지였다. 다시 말해 아그리아 공작의 봉신 가문들이 다스리는 영지인 것이다. 그러나 그들은 어떤 적대 행위도 하지 않고 길을 열어주었다. 그 덕분에 여정은 순조롭게 이어졌다.

그동안 레이첼은 마차에서 거의 나오지 않았다. 가끔가다 답답한 듯 창밖으로 얼굴을 내밀 뿐이었다. 우연히 그녀의 모습을 본 리셀은 충격을 받았다.

‘세상에……’

지금 레이첼의 얼굴에는 그날 밤의 생동감 넘치는 표정의 흔적조차 찾아볼 수 없었다. 그저 가면을 쓴 것처럼 무표정한 얼굴이었다. 도무지 생기를 찾아볼 수 없는 모습이었다. 마치 넋이 나간 듯 리셀이 멍하니 레이첼을 쳐다보았다. 시선을 느꼈는지 레이첼이 고개를 돌리다 리셀을 발견했다. 무표정하던 얼굴에 미미하게 미소가 그려졌다. 그러나 그것도 잠시, 다시 가면 쓴 얼굴로 돌아온 레이첼이 마차의 창문을 닫았다.

덜컥.

어두운 표정으로 고개를 돌렸지만 리셀은 도무지 마음이 편하지 않았다.

여정에 별다른 위험은 없었다. 각지에서 출몰하는 산적이나 도적단들은 마차 주변에 얼씬도 하지 않았다. 그럴 것이 갑주를 입은 정규 기사만 스무 명이 넘게 따라붙은 마차이다. 게다가 기사 하나하나가 불혹을 넘긴 노장들이었다. 도적들은 잘 알고 있었다. 젊디젊은 기사보다 오히려 저런 나이 든 기사가 더욱 상대하기 까다롭다는 사실을 말이다.

그 탓에 대열은 아무런 습격도 받지 않고 무사히 허드슨 자작령의 초입에 들어설 수 있었다. 출발한 지 정확히 열흘째 되는 날이었다. 영지의 입구에는 백여 명 정도 되는 기사들이 마중 나와 있었다.

"어서 오십시오. 기다렸습니다."

콧수염을 멋지게 기른 장년 기사가 반색을 하며 대열을 맞이했다.

"허드슨 영지의 기사단장 바틀릿입니다. 만나 뵙게 되어 영

광으로 생각합니다. 여기서부터는 저희들이 경호를 책임지겠
습니다.”
　바틀릿은 노련하게 병력을 배치했다. 백여 명의 기사들을
반으로 갈라 오십 명은 선두에 배치하고 나머지는 후미에 배
치했다. 마차 주변은 여전히 엘빈의 기사들이 호위했다. 마차
안에서 엘빈이 묵묵히 고개를 끄덕였다.
　‘제대로 된 배치로군. 기사들의 수준이 제법 높은 편이야.’
　일사불란하게 움직이는 모습을 보니 평소에 혹독한 훈련을
받은 기사들이 틀림없었다. 호위대에 보병이 없었기 때문에
대열은 전혀 속도를 줄이지 않고 달릴 수 있었다.

　지금까지는 저격을 우려해 마차의 창문을 열지 않았지만 이
제는 아니었다. 엘빈과 레이첼은 마차의 창문을 활짝 열고 처
음 보는 허드슨 영지의 모습을 면밀히 살펴보았다. 그것은 허
드슨 영지를 관통해서 영주성으로 가는 내내 지속되었다.
　허드슨 령은 이리 보나 저리 보나 꽤나 축복받은 영지였다.
우선 수량이 충분한 강이 영지 중앙을 유유히 흐르고 있었다.
농업용수를 대는 데는 충분해 보였다. 그리고 영지 전체가 평
야로 구성되어 있어서 소출량이 상당히 많을 것 같았다.
　‘일전에 와 보았던 도플러 영지보다는 조건이 좋군.’
　그의 장인인 도플러 자작이 한때 다스렸던 영지는 전체적인
크기만 따지면 오히려 허드슨 영지보다 컸다. 그러나 이처럼

큰 강이 없고 작은 개울만 몇 개 있었기 때문에 농업용수가 항상 부족했다. 그리고 군데군데 산이 있기 때문에 사람이 쓸 수 있는 땅은 오히려 허드슨 영지보다 작다고 볼 수 있었다.

깊숙이 들어가자 영지민들의 모습이 드문드문 보였다. 그런데 영지민들의 표정은 다소 어두운 편이었다. 게다가 하나같이 깡말라 있었다.

'세금을 과하게 거둔다는 것이 사실이었군. 너무 과하게 거둬들이면 소작농들이 의욕을 잃을 터인데.'

그러나 남의 영지 일에 왈가왈부할 순 없는 노릇이다. 엘빈은 생각을 접고 흔들리는 마차의 좌석에 몸을 내맡겼다.

한참을 달리자 마침내 영주성이 모습을 드러냈다. 변방의 영지답게 철저히 실용적으로 지어진 성은 우아하진 않았지만 웅장했다. 그런데 전체적인 크기가 일반적인 자작가의 성보다 월등했다. 특히 사각형으로 지어진 영주성 가장자리에 설치된 성루의 높이는 가히 후작가에 비견될 정도로 높았다.

'아무래도 허드슨 자작은 허영심이 무척 강한 인물인가 보군. 격에 맞지 않게 저토록 성을 거창하게 치장하다니 말이야. 영지민들이 상당히 고생했겠군.'

영지 내의 모든 건축물은 영지민들의 노역에 의해 만들어진다. 영지민들에게는 세금을 바치는 것 이외에도 주기적으로 노역을 해야 하는 의무가 있다. 영지민들을 강제로 동원해서

성을 치장했다고 생각하니 허드슨 자작에 대한 인상이 그리
좋게 다가오지는 않았다.

대열이 가까이 다가가자 성문이 열렸다.

쿠르르르 쾅.

큼지막한 성문이 내려와 해자 위에 드리워졌다. 마차는 멈
추지 않고 영주성 안으로 달려 들어갔다.

내성 안쪽으로 펼쳐진 공터에는 수많은 사람들이 모여 마차
를 기다리고 있었다. 가장 먼저 눈에 들어온 것은 질서정연하
게 도열한 병사들이었다. 각각 긴 창과 방패를 들고 허리에 쇼
트 소드를 찬 병사들이 외곽을 가득 메우고 있었다. 투구에 흉
갑까지 걸친 것을 보니 징집병이 아닌 정예병들이었다. 임시
로 징집된 것이 아니라 주기적으로 보수를 받고 하루 종일 훈
련하는 정예병들, 그런데 그 모습을 본 엘빈이 눈살을 찌푸렸
다.

'정예병의 수가 너무 많군. 저건 일개 자작가에서 보유할
만한 수준이 아닌데.'

그럴 것이 정예병들을 양성하는 건 만만치 않은 일이다. 말
그대로 돈을 쏟아 부어야 저 정도 규모의 정예병들을 유지할
수 있다.

비로소 엘빈은 허드슨 자작가가 영지민들에게 과하게 세금
을 걷는 이유를 알 수 있었다. 저 많은 병력을 유지하려면 마
땅히 그럴 수밖에 없었다.

‘안타깝군. 국경에 접해 있지도 않은 영지에서 저 정도 규모의 정예병을 보유해야 할 이유가 없거늘.’

생각하는 사이 마차가 멈춰 섰다. 대열의 선두에 서 있는 비대한 체구의 중년인이 얼굴 가득 함박웃음을 지으며 다가왔다.

“어서 오십시오. 엘빈 루카스님. 오랫동안 기다렸습니다.”

“만나 뵙게 되어 반갑소이다. 허드슨 자작님.”

둘이 다가가서 악수를 했다. 비대한 체구 때문인지 허드슨 자작은 연신 손수건으로 얼굴의 땀을 훔쳤다. 그가 입은 화려한 옷 군데군데에서 땀이 배어 나온 자국이 역력했다.

“안으로 들어가시지요. 연회 준비를 해두었습니다.”

그런데 엘빈이 눈매를 좁히며 성 안을 둘러보았다.

“그런데 아직 결혼식 준비를 하지 않으셨군요.”

“허허허. 걱정하지 않으셔도 됩니다. 이미 영지민들을 대거 동원해 두었습니다. 이틀이면 성대하게 결혼식을 치를 정도로 준비할 수 있을 것입니다.”

“알겠소이다.”

앨반은 허드슨 후작의 안내를 받아 내성 안으로 들어갔다. 뒤이어 레이첼이 시녀들의 시중을 받아 따라 들어갔다. 허드슨 자작의 시녀들이 그녀들을 둥그렇게 에워싼 채 이동했고 그 뒤를 리셀을 비롯한 기사들이 따라붙었다.

내성 안으로 들어가자마자 제퍼슨이 노련하게 병력 배치를 했다.

"하멜, 그리고 텔슨, 카일리는 나와 함께 주군의 호위를 맡는다. 그리고 너희들 네 명은 아가씨를 경호하라. 나머지는 외곽 경호를 해야 한다."

명을 받은 기사들이 움직이려는 그때, 허드슨 영지의 기사 단장 바틀릿이 미소를 지으며 다가왔다.

"기사분들을 위한 연회가 마련되어 있습니다. 이쪽으로 오십시오."

제퍼슨이 완강히 고개를 흔들었다.

"그럴 순 없소. 우리의 임무는 엄연히 주군과 공녀님을 경호하는 것이오."

"저런. 주군께서는 이미 호위를 모두 물리셨습니다. 우호와 신뢰의 표시로 말이지요. 기사들은 기사들끼리 모여 즐기라고 하셨습니다."

그러나 제퍼슨은 뜻을 꺾지 않았다.

"그럴 순 없소. 최소한 두 명이라도 배치해야 할 것 같소."

"흠, 그러시다니 어쩔 수 없군요. 그러면 저희 측에서도 호위 두 명을 붙이도록 하겠습니다."

"알겠소. 그렇게 합시다."

합의가 되자 제퍼슨은 부하들 중에서 실력이 가장 강한 축에 드는 기사 카일리와 함께 주군인 엘빈의 뒤에 버티고 섰다.

그리고 나이가 지긋한 기사 두 명이 레이첼의 뒤에 따라붙었다. 제퍼슨이 부대장인 하멜에게 나머지 기사들을 지휘하도록 명령했다.

"하멜. 네가 기사들을 통솔하도록 하라."

"맡겨 주십시오."

역할이 정해지자 바틀릿이 다가와서 손을 들어 올렸다.

"그럼 연회장으로 오시지요. 제 부하들이 기다리고 있답니다."

"알겠소."

네 명이 빠진 열아홉 명의 기사들이 바틀릿의 안내를 받으며 연회장으로 향했다. 리셀은 그 속에 끼어 있었다.

엘빈은 허드슨 자작의 집무실로 안내되었다. 두 명의 기사가 철탑처럼 버티고 서서 뒤를 지켰다. 허드슨 자작의 뒤에도 영지의 기사 두 명이 자리했다. 그 상태로 두 귀족은 회담을 시작했다.

그런데 회담이 시작되고 얼마 지나지 않아 엘빈의 눈매가 꿈틀거리기 시작했다. 그가 이곳으로 온 이유가 무엇 때문인가? 그의 딸 레이첼과 허드슨 자작가의 막내아들 토드를 맺어주기 위함이 아니던가? 그런데 허드슨 자작은 결혼식 이야기는 하지 않고 쓸데없는 잡담만을 계속해서 되풀이했다. 어느 영지의 특산품이 괜찮다든지, 수도에 가서 먹어본 어떤 음식이 특히 맛있다는 등 아무 의미 없는 대화가 계속 이어졌다.

처음에는 대충 맞장구쳐주던 엘빈은 슬그머니 화가 치밀어 올랐다. 결국 그는 결례를 무릅쓰고 자작의 말을 끊었다.

"그 이야기는 그만두고 결혼식에 관해서 이야기합시다."

그러나 허드슨 자작은 결혼식 이야기를 조금 하는 듯하다가 결혼식에 쓸 음식을 논하면서 또다시 얼토당토않은 방향으로 주제를 돌렸다. 엘빈은 기가 차는 것을 느꼈다.

'이 작자가 무슨 꿍꿍이가 있는 건가? 아니면 원래 천성이 이런 건가?'

그러나 결혼식을 위해 마련된 자리에서 화를 낼 수도 없는 노릇이다. 해서 그는 끓어오르는 분기를 꾹 억누르며 허드슨 자작의 말을 들어줄 수밖에 없었다.

레이첼은 호화롭게 치장된 방으로 안내되었다. 그런데 문 앞에 서 있던 영지의 기사들이 그녀의 뒤를 따라 들어가려던 호위 기사들을 막았다.

"당신들은 들어갈 수 없습니다."

호위 기사들이 격하게 반발했다.

"그럴 순 없소. 우리 임무는 엄연히 아가씨의 경호요."

"레이디께서 머무시는 곳에 들어가서 경호하실 생각이십니까?"

그 말에 기사들은 말문이 막히고 말았다. 후작가에서도 호위병은 여자가 아닌 한 문 밖에서 근무하는 것이 원칙이다.

"좋소. 그렇다면 방 안을 간단히 수색하도록 하겠소."

기사 한 명이 들어가서 방 안을 살펴보았다. 세심하게 살펴본 결과 의심할 만한 것은 아무것도 없었다. 꼼꼼하게 구석구석을 살펴본 기사가 밖으로 나왔다.

"들어가셔도 괜찮습니다. 저희들은 문 밖에서 지키겠습니다."

그들이 미리 배치되어 있던 허드슨 영지의 기사들에게 손짓을 했다.

"이곳은 우리가 맡겠소. 그러니 그대들은 연회장으로 가보도록 하시오."

"알겠습니다."

레이첼이 들어가고 문이 닫혔다. 그 앞을 두 명의 기사들이 철탑처럼 버티고 섰다.

방 안에 들어선 레이첼이 주위를 둘러보았다. 낯선 방안의 정경을 보니 자신도 모르게 눈시울이 뜨거워졌다.

'시녀들이라도 함께 왔으면 좋았을 텐데.'

그러나 데리고 온 시녀들은 결혼식 준비를 한답시고 영지 측에서 데리고 가버렸다. 때문에 그녀는 홀로 방 안에 남겨질 수밖에 없었다. 사뿐사뿐 걸어간 레이첼이 방구석의 소파에 몸을 묻었다. 그런데 그녀는 오래지 않아 소파에서 일어나야 했다.

철컥 쿠르릉.

묘한 기계음에 레이첼이 깜짝 놀라 입을 막았다.

"뭐, 뭐지?"

잠시 후 벽장이 돌아가며 시커먼 통로가 모습을 드러냈다. 그리고 누군가가 그곳에서 불쑥 튀어나왔다. 놀라서 비명을 내지르려는데 비밀 통로에서 기어 나온 사람이 급히 손을 흔들었다.

"나, 나요, 레이첼. 당신의 남편이 될 사람 말이오."

그제야 겨우 안정을 되찾은 레이첼이 눈매를 지그시 모았다. 비밀 통로를 기어 나오느라 먼지투성이가 되긴 했지만 확실히 수도에서 본 토드가 맞았다.

"당신이 여긴 무슨 일이죠?"

토드가 얼굴의 먼지를 닦아내며 씩 웃었다.

"무슨 일이겠소? 신부 얼굴을 한 번 보러 왔소이다. 도저히 참을 수가 없어서 말이오."

레이첼의 안색이 차가워졌다.

"이게 무슨 짓이죠? 우린 아직까지 결혼식을 올리지 않았어요. 아직까지 당신의 아내가 아니란 말이에요. 그러니 예의를 지키세요."

그러나 토드는 신경 쓰지 않고 느물느물 대답했다.

"예나 지금이나 꽉 막힌 것은 똑같구려. 어차피 당신이 이곳까지 왔으니 이미 밀가루가 발효되어 빵이 된 것이나 다름 없지 않겠소? 그러니 피차 내숭 떨지 맙시다."

그 모습에 레이첼이 치를 떨었다. 시간이 지났지만 모든 것을 마음 내키는 대로 하는 토드의 성품은 전혀 바뀌지 않았다. 게다가 음흉하게 몸을 훑어보는 시선을 접하니 또다시 팔뚝에 소름이 와락 돋았다. 그러나 그녀는 억지로 감정을 억눌렀다.

'어쩔 수 없어. 전적으로 내가 감내해야 하는 일이야.'

레이첼이 잠자코 있자 그에 용기를 얻었는지 토드가 다가왔다.

"앉으시오. 이야기나 합시다."

"오늘은 그럴 기분이 아니네요. 몸도 좋지 않고 그러니 오신 곳으로 나가주세요."

"흐흐흐. 내숭은 역시 수도에서 봤던 그대로구려. 그러지 말고 솔직하게 행동하시오. 어차피 그대와 나는 부부가 될 사이 아니오?"

말을 마친 토드가 윙크를 했다. 그것을 본 레이첼은 억지로 치밀어 오르는 욕지기를 참아야 했다.

'참아야 해, 레이첼. 일을 망칠 순 없다고.'

가만히 있는 레이첼을 보자 더 이상 참을 수 없었는지 토드가 달려들어 그녀를 얼싸안았다.

"정말 예쁘군. 그 사이 더 아름다워졌어."

느닷없는 포옹에 얼떨떨해하던 레이첼의 눈빛이 급속도로

차가워졌다.

"이거 놓으시죠. 더 이상의 무례는 용서하지 않겠어요."

느물거리는 음성이 귓전을 파고들었다.

"용서하지 않으면 어쩔 건데? 이제 와서 괜히 고고한 척하지 말라고. 내 품에 한 번 안겨보면 두 번 다시 떨어지려 하지 않을 것을 장담해. 흐흐. 그럴 게 아니라 이 자리에서 첫날밤을 치르는 것이 어때? 보기보다는 몸이 풍만한걸?"

토드의 손이 옷깃을 파고들어 와 젖가슴을 움켜쥐는 순간 날카로운 소리가 울려 퍼졌다.

짜아악.

참다못한 레이첼이 따귀를 올려붙인 것이다. 후끈거리는 뺨을 움켜쥔 토드의 눈빛이 급격히 사나워졌다.

"이런 건방진 계집이 어디다 손찌검을?"

쫘악.

볼을 감싸 쥔 레이첼이 믿을 수 없다는 표정으로 토드를 쳐다보았다. 한 대 얻어맞은 토드가 화를 참지 못하고 레이첼의 뺨을 후려갈겨버린 것이다. 한 대 때리고 나서 비로소 실수했음을 알아차렸는지 토드가 당황해하며 말을 더듬었다.

"이, 이런. 미, 미안……."

레이첼은 욱신욱신 부어오르는 뺨을 붙잡고 문 쪽으로 달려갔다. 그리고 있는 힘껏 문을 두드렸다.

덜컥.

문이 열리고 낯익은 기사들의 얼굴이 보이자 참았던 눈물이 왈칵 쏟아져 나왔다.

"아, 아가씨?"

기사들이 당황해하며 레이첼의 앞을 가로막고 섰다. 입술을 비집고 울음 섞인 음성이 흘러나왔다.

"저를 아버지에게로 데려다 주세요. 흑흑."

기사들이 방 안에 우두커니 서 있던 토드에게 성난 눈빛을 던진 뒤 지체 없이 그녀를 호위하여 허드슨 후작의 집무실로 달려갔다.

덜컥.

문이 열리자마자 레이첼은 아버지의 품속으로 뛰어들었다.

"아버지. 흑흑."

"무슨 일이냐? 레이첼. 볼은 또 왜 그러느냐?"

필사적으로 터져 오르는 울음을 참은 레이첼이 또박또박한 어조로 자신이 겪은 일을 설명했다. 그녀의 말을 듣고 난 엘빈의 눈빛이 사나워졌다. 뒤에 선 기사들의 눈빛 역시 곱지 않았다. 비록 결혼식을 위해 오긴 했지만 아직 혼인 서약도 하지 않은 신부의 방에 몰래 들어와 무례한 짓을 하는 건 도무지 정상적인 사람의 행동이라 보기 어려웠다. 게다가 먼저 한 대 얻어맞았다고 해서 여자의 따귀를 때리다니. 착 가라앉은 엘빈의 음성이 흘러나왔다.

"정말 실망이구려. 허드슨 자작."

허드슨 자작이 당황해하며 손을 내저었다.

"설마 내 아들이 그럴 리가 있겠습니까? 여봐라. 토드를 불러들여라."

잠시 후 토드가 기사들의 호위를 받으며 방 안으로 들어왔다. 그러나 그는 들어오자마자 자신이 저지른 모든 행위를 부인했다.

"레이첼 아가씨가 보고 싶어서 비밀 통로를 이용하긴 했습니다. 하지만 결코 무례한 행동은 하지 않았습니다. 그런데 레이첼 아가씨는 절 보자마자 따귀를 때리더군요. 아마 절 도둑으로 오인한 모양입니다. 또다시 따귀를 때리려고 해서 피했는데 그만 치마에 걸려 넘어지더군요. 아무래도 탁자에 얼굴을 부딪친 것 같습니다."

레이첼이 입을 딱 벌렸다. 어떻게 저런 새빨간 거짓말을 천연덕스럽게 늘어놓다니……. 엘빈 역시 분노를 금치 못했다. 따귀를 맞은 자국과 탁자에 부딪힌 자국을 구분하지 못할 그가 아니었다. 기사들도 마찬가지로 치밀어 오르는 분노로 인해 싸늘한 눈빛을 뿌리고 있었다.

"아무래도 내가 잘못 결정한 것 같소. 이 혼인, 없던 일로 합시다."

레이첼이 깜짝 놀라 아버지를 쳐다보았다.

"아, 아버지."

"아무 말 하지 마라. 하늘이 무너지는 한이 있어도 너를 저런 망종에게 보내지는 못한다."

엘빈의 말이 끝나는 순간 토드가 화가 나서 부르짖었다.

"망종이라니, 말을 가려 하십시오!"

차가운 눈빛으로 토드를 노려보던 엘빈이 제퍼슨을 향해 명령을 내렸다.

"떠날 준비를 하게. 더 이상 이곳에 못 머물겠군."

바로 그때 음침한 웃음소리가 터져 나왔다.

"흐흐흐. 이거 계획이 예상보다 빨리 진행되게 되었군. 오히려 잘된 일이라고 해야 하나?"

괴소를 터뜨린 당사자는 다름 아닌 허드슨 자작이었다. 아무런 말없이 돌아가는 상황을 지켜보던 그가 어느새 한쪽 벽에 바짝 붙어 있었다. 토드 역시 그에게 다가와 있었고 네 명의 호위 기사가 그들을 빈틈없이 에워쌌다. 그 모습에 엘빈이 눈매를 지그시 모았다.

"그게 무슨 말이오? 허드슨 자작."

"애초부터 계획된 일이었단 말이오, 엘빈 나으리. 아들 녀석이 조금만 더 참았다면 더욱 수월하게 계획을 진행시킬 수 있었을 테지만 이렇게 드러나는 것도 그리 나쁘지는 않소."

"그렇다면 작정하고 우릴 불러들였다는 뜻이오?"

허드슨 자작이 정답이라는 듯 손뼉을 쳤다.

"빙고. 잘 맞췄소. 혹시라도 호위 병력을 많이 끌고 올까 걱정했는데 고작 기사 스무 명을 데리고 오다니 정말 담이 크시구려. 덕분에 일이 한결 수월하게 되었소.”

그 말에 엘빈의 말투가 차분히 가라앉았다.

“허드슨 자작 가문 혼자서 이런 일을 계획했을 리는 없을 터, 혹시 아그리아 공작가의 사주를 받은 거요?”

“확실히 머리가 좋으시구려. 잘 맞췄소. 우리는 비밀리에 아그리아 공작가와 관계를 맺고 있다오. 서로 머리를 모아 이번 일을 추진했지. 아그리아 공작께서는 루카스 후작가가 재기하지 못하도록 확실하게 밟아버리고 싶어 하신다오.”

끓어오르는 분노에 엘빈이 주먹을 불끈 움켜쥐었다.

“루카스 후작가에서 과연 가만히 있을 것 같소?”

“뭐, 아그리아 공작가에서 전적으로 뒤를 봐주겠다고 하셨으니 무서울 게 없지 않겠소? 게다가 우리에겐 그럴듯한 명분이 있다오.”

그 말이 끝나는 순간 토드가 자랑스럽게 품속에서 조그마한 병을 꺼내 들었다.

“예를 들면 이런 거지요. 레이첼 후작 영애가 가증스럽게도 남편에게 독을 먹여 죽이려 했다. 그리고 함께 온 기사들이 작당해서 허드슨 영지를 장악하려 했다. 그러나 영지의 용맹스러운 기사들이 음모를 미연에 간파하고 힘을 한데 모아 분쇄해버렸다. 아마 대외적으로는 이렇게 발표될 것입니다. 흐흐흐.”

허드슨 자작이 뒷말을 이었다.

"아그리아 공작가가 전적으로 우리 편을 들어주는데 루카스 후작가가 어쩌겠소? 게다가 증인들은 한 명도 빠짐없이 입을 열지 못하게 될 테니 말이오. 레이첼 후작 영애를 제외한 이곳에 온 사람들 모두 저세상으로 가야 하오."

엘빈이 몸을 부르르 떨었다. 상대의 말대로 기사들이 몰살당한다면 그 누가 증언을 하겠는가. 정황을 보니 허드슨 영지의 기사들은 모두 입을 맞춰둔 것 같았다.

"아마 지금쯤은 당신이 데리고 온 기사들이 모두 정리되었을 거요. 내 특별히 독을 탄 술을 준비했으니 말이오. 아마 큰 고통은 없었을 것이오."

계속되는 음모의 폭로에 엘빈이 치를 떨었다. 참지 못한 기사들이 검을 뽑아들려는 순간 꽝음과 함께 문이 열어젖혀졌다.

콰당.

그리고 일단의 기사들이 집무실 안으로 몰려들었다.

"주군."

선두에 눈에 핏발이 선 하멜이 장검을 움켜쥐고 서 있었다. 놀랍게도 연회장으로 간 열아홉 명의 기사들이 모두 달려온 것이다. 엘빈을 보자 그들은 망설임 없이 몸을 날려 에워쌌다. 허드슨 영지로 온 기사들이 모두 한자리에 모이는 순간이었다. 그럼에도 허드슨 자작은 놀라지 않았다.

"이런, 이런. 예상이 빗나가고 말았군. 바틀러 녀석이 도대
체 일을 어떻게 처리한 거야?"

엘빈의 기사들이 달려들려는 모습을 본 허드슨이 손을 뻗어
벽에 붙은 손잡이를 돌린 뒤 뽑아냈다.

"우린 어쩔 수 없이 사라져줘야겠군. 홀에는 내 기사 백여
명이 대기하고 있다오. 그럼 마지막 몸부림을 한 번 쳐보도록
하시오."

그 말이 끝나기가 무섭게 벽이 빙글 돌았다. 바닥이 함께 돌
아가며 허드슨 자작과 토드, 그리고 네 명의 기사를 감쪽같이
삼켜버렸다. 동시에 뭔가가 잠기는 듯한 기계음이 울려 퍼졌
다.

기이잉, 철컥.

기사들이 달려들어 벽을 검으로 마구 후려갈겼지만 비밀 통
로의 문은 꼼짝도 하지 않았다.

엘빈이 침울한 표정을 지었다.

"정통으로 당하고 말았군."

설마 허드슨 자작가가 이런 흉계를 꾸며놓고 자신을 유인할
줄은 몰랐다. 경솔했다는 생각이 머리를 스쳐 지나갔지만 이
미 엎질러진 물이었다. 허드슨 자작가가 아그리아 공작가와
이만큼 깊은 관계를 맺고 있다는 사실을 알아차리지 못한 자
신의 실책이었다.

그동안 제퍼슨은 부하 기사들이 여기에 온 경위를 캐묻고 있었다.

"그런데 너희들은 어떻게……."

독이 든 술에 당하지 않고 이곳으로 올 수 있었냐는 질문이었다. 그 말에 부대장인 하멜이 손가락을 뻗어 리셀을 가리켰다.

"리셀의 적절한 대응 때문에 놈들의 흉계에 넘어가지 않을 수 있었습니다."

연회장으로 안내된 그들을 백여 명의 기사들이 기다리고 있었다.

"명성이 자자한 루카스 후작가의 기사들을 뵙게 되어 영광입니다."

바틀러가 군데군데 비어 있는 자리를 가리켰다.

"저곳에 앉으십시오. 저희들에게 루카스 후작가의 기사들을 접대할 기회를 주시지요."

그러나 엘빈의 기사들은 나이가 많은 만큼 노련함도 남달랐다. 그들은 뿔뿔이 흩어지지 않고 한 탁자에 모여 앉는 길을 선택했다. 바틀러가 안타깝다는 표정을 지었다.

"저런. 실망이군요. 영지의 기사들은 그저 조금이나마 가르침을 얻고자 했던 것뿐인데."

"미안하지만 이해하시오. 우리에겐 임무가 우선이라오."

"그러시다니 어쩔 수 없지요. 그럼 술을 올리도록 하겠습니
다."

시종들이 들어와 기사들의 앞에 술잔을 내려놓았다. 각 기
사들 앞에 술잔이 하나씩 놓여졌다. 바틀러가 손짓을 하자 시
종들이 고급스러운 유리병에 담긴 술병을 여러 개 가지고 왔
다.

"주군께서 특별히 602년산 레드 드래곤을 내리셨습니다.
양이 많지 않아 한 잔씩밖에 드리지 못하겠군요. 어차피 임무
도 수행해야 하니 적당히 드시지요."

그가 손짓을 하자 시종들이 쫙 퍼져서 술잔에 술을 따르기
시작했다. 자신들의 잔에 앞서 허드슨 영지의 기사에게 술을
먼저 따르는 걸 본 엘빈의 기사들은 경계심을 누그러뜨렸다.
만약 독을 타거나 했다면 아예 다른 술병을 가져와 따랐으리
라. 이윽고 모든 기사들의 잔에 술이 가득 채워졌다. 바틀러가
호탕하게 웃으며 잔을 높이 들어 올렸다.

"자, 그럼 두 영지의 우호를 위해 건배합시다."

그 말에 모든 기사들이 잔을 높이 들어 올렸다.

그런데 리셀은 뭔가 이상하다는 사실을 알아차렸다. 우선
허드슨 자작 측 기사들의 표정이 왠지 모르게 심상치 않았다.
하나같이 바짝 긴장한 기미가 느껴졌다.

'이상하군. 단순히 다른 영주의 기사들을 접대하는 자리라
고 생각하기엔 너무 과해.'

　게다가 몇몇 기사들은 드러나지 않게 손을 탁자 아래로 내리고 있었다. 식탁보로 가려진 탁자 아래에 뭔가를 숨기고 있는 것이 틀림없었다.

　'분명 뭔가 꿍꿍이가 있어.'

　리셀은 잔을 따르던 장면을 다시 떠올려 보았다. 시종이 잔을 가지고 와서 기사들 앞에 내려놓은 다음 다른 시종들이 602년산 레드 드래곤이 든 술병을 들고 들어오자 모든 기사들의 관심이 거기에 쏠렸다. 602년산 레드 드래곤이라면 쉽게 맛볼 수 없는 고급술이었기 때문이다. 그들 중에는 지금껏 레드 드래곤을 구경조차 해본 적 없는 기사들이 수두룩했다.

　거기에서 리셀은 뭔가 석연치 않은 점을 발견했다. 리셀은 술병과는 달리 술잔만큼은 철저히 시종이 따로 나눠주었다는 사실을 놓치지 않았다.

　'술잔에 뭔가 비밀이 있어.'

　리셀은 마나를 눈에 모아 술잔을 유심히 살폈다. 겉보기에는 동일해 보이는 유리잔이었다. 그러나 마나의 집중으로 인해 감각이 확장되었기에 유리잔의 색이 미미하게 다르다는 점을 발견했다. 유리잔의 안쪽 표면에 정체불명의 투명한 액체가 말라붙어 있다는 사실을 간파한 것이다. 세심하게 살피지 않으면 결코 발견할 수 없을 만큼 희미한 흔적이었다.

　'독인가? 그렇다면 이 자리가 함정일 가능성이 높겠군.'

　바로 그때 바틀러가 건배를 제의했다.

"두 영지의 우호를 위해 건배."

기사들이 추호의 의심도 없이 술잔을 입에 가져가 들이켜려 했다. 바로 그때, 리셀의 고함소리가 울려 퍼졌다.

"잠깐만 기다리십시오."

막 술을 마시려던 기사들의 시선이 일제히 집중되었다. 특히 바틀러는 노골적으로 불쾌한 표정을 지으며 리셀을 쳐다보았다.

"자넨 누군가? 얼핏 보니 말단 기사 같은데 어찌하여 좋은 분위기를 망치는 겐가?"

리셀의 선배 기사들 역시 놀란 눈으로 쳐다보고 있었다. 그들이 알고 있는 리셀은 항상 조용하며 잘 나서지 않는 성품을 가졌다. 이처럼 중요한 순간에 끼어들만한 성격이 아니었다. 리셀은 개의치 않고 앞으로 걸어나갔다.

"허드슨 영지의 번영을 기리는 의미에서 제가 먼저 맛을 보겠습니다. 허락해주십시오."

"보자 보자 하니 너무 하는군."

바틀러가 버럭 고성을 지르려는 순간 하멜이 잔을 탁자 위에 내려놓았다. 그 역시 뭔가 심상치 않다는 것을 느낀 것이다. 게다가 그는 리셀이 평소 진중하며 생각이 깊다는 사실을 잘 알고 있었다. 뭔가 이유가 있지 않고서야 저처럼 나댈 리가 없었다. 게다가 바틀러의 반응도 너무 과장되었다. 그 모습을 본 기사들이 망설임 없이 잔을 탁자 위에 내려놓았다.

"좋은 생각이야. 허드슨 영지의 번영을 위해 잘 나서 주었어. 허락하네."

그의 허락이 떨어지는 순간 리셀이 단숨에 술을 마셨다. 술은 아무런 저항감 없이 목구멍으로 넘어갔다. 그 모습을 선배 기사들이 조마조마한 심정으로 쳐다보았다.

술은 식도에 아무런 자극도 주지 않고 위장으로 밀려들어갔다. 리셀에게서 별다른 변화가 없자 기사들의 경계심이 서서히 누그러졌다.

"자, 젊은 기사가 먼저 마셨으니 우리도 마십시다."

바틀러의 말에 기사들이 다시 잔을 들어 올리려 했다. 그때 리셀이 손을 치켜들었다.

"잠깐."

그 말에 리셀을 쳐다본 기사들의 표정이 굳어들었다. 리셀의 얼굴이 어느새 검게 변해 있었기 때문이었다. 리셀의 예상대로 잔의 안쪽에는 독이 발라져 있었다. 비교적 서서히 번져가는 종류의 독이었는데 시간이 지날수록 빠른 속도로 확산되었다. 암살자들이 사용하는 고급 독이었다.

물론 독이 퍼지자 마나홀에서 마나가 흘러나와 독 기운을 제압하려 했다. 그러나 리셀은 억지로 마나의 순환을 차단해서 해독 작용을 막았다. 술에 독이 들어 있다는 사실을 직접 몸으로 보여줘야 했기 때문이었다. 그 결과 급속도로 번져간 독이 리셀의 몸을 잠식했고 얼굴을 통해 표출되었다. 시커멓

게 변한 리셀의 얼굴을 본 기사들은 곧장 잔을 던져버리고 검을 뽑아들었다.

쨍그랑.

이곳저곳에서 유리잔이 깨지는 소리가 들렸다. 리셀 주위로 순식간에 모여든 기사들이 버럭 노성을 터뜨렸다.

"술에 독을 타다니 이게 무슨 짓이냐?"

그러나 허드슨 자작의 기사들은 동요하지 않고 조용히 탁자 밑에 숨겨둔 무기를 꺼냈다. 메이스와 프레일, 모닝스타 같은 다양한 중병기들이 탁자 밑에 숨겨져 있었다.

"젠장. 성공할 줄 알았는데."

부하 기사에게서 묵직한 메이스를 받아든 바틀러의 입가에 차가운 미소가 걸렸다.

"가급적 희생 없이 처리하려 했는데. 뭐, 이렇게 되면 어쩔 수 없지."

연회장의 한쪽을 완전히 차지한 백여 명의 기사들은 탁자 아래에서 중갑주까지 꺼내어 착용했다. 반면 엘빈의 기사들의 장비는 몸에 걸친 예식용 갑주와 장검 하나가 전부였다. 하멜이 버럭 고함을 질렀다.

"이러고 있을 때가 아니다. 주군이 위험하다."

그들은 머뭇거림 없이 몸을 날렸다. 다행히 문이 가까이 있었기에 무리 없이 연회장을 빠져나올 수 있었다. 그러나 바틀러는 굳이 그들을 잡으려 하지 않았다.

"놈들이 도망칠 곳은 애당초 없다. 어차피 독 안에 든 쥐에 불과하지. 그러니 천천히 사냥하기로 한다."

허드슨 영지의 기사들은 바틀러의 지시에 따라 추격보다는 장비를 갖추는 데 더욱 신경 썼다.

보고를 모두 들은 제퍼슨의 눈매가 파르르 떨렸다.

"독이 든 술을 자청해서 마시다니 정말 훌륭하다."

리셀의 얼굴은 아직까지 거무스름했다. 그곳을 빠져나오며 전력으로 마나를 순환시켰음에도 불구하고 아직까지 잔독이 남아 있는 것이다. 그러나 지금 이 순간에도 리셀의 몸속에서는 급속도로 해독 작용이 진행되고 있었다. 지켜보던 엘빈이 품속에서 조그마한 유리병을 꺼냈다.

"해독 포션이다. 어서 복용하라."

리셀은 주저했다. 조금만 더 시간이 주어진다면 완전히 해독할 수 있는데 구태여 비싸디비싼 해독 포션을 복용할 필요가 없다. 그러나 제퍼슨이 묻지도 않고 포션을 받아 들어 리셀의 입에 부어버렸다.

"이런, 이 비싼 것을……."

엘빈이 그게 아니라는 듯 고개를 흔들었다.

"아무리 비싸도 부하들의 생명보다는 비싸지 않다."

"가, 감사합니다. 주군."

바로 그때 일단의 기사들이 홀 안으로 밀려들었다. 족히 백 명이 넘는 인원이었는데 하나같이 전신 갑옷으로 무장했고 손에는 육중한 중병기를 들고 있었다. 갑옷 입은 기사들을 상대하는 데에는 검보다 중병기가 효과적이었기 때문이었다.

헬버드에서부터 전투용 망치, 메이스와 프레일 등등 각양각색의 중병기를 든 기사들이 넓은 홀을 가득 메웠다. 그 모습을 본 엘빈의 얼굴이 어두워졌다. 부하 기사들의 무기는 달랑 장검 하나가 전부였으며 수적으로 봐도 너무나 열세였다.

물론 기본적인 실력 자체는 엘빈의 기사들이 월등히 높다. 그러나 적의 수는 얼핏 보기에도 백 명을 넘어서고 있었다. 허드슨 자작이 아예 작정하고 끌어모은 것이 틀림없었다. 이 정도의 수적 열세에서는 실력 차이가 무의미할 수밖에 없다. 제퍼슨 역시 같은 생각이었던지 표정이 어두워졌다.

"아무래도 버티기 어려울 것 같습니다, 주군. 하지만 생명이 다하는 순간까지 지켜드리겠습니다."

그렇게 주군과 그의 기사들이 전의를 불태우고 있을 때였다. 홀 뒤쪽으로 유쾌한 음성이 울려 퍼졌다.

"흐흐흐. 그럼 잘 가도록 하시오. 시체는 고이 걷어 묻어 드리도록 하리다. 개인적으로 피가 튀는 것을 싫어해서 마지막 순간을 보지 못하는 것이 유감이오."

더없이 가증스러운 허드슨 자작의 음성이었다. 그는 휘하 기사들에게 명령을 내렸다.

"레이첼 후작 영애만 남기고 모조리 죽여라. 반드시 확인사

살까지 마쳐야 한다."

이어 들려온 것은 바틀러의 음성이었다.

"걱정하지 마십시오. 깔끔하게 처리하겠습니다."

"너희들을 믿는다. 그럼 난 이만."

그 말이 끝나고 홀의 문이 닫혔다. 육중한 문소리가 기사들의 마음을 더욱 무겁게 짓눌렀다.

엘빈의 기사들은 비교적 좁은 집무실의 문을 장애물 삼아 포진하고 있었다. 그나마 이곳이 방어하기에 유리한 지점이었다. 반면 허드슨 영지의 기사들은 넓은 홀에 활짝 펼쳐져 있었다. 홀의 문까지 걸어 잠근 것을 보아 퇴로를 원천적으로 차단해버리려는 것 같았다.

엘빈의 기사들은 죽음을 각오한 채 검 손잡이를 불끈 움켜쥐었다. 홀의 기사들을 감당하는 것도 어려워 보였지만 설사 해치운다고 해도 다음이 문제였다. 이것은 허드슨 자작가와 아그리아 공작가가 함께 꾸민 음모이다. 설령 이곳을 빠져나간다고 해도 허드슨 영지를 도대체 어떻게 벗어날 것인가?

왔던 길을 돌아가는 것도 애로가 있을 터였다. 우선 아그리아 공작 계열 봉신 가문에서 호락호락 통과시켜 줄 리가 없었다. 올 때야 음모가 있기에 통과시켰지만 아마 돌아가는 길은 물샐 틈 없이 틀어막을 것이 틀림없었다.

레이첼의 표정은 마치 백지장과 같았다. 곱게만 자라왔던 그녀가 감당하기에 이번 일은 너무 벅찼다. 그러나 그녀는 역시 강했다. 부들부들 떨리는 몸을 진정시킨 레이첼이 입을 열었다.

"아무래도 탈출하는 것은 어렵겠지요?"

엘빈이 침통한 표정으로 고개를 끄덕였다.

"그럴 것 같다. 경솔했던 아비를 용서해라."

"아니에요, 아버지. 이것이 운명이라면 받아들여야죠."

말을 마친 그녀가 고개를 돌렸다. 그녀의 시선이 닿는 곳에는 리셸이 있었다.

"리셸 기사님께 부탁이 있어요."

"말씀하십시오."

"최후의 순간이 오면 저를 죽여주세요. 설사 죽는 한이 있어도 몸을 더럽히고 싶지 않네요. 치욕적인 삶을 이어나가느니 차라리 루카스 후작가의 공녀로 죽겠어요. 저는 제 생명을 다른 사람이 아닌 리셸 기사님께 맡기고 싶어요."

그 말에 모든 기사들의 시선이 리셸을 향해 집중되었다. 그러나 리셸은 레이첼의 말에 대답하지 않았다. 도리어 그는 무표정한 얼굴을 한 채 앞으로 걸어 나왔다.

"죄송하지만 그 부탁을 들어드릴 수 없을 것 같습니다. 공녀님."

"어, 어째서?"

"왜냐하면 그 누구도 공녀님께 위해를 끼칠 수 없을 것이기 때문입니다. 감히 단언하건대 오늘 이 자리에서 아무도 죽지 않을 것입니다. 루카스 후작가의 사람이라면 말입니다.”

말을 마친 리셀이 검을 뽑아들었다. 등에 메고 있던 검도 뽑아 왼손에 거머쥐었다. 자세를 잡은 리셀이 주군인 엘빈을 쳐다보았다.

“주군.”

“말하라.”

“지금부터 저의 진정한 모습을 보여 드리겠습니다.”

그 말이 끝나는 순간 리셀이 양손에 나눠 든 장검으로부터 무지갯빛 섬광이 확하고 뿜어졌다.

파아아앗.

순식간에 검끝까지 밀고 올라간 빛이 화르르 타오르기 시작했다. 그 모습에 기사들은 눈이 툭 튀어나올 정도로 놀랐다. 그들로선 감히 상상조차 해보지 못한 모습이었다.

“서, 설마 블레이드 오너?”

“비, 빛나는 검? 말도 안 돼.”

무지갯빛 광채를 이글이글 뿜어내는 두 자루의 검을 움켜쥔 리셀이 제퍼슨에게로 고개를 돌렸다.

“전투는 전적으로 제가 맡겠습니다. 그러니 대장님께서는 주군과 공녀님을 철통같이 지켜주십시오.”

마치 넋이 나간 듯 멍하니 리셀의 검을 쳐다보던 제퍼슨이 퍼뜩 정신을 차렸다.

“아, 알겠네.”

“지금부터 저는 놈들로부터 루카스 후작가를 농락한 대가를 받아내도록 하겠습니다.”

말을 마친 리셀이 걸어나갔다. 두 자루의 검에서는 무지갯빛 광채가 끝없이 뿜어지고 있었다.

“뭐, 뭐야?”

그 모습에 홀을 가득 메운 기사들이 움찔했다. 그러나 홀의 문이 잠긴 터라 물러날 곳은 없었다. 그들이 술렁이며 서로의 얼굴을 쳐다보았다.

“말로만 들어봤던 빛나는 검이 어떻게 이 자리에 있을 수 있지?”

“거, 거짓말이야. 저토록 젊은 녀석이 블레이드 오너라니 말도 안 돼. 보나 마나 마법 무구로 연출하는 것이 틀림없을 거야.”

리셀은 당황한 기색이 역력한 기사들을 향해 몸을 날렸다. 그가 든 장검에서는 무지갯빛 광채가 한층 더 세차게 뿜어지고 있었다.

가장 선두에 선 자는 허드슨 영지의 기사단장 바틀러였다. 당황해하던 그는 리셀이 달려들자 메이스를 들어 검을 가로막았다.

“가짜야. 저런 새파란 애송이가 블레이드 오너일 가능성은 없다고……. 빛나는 검도 거짓임이 틀림없어.”

바틀러는 그 사실을 철석같이 믿고 있었다. 그럴 것이 블레이드 오너가 어디 그리 쉽게 볼 수 있는 존재인가? 이 넓은 아스트리아 제국 전체를 통틀어 봐도 다섯 명이 채 되지 않는다. 최근 들어 이름이 알려진 블레이드 오너까지 합쳐서 말이다. 그리고 그들 대부분은 사십이 넘는 장년층들이다. 족히 이십 년은 마나 수련을 해야 빛나는 검을 발현시킬 수 있다. 그런데 고작 스물이 넘어 보이는 애송이가 어찌 블레이드 오너가 될 수 있단 말인가?

그러나 애석하게도 눈앞의 젊은 기사는 블레이드 오너가 틀림없었다. 장검에서 뿜어지는 무지갯빛 광채와 부딪히는 순간 그의 메이스가 마치 두부처럼 가볍게 절단되었다. 그 순간 바틀러는 절규했다.

“마, 말도 안 돼.”

그는 절규를 끝맺지 못했다. 리셀이 메이스와 함께 바틀러의 몸통을 사선으로 그어버린 것이다. 두터운 흉갑과 함께 정확히 가슴 부근에서 절단된 바틀러의 상체가 스르르 미끄러져 떨어졌다. 가슴 아래만 남은 바틀러의 하체에서 폭죽처럼 피가 뿜어져 나왔다. 그 모습에 영지 기사들의 얼굴이 창백해졌다.

“저, 정말 블레이드 오너야.”

상식적으로 두터운 메이스를 견고한 흉갑과 함께 절단할 수 있는 것은 그 어떤 마법 무구로도 할 수 없는 일이다. 블레이드 오너의 빛나는 검이 아니고서는 눈앞의 상황을 설명할 방법이 없었다. 그러나 충격에서 채 헤어 나오기도 전에 리셀이 그들을 향해 달려들어 검을 휘둘렀다. 무지갯빛 섬광이 뿜어지는 장검은 접촉하는 모든 것을 절단해버렸다.

서걱, 서거걱.

통짜 쇠로 된 핼버드의 자루가 동강났다. 육중한 모닝스타의 머리통과 프레일의 쇠사슬이 단번에 끊어졌다. 합금으로 된 방패조차 단숨에 쪼개져버렸다. 이어 중병기를 들고 있던 기사들의 몸이 어긋나며 분수처럼 피를 뿜어냈다.

순식간에 기사 스무 명이 저 세상으로 가버렸다. 나머지 기사들은 그때서야 정신을 차렸다. 퇴로가 차단된 상태였기에 후퇴할 수도 없었다. 순순히 죽을 수 없다는 듯 기사들이 이를 악물고 달려들었다.

"퇴로는 없어. 몸으로 밀어붙여."

"한꺼번에 달려들어 짓눌러야 해."

기사들이 흉흉한 눈빛을 번뜩이며 달려들었다. 그러나 리셀의 무기는 빛나는 검 하나만이 아니다. 그는 남부군에 복무하며 수많은 사막 전사를 상대로 싸워본 베테랑이다. 실전경험만큼은 이 자리의 어떤 누구도 리셀을 따르지 못한다.

콰아앙.

묵직한 폭음과 함께 전신갑주를 입은 기사가 훨훨 날아가

벽에 틀어박혔다. 충격이 워낙 강했기에 코와 귀에서 핏줄기
가 쭉 뿜어졌다. 리셀의 차지 공격에 한 대 얻어맞은 결과였
다.

리셀은 지극히 지능적으로 싸우고 있었다. 빛나는 검의 위
력은 타의 추종을 불허할 정도였으나 그만큼 마나의 소모가
많았다. 처음에는 적의 기선을 제압하기 위해 무기와 갑옷을
통째로 절단하는 모습을 연출했지만 이후부터는 지극히 경제
적으로 싸워야 했다. 그래야만 백 명을 모두 처리할 수 있다.

서걱.

가벼운 소리와 함께 기사의 눈에서 빛이 꺼졌다. 허물어지
는 기사의 목젖이 어느새 잘려나가 피를 펑펑 쏟아내고 있었
다. 자신을 향해 집중되는 병장기를 슬쩍슬쩍 피해내며 치명
적인 일격을 가하는 리셀의 모습은 마치 독 오른 맹수 같았다.

백여 명에 달하던 영지의 기사들은 급속도로 수가 줄어들었
다. 리셀은 결코 적에게 일격 이상을 날리지 않았다. 게다가
그들의 실력 역시 리셀이 두 번 공격을 가해야 할 정도로 뛰어
나지 않았다.

텅.

가벼운 소리와 함께 흉갑 가운데에 조그만 구멍이 났다. 리
셀의 검이 들어갔다 나온 자리였다. 그러나 뿜어지는 핏줄기
는 마치 폭포수와도 같았다. 심장이 정통으로 파열된 것이다.

그렇게 되자 기사들은 더 이상 달려들 엄두를 내지 못했다.

달려드는 족족 피를 뿌리며 나동그라지니 자신도 모르게 뒷걸음질을 치는 것이다.

그러나 리셸은 그들을 가만히 내버려두지 않았다. 비열한 수단으로 주군을 유인하고 자신을 포함한 모두를 독살하려 했던 자들이었다. 자비를 베풀어 줄 하등의 이유가 없었다. 멍청히 서 있던 기사의 목을 장검이 뚫고 들어갔다. 몸을 돌려 도주하려던 기사의 등판이 길게 갈라졌다.

"크아악."

저항할 엄두도 내지 못하고 우두커니 서 있던 기사의 몸이 사선으로 갈라졌다. 그를 마지막으로 허드슨 영지의 기사들은 모조리 전멸해버렸다.

홀은 완전히 아비규환의 지옥으로 변해 있었다. 죽은 기사들의 몸에서 흘러나온 피로 인해 바닥이 온통 질척거렸다. 동강 난 신체의 일부가 여기저기에 널려 있었다.

"후욱, 후우욱."

리셸이 연신 거친 숨을 몰아쉬었다. 기사 백 명을 처치하는 것은 결코 쉬운 일이 아니었다. 주위를 둘러본 리셸이 옹기종기 모여 있는 기사들에게 다가갔다. 그들 대부분은 얼이 빠진 채로 입을 딱 벌리고 있었다.

"주군. 모두 처리했습니다."

멍청한 얼굴을 하고 있던 엘빈이 간신히 입술을 뗐다.

"어, 어떻게?"

"자세한 건 안전한 곳으로 이동한 뒤 물어보십시오. 우선 이곳을 빠져나가는 일이 시급합니다."

"아, 알겠네."

"서두르십시오. 기사들이 전멸한 사실을 놈들이 알기 전에 행동해야 합니다."

리셀의 말에 겨우 정신을 차린 기사들이 움직이기 시작했다. 그들은 우선 사방으로 흩어져 확인 사살부터 했다. 혹시라도 숨이 붙어 있는 자가 있다면 확실하게 처리해야 했다. 적들이 홀 내부에서 벌어진 상황을 몰라야 자신들에게 유리해진다. 그러나 생존자는 한 명도 없었다. 리셀이 정확히 급소만을 골라 치명타를 가했기 때문이었다.

그 사이 리셀은 홀의 앞에 버티고 섰다. 마나를 집중시키자 검에서 다시금 무지갯빛 광채가 뿜어져 나왔다.

슈가가각.

육중한 홀의 문이 그대로 쪼개져나갔다. 다행히 홀 밖에 배치된 병력은 없었다. 기사들만으로 충분하다고 판단한 것이다. 그러나 복도를 걷던 시종들이 그들을 보고 화들짝 놀라 비명을 지르며 도망쳤다.

"적이 탈출한다."

그 모습에 제퍼슨이 힘껏 검을 집어던졌다. 그러나 시종이 코너를 돌아갔기에 검은 헛되이 기둥에 꽂혀버렸다.

"이런."

제퍼슨이 당황해서 리셀을 쳐다보았다.

"어, 어디로 가야 하지?"

"우선 밖으로 나가야 할 것 같습니다."

그러나 밖으로 나간 그들은 탈출하는 것이 쉽지 않음을 깨달았다. 그들이 있는 곳은 영주 집무실의 입구였는데 밖으로 나가는 통로인 내성의 문은 굳게 닫혀 있었다. 물론 리셀이 빛나는 검을 시전한다면 제아무리 육중한 내성의 문이라도 손쉽게 토막 낼 수 있을 것이다. 접촉하는 모든 것을 절단해버리는 것이 빛나는 검의 위력이니까.

그러나 내성 밖에는 들어올 때 봤던 정예병들이 우글거릴 것이다. 리셀이 아무리 강하더라도 천 명이 넘는 정예 병사들을 모두 감당할 수는 없다.

"어떻게 하지?"

고민하던 리셀의 눈에 내성 안쪽에 위치한 조그마한 문이 보였다. 내성에 설치된 성루로 올라가는 출입문이었다. 그것을 본 리셀의 눈이 빛났다.

"대장님. 연회장으로 사람을 보내서 물과 음식물을 거둬오게 하십시오. 우선 저곳에 올라가서 농성해야 할 것 같습니다."

"아, 알겠네."

제퍼슨은 깊이 생각해 보지도 않고 손짓을 했다. 그의 명을 받은 기사 십여 명이 연회장으로 달려가서 음식물을 챙겼다. 다행히 연회장의 식탁 위에는 음식물이 고스란히 남겨져 있었다. 음식을 포대에 마구 쓸어 담은 기사들이 돌아왔다. 바로 그때 내성의 문이 굉음과 함께 열리고 있었다.

"저곳으로 갑니다. 서두르십시오."

기사들이 일제히 달리기 시작했다. 레이첼 역시 아버지의 손을 잡고 허겁지겁 뒤따랐다. 다행히 그들은 내성의 문이 완전히 열리기 전에 성루의 입구에 도착할 수 있었다.

쿠르르르 쾅.

문이 완전히 열리고 수를 헤아릴 수 없는 병사들이 모습을 드러냈다. 그들의 손에는 하나같이 석궁이 들려 있었다. 막 성루 입구로 들어가려는 기사들을 보자 그들이 망설임 없이 석궁을 겨누고 방아쇠를 당겼다.

"쏴라."

후두두둑 하는 소리와 함께 쿼렐이 어지럽게 날아왔다. 그러나 쿼렐이 날아와 박힐 즈음에는 성루의 입구에 아무도 남아 있지 않았다. 모두가 성루로 올라간 것이다.

두두두두.

그들은 아무런 말도 하지 않고 성루 안쪽에 나선으로 설치된 계단을 달리고 또 달렸다. 계단의 끝에는 나무로 된 문이 하나 있었다.

콰당.

갑옷 입은 몸으로 부딪치자 문짝이 경첩째 떨어져 나갔다. 성루의 위쪽에는 비교적 넓은 옥상이 펼쳐져 있었다. 가장자리에 화살을 쏠 수 있는 격자창이 설치되어 있었고 위가 훤히 뚫린 곳이었는데 루카스 후작가의 성루와 동일한 구조였다. 가까스로 탈출에 성공한 그들이 비로소 안도의 한숨을 내쉬며 이마에 흐르는 땀을 닦았다.

"두 분을 입구에 배치해 두십시오. 혹시라도 적이 올라올지도 모르니 말입니다."

여태까지는 까마득한 후배 기사였지만 지금은 아니었다. 무엇보다도 리셀은 그들의 눈앞에서 백여 명의 기사를 도륙해버린 초인이었다. 때문에 제퍼슨은 아무런 말도 하지 않고 기사 두 명을 입구에 배치했다. 그곳이라면 누가 올라오는 기미를 손쉽게 알아차릴 수 있으리라.

"인원이 충분하니 아예 네 명을 배치하는 게 좋을 것 같군."

그가 손짓을 하자 다른 기사 두 명이 입구로 달려갔다. 리셀은 심호흡을 하며 마음을 가라앉혔다. 고개를 돌리자 자신을 뚫어지게 쳐다보는 엘빈의 모습이 보였다. 레이첼 역시 믿을 수 없다는 표정으로 리셀을 쳐다보고 있었다.

"자넨 도대체 누군가?"

"……"

“그대 같은 실력자가 어째서 나를 주군으로 선택했지?”

심호흡을 마친 리셀이 대답했다.

“주군께 검을 바친 기사 리셀입니다. 저는 주군께 거짓말을 하지 않았습니다.”

묵묵히 리셀을 쳐다보던 엘빈이 손가락을 들어 손에 들린 검을 가리켰다.

“자네가 펼쳤던 것이 빛나는 검이 확실한가?”

“그렇습니다.”

“그렇다면 자넨 블레이드 오너로군. 말로만 들어본 존재. 그런데 왜 그 사실을 지금까지 밝히지 않았지? 밝혔다면 가문 전체가 발칵 뒤집혔을 터인데.”

“왜냐하면 저는 그전까지 블레이드 오너가 아니었기 때문입니다. 제가 빛나는 검을 얻은 것은 이곳, 허드슨령을 향해 출발하기 바로 전날이었습니다. 그날 저는 인생에 있어 일생일대의 사건을 경험하고 그에 자극받아 각성하는 데 성공했습니다.”

순간 레이첼의 눈빛이 심하게 흔들렸다. 최소한 그녀만큼은 리셀이 말한 일생일대의 사건이 어떤 것인지 어렴풋이 눈치챌 수 있었다. 리셀의 말이 계속 이어졌다.

“저는 각성하고 나서야 비로소 빛나는 검을 시전할 수 있었습니다. 이후에는 사실을 밝힐 만한 기회가 없어서 주군께 말씀드리지 못했습니다. 부디 용서하시길…….”

"그러고 보니 자네 과거에 대해서 아는 것이 하나도 없군. 오직 하나, 백부님이신 아너프리님의 견습기사였다는 사실 말고는 말이야."

마음을 차분히 가라앉힌 리셀이 나지막한 어조로 과거의 일들을 털어놓기 시작했다.

"마스터이신 아너프리님은 빛나는 검을 얻기 위해 온 세상을 돌아다니셨습니다. 그러나 애석하게도 빛나는 검과 인연이 닿지 않으셨지요. 해서 그분께서는 다른 방법을 선택하셨습니다. 본인이 안 된다면 자신을 대신할 인재를 찾아서 가르치기로 말입니다. 그분께서 원하신 것은 오직 하나입니다. 반드시 블레이드 오너를 루카스 후작가에 안겨주는 것!"

그 순간 사람들이 숨을 훅 들이켰다. 리셀의 이야기가 계속 이어졌다.

"그분께서는 저를 후계자로 선택하셨습니다. 그리고 그분의 모든 것을 저에게 쏟아 부으셨습니다. 가문 비전의 검술에서부터 세상을 떠돌며 얻은 빛나는 검에 대한 비밀까지 모두 말입니다. 심지어 그분께서는 자신의 생명력까지 불살라가며 저를 지도하셨습니다. 바로 그 때문에 지금의 제가 존재할 수 있었던 것입니다."

사람들은 숨도 몰아쉬지 못하고 리셀의 말을 경청하고 있었다. 엘빈이 힘겹게 입을 열었다.

"충분히 그러실만한 분이지. 이런 사실을 알게 된다면 그 누구도 더 이상 아너프리 백부님께 손가락질을 하지 못하게 될 거야. 암, 그렇고말고.”

“그분의 간절한 소망은 마침내 이루어졌습니다. 제가 블레이드 오너가 되었으니 말입니다.”

“그런 것 같군. 그런데 궁금한 것이 또 있어.”

엘빈이 또다시 입을 열었다.

“그런데 어찌해서 나를 선택했는가? 모두들 알다시피 후계자들 중에서 내 세력이 가장 빈약한데다 대우 또한 열악한데 말이야. 나는 그것이 알고 싶네.”

“마스터께서 계셨기에 지금의 제가 존재합니다. 그런데 후계자들 중에서 마스터에 대해 물어보신 분은 주군 혼자뿐이었습니다. 다른 분들은 오로지 조건만을 제시했지요. 해서 결정을 내렸습니다. 아너프리님을 걱정해주신 주군께 저의 검을 바치기로 말입니다.”

말을 마친 리셀이 자세를 정리하여 공손히 검례를 올렸다.

“저는 이미 주군께 검을 바칠 것을 맹세했습니다. 얼마 전 얻은 빛나는 검 역시 주군께 고스란히 바쳐질 것입니다.”

엘빈의 눈매가 파르르 떨렸다. 감격스러운 감정을 좀처럼 숨기지 못하는 모양이었다. 세상에 존재하는 몇 되지 않는 블레이드 오너 중 하나를 휘하에 거둬들인 것이 도무지 실감이 나지 않았다. 블레이드 오너가 도대체 어떤 존재인가? 인간의 한계를 벗어던진 초인이 아니던가?

특히 루카스 후작가의 사람으로서 블레이드 오너에 대한 감흥이 남다를 수밖에 없었다. 루카스 후작가가 지금처럼 몰락하게 된 것은 전적으로 블레이드 오너 때문이었다. 아그리아 공작가의 블레이드 오너 루드비히! 그 한 사람 때문에 거의 모든 영토를 잃고 몰락일로를 걷고 있었다.

그런데 그런 루카스 가문에 젊디젊은 블레이드 오너 한 명이 생긴 것이다. 그것을 가능케 한 배경에는 루카스 가문을 몰락시킨 주범 중 하나로 평가받는 아너프리 루카스가 있었다. 엘빈이 무겁게 입을 열었다.

"과연 내가 자네의 주군이 될 만한 자격이 있는지 모르겠군."

"전 이미 주군께 충성을 맹세했습니다. 유용한 수단으로 생각하고 마음껏 쓰십시오."

"그렇게 말해주니 마음이 편해지는군."

엘빈이 빙그레 웃으며 다가와 리셀의 어깨를 두드렸다. 그 모습을 레이첼이 떨리는 눈으로 쳐다보고 있었다. 아름다운 눈망울에는 경악이 가득했다. 리셀이 이런 사람인 줄 그녀가 어찌 알았을까?

그러나 화기애애한 분위기는 그리 오래가지 않았다. 제퍼슨이 걱정스러운 표정으로 성루 아래를 내려다보았다. 내성 안쪽에 개미떼처럼 새카맣게 병력이 배치되어 있는 모습이 보였다. 특히 성루로 올라오는 계단 주변에 집중적으로 배치되어 있었다.

"아무래도 빠져나가는 것이 여의치 않을 것 같군. 이거야 원, 독안에 든 쥐 신세니 말이야."

다른 기사들도 동의한다는 듯 고개를 끄덕였다. 하나같이 경험 많은 노기사들이었기 때문에 자신들이 처한 상황을 정확히 파악하고 있었다.

"입구를 틀어막는다면 병사들의 진입을 막는 것은 그리 어렵지 않습니다. 기사들을 몰살시켰기 때문에 병사들만으로는 계단을 확보하는 것조차 힘겨울 테니까요."

"위가 훤히 뚫려 있어 화공에 당할 걱정은 없을 것 같아 보입니다만 역시 탈출이 문제입니다."

병사들의 전투력은 기사에 비해 월등히 떨어진다. 좁디좁은 계단을 소수의 기사들이 틀어막는다면 병사들의 진입은 불가능하다. 그렇다고 해서 석궁을 퍼붓기도 어려운 실정이었다. 이곳에 있는 기사들 모두 쿼렐 한두 발 정도는 갑옷의 경사각을 이용해 튕겨낼 수 있는 실력자들이다.

그러나 탈출하는 것은 역시 힘들어 보였다. 게다가 시간이 지날수록 병사들의 수가 늘어만 갔다. 결심을 한 듯 제퍼슨이 리셀을 쳐다보았다.

"우리가 길을 뚫겠네. 그러니 자네가 주군과 공녀님을 데리고 탈출하게. 그게 이곳을 빠져나갈 수 있는 유일한 방법이야."

“아니에요. 리셀 기사님이 아무리 블레이드 오너라도 두 사람을 책임지는 건 너무 버거운 일이에요. 그러니 아버님만 모시고 탈출하세요. 저는 이곳에 남겠어요.”

엘빈이 강하게 고개를 가로저었다.

“그럴 순 없어. 부하들을 희생시키고 홀로 탈출하는 못난 주군이 되고 싶진 않네.”

“그래야만 주군께서 저희들의 복수를 해주실 수 있지 않겠습니까? 후작가로 돌아가셔서 병력을 소집하신 후, 우리를 기만한 적들을 단숨에 짓밟아주십시오.”

갑론을박이 오고갔지만 좀처럼 결론이 나지 않았다. 그때 리셀이 입을 열었다.

“탈출할 방법이 있습니다.”

모두의 시선이 리셀을 향해 집중되었다.

“이곳에서 사흘만 버티면 탈출할 수 있습니다.”

“그, 그게 정말인가?”

“그렇습니다. 문제는 사흘을 버틸 수 있는가 하는 것이지요. 음식물과 물은 충분합니까?”

음식이 든 포대를 열어본 기사 한 명이 고개를 끄덕였다.

“충분하네. 사흘 정도는 모든 인원이 먹고 마실 수 있을 것 같아.”

“그렇다면 절 믿고 기다려주십시오.”

그 말을 들은 엘빈이 흔들림 없이 고개를 끄덕였다.

“알겠네. 자넬 믿겠네.”

“감사합니다.”

리셀의 눈동자에는 반드시 이곳의 사람들을 탈출시키고 말
겠다는 결의가 번뜩이고 있었다.

『블레이드 헌터』 7권에서 계속

『아독』, 『백발검신』의 작가!

이광섭 판타지 장편소설

전장의 신이 되어라!

『아이더』

천방지축 아이더의 대책 없는 영웅 서사시

새로운 영웅의 탄생을 기다리는 검술의 시대
실전의 꽃, 전장검술을 들고 아이더가 강림했다!

dream
books
드림북스

드래곤 나이트
박제후 판타지 장편소설
FANTASYSTORY & ADVENTURE
DRAGON KNIGHT
원수의 심장에 겨눈 불꽃의 검은 아직 타오르지도 않았으니,
눈보라에 섞여 들려오는 용의 고동 소리에 귀 기울여라!
박제후 판타지 장편소설
『드래곤 나이트』
갈증이, 갈증이 가시지 않는다.
핏줄을 타고 흐르는 용의 혈통을 일깨워
몰락과 소멸의 그림자 위에 복수의 불길을 피워 올리리라!
dream books
드림북스

劍星刀帝

임무성 신무협 장편소설
ORIENTAL FANTASYSTORY & ADVENTURE

검황도제

한국 장르 문학계의 신화가 된
『황제의 검』작가 임무성!
그의 손끝에서 열리는 무협의 새로운 지평!

『검황도제』

검과 도가 합일을 이루는 그날,
피로 얼룩진 난세가 끝나고 천하에 드리워진 그림자가 걷혀
다시없는 광명의 시절이 도래하리라.

dream books
드림북스

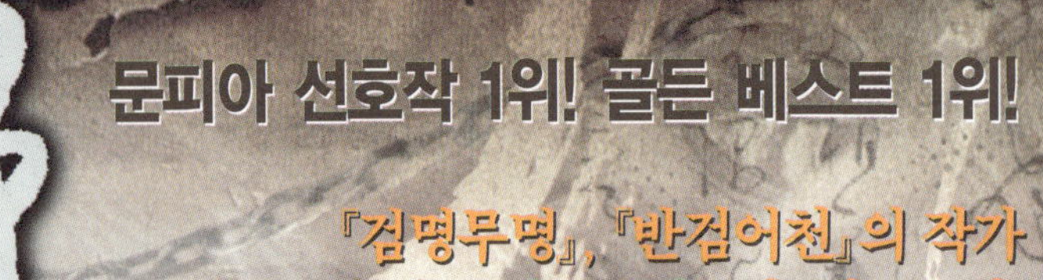

문피아 선호작 1위! 골든 베스트 1위!
『검명무명』, 『반검어천』의 작가
자우 신무협 장편소설
『항마신장』

降魔神將

항마신장
자우 신무협 장편소설
ORIENTAL FANTASYSTORY & ADVENTURE
아버지와 스승의 유언을 가슴에 새기고
십수 년 만에 중원 강호에 돌아온 필부.
소림사(少林寺) 불가욕(不可辱),
천하무종 소림, 누가 그 이름을 욕보일 수 있는가!
dream books
드림북스